中國語言文字研究輯刊

二十編

許學仁 主編

第 6 冊

《太平經》詞彙研究（上）

劉祖國 著

花木蘭文化事業有限公司

國家圖書館出版品預行編目資料

《太平經》詞彙研究（上）／劉祖國 著 -- 初版 -- 新北市：
花木蘭文化事業有限公司，2021〔民110〕
目 2+198 面；21×29.7 公分
（中國語言文字研究輯刊 二十編；第 6 冊）
ISBN 978-986-518-337-0（精裝）
1. 太平經 2. 研究考訂
802.08 110000272

ISBN-978-986-518-337-0

9 789865 183370

中國語言文字研究輯刊
二十編 第六冊 ISBN：978-986-518-337-0

《太平經》詞彙研究（上）

作 者 劉祖國
主 編 許學仁
總 編 輯 杜潔祥
副總編輯 楊嘉樂
編 輯 許郁翎、張雅淋 美術編輯 陳逸婷
出 版 花木蘭文化事業有限公司
發 行 人 高小娟
聯絡地址 235 新北市中和區中安街七二號十三樓
電話：02-2923-1455 ／傳真：02-2923-1452
網 址 http://www.huamulan.tw 信箱 service@huamulans.com
印 刷 普羅文化出版廣告事業
初 版 2021 年 3 月
全書字數 302044 字
定 價 二十編 7 冊（精裝） 台幣 20,000 元
版權所有・請勿翻印

《太平經》詞彙研究（上）

劉祖國　著

作者簡介

劉祖國（1981～），男，山東臨清人，山東大學文學院副教授，碩士研究生導師，入選山東大學青年學者未來計畫。2009 年畢業於華東師範大學中文系，獲文學博士學位，主要從事漢語史、訓詁學、道教文獻語言研究。在《江海學刊》《宗教學研究》等刊物發表論文 70 餘篇，出版專著《魏晉南北朝道教文獻詞彙研究》（山東大學出版社 2018 年）。目前正主持國家社科基金項目「道經故訓材料的發掘與研究」，完成教育部人文社科研究青年基金項目「魏晉南北朝道經詞彙研究」。

提　要

　　東漢《太平經》是中國道教的第一部經籍，本書以《太平經》詞彙為研究對象，共分七章，重點討論本經特有的詞彙、詞義。

　　第一章「緒論」，主要討論《太平經》的成書及作者、選題緣起、研究方法和材料等問題。

　　第二章「《太平經》詞彙的研究價值」，《太平經》的語料性質主要體現為時代性、俗語性、文化性、專業性，充分證明《太平經》是研究中古漢語的一部可信的優質語料。

　　第三章「《太平經》中的口語詞」，這些口語詞有的首見於《太平經》，後代繼續沿用；有些是沿用自前代典籍的；還有一些出自現實語言，在時代相當的其他口語性文獻中也有使用。

　　第四章「《太平經》中的道教詞語」，主要包括八個方面，這些詞語可以說是《太平經》中最有特色的詞語。

　　第五章「《太平經》中的新詞新義」，首先討論了新詞新義的確定標準，然後從詞彙史的角度對《太平經》中的新詞和新義作了分析。

　　第六章「《太平經》常用詞研究」，第一節是對《太平經》中幾組具有歷時替換性常用詞的微觀考察；第二節對一些現代漢語中的常用詞語加以溯源。

　　第七章「《太平經》語詞例釋」，對《太平經》中的部分疑難詞語進行考辨。它們或不為大型語文辭書收錄，或雖收錄但解釋有問題，或補正相關論述。

　　受山東大學青年學者未來計畫（2018WLJH18）資助，為國家社科基金項目「道經故訓材料的發掘與研究」（18BYY156）

　　山東大學人文社科青年團隊項目「宗教社會歷史文獻整理與研究」之「道教類書整理與研究」（IFYT18007）

　　山東大學文學院重大項目「新編《道教大詞典》及道教文獻語料資料庫建設」階段性成果

目次

凡　例

一、本書引例均據《太平經合校》（中華書局，1960 年第一版，1997 年 10 月印行，以下簡稱《合校》），並參考其他幾個注本，羅熾等主編《太平經注譯》（簡稱《注譯》）、龍晦等主編《太平經全譯》（簡稱《全譯》）、俞理明《太平經正讀》（簡稱《正讀》）、楊寄林《太平經今注今譯》（簡稱《今譯》）。例證依次標出卷次、篇目、頁碼，個別地方的文字和標點作了必要訂正，並隨文加以說明。文字誤闕處用（　）標出補正文字；句讀錯誤者參其他注本予以改正，並以腳註形式說明；原書文字脫落空白處悉仍其舊，用□□表示。文章所討論對象不包括《太平經鈔》的文字，不包括注釋及輯佚的文字。

二、本書所採用的《道藏》版本是文物出版社、上海書店、天津古籍出版社 1988 年影印本。凡引用《道藏》文獻材料，均標明冊數、頁碼以及欄數，比如說，引文在第 5 冊第 180 頁第 3 欄，本文用「5／180c」表示，其中「a、b、c」分別代指「1、2、3」欄。

三、本書佛經引例均採用日本《大正新脩大藏經》，例前注出該經時代、譯者、經名和卷數，例後注出《大正藏》卷數、頁數、欄數，13／806b 表示在《大正藏》13 卷 806 頁 2 欄，「a、b、c」分別代指「1、2、3」欄。佛典的有譯失譯及經名的刊正均以呂澂《新編漢文大藏經目錄》為准。

四、本書所說的「中古」概念是依據王雲路、方一新在《中古漢語語詞例

釋·前言》（吉林教育出版社，1992 年版）中的劃分觀點，具體指東漢魏晉南北朝隋這段時期。

五、本書行文全用繁體字。字體為明體 12 級字，《雲笈七籤》《周氏冥通記》《真誥》等道教經書中一些注釋語用 10 級字區分。「常用詞研究」一章因引例較多，例子都用楷體 12 級字以示區分。

六、參考引用文獻除首次出現列詳細信息外，後面再有出現則只標作者、書名、頁碼。書末列有「主要參考文獻」備考，其他參考文獻以隨文腳注形式出注。

七、為求行文簡潔，書中稱引前修時賢之說，皆直書其名，不贅「先生」字樣，敬請諒解。

第一章　緒　論

第一節　道教典籍語言研究現狀

儒、釋、道向來被視為中國古代文化的三大思想潮流。道教作為中國土生土長的宗教，源遠流長，博大精深，對中國社會發展產生了極其深遠的影響。中國道教研究在哲學、科技、醫學、藝術、歷史等方面都取得了長足的進步，然而，從語言的角度對道教經典進行研究卻少有學者涉及，語言研究在道教研究中是一個非常薄弱的方面。誠如葛兆光所言：「比起國際性的佛教研究來，道教研究的空白處還是很多的，其一是道教語言文字和詞彙的研究還沒有得到特別的關注。」〔註1〕道經語言的研究成果前人缺少總結，非常有必要進行梳理，以發現其中問題，明確前進方向，推動這一領域的發展。

對於道經語言的研究，基本上可以分為三個時期：

（一）清代至民國

第一階段的主要成果，可從以下作品得到反映：

清初著名學者黃生，精通文字訓詁之學，在《義府》卷下對陶弘景《周氏冥通記》中的「彌淪」、「登」、「約尺」、「五尺」、「角家」、「畔等」等共 27 個

〔註1〕葛兆光《關於道教研究的歷史和方法》，《中國典籍與文化》2003 年第 1 期。

語詞做了比較詳盡的解釋〔註2〕，如其中「道義，謂同事道法之義友」；「戴屋，蓋屋也」等，考證詳明，多可信從，這可以說是最早的集中解釋道經詞彙的成果。

真正閱讀道藏，並有所發明的，首推近代著名學者沈曾植的《海日樓札叢》。《札叢》（卷六）五十餘條中，有四十多條所載為道教事。如「章醮」條：「立禮正推禱醮於廟堂之前，書遺炎煙，耀於蒼雲，精消無文。曰唐史之策，上滅蒼雲，良史也。（《北堂書鈔》引《元命苞》）醮字始見於此。（《雜家言》）」〔註3〕書中內容涉及道教史考訂、《道藏》源流、道佛關係等問題，常能慧眼獨具，每有卓見。

第一位比較科學地研究道教的學者是劉師培，其《讀道藏記》（《國粹學報》第 7 卷第 1～5 期，1911 年）有不少地方論及道經語言文字問題，如第 2 頁《原始無量度人上品妙經四注》篇：「審之卷一之注，僅有薛、李、陳三家，知嚴氏未注道君前序，即後三卷所錄嚴注亦均簡要，訓詁一宗蒼雅，薛注亦然，兼明通假。如卷一無鞅注云：鞅者，央也，古字少以鞅為央。央，盡也，已也。卷二眇眇劫刃注云：刃者，仞也，古字少以刃為仞。」當然，這僅是一份讀書心得，還談不上真正深入的研究。

胡適《陶弘景的〈真誥〉考》（發表於《蔡元培先生六十五歲論文集（下）》，南京：中央研究院歷史語言所，1935 年）通過對勘文字，一針見血地指出《真誥》剽竊了《四十二章經》，「他（陶弘景）《四十二章經》中的二十章，把『佛言』都改作了道教高真的話，文字也有了極微細的改動，又故意加上了兩個字的校勘，和兩處脫文的校補，——擺出他的十足的謹嚴方法的架子——使人知道他是有所本的。」〔註4〕胡文絮實嚴謹，這種對勘文字的方法對於考求道教經書的來源多有啓發。

許地山在早期道教研究者中是唯一一位受過宗教學訓練的，其《扶箕迷信底研究》一書，旁徵博引，是迄今為止對扶鸞問題所做的最深刻、最完整的

〔註2〕黃生撰、黃承吉合按、劉宗漢點校《字詁義府合按》，中華書局，1984 年版，第 252～262 頁。

〔註3〕沈曾植著、錢仲聯輯《海日樓札叢（外一種）》，上海古籍出版社，2009 年版，第 231頁。

〔註4〕胡適《陶弘景的〈真誥〉考》，載於《胡適文集 5·胡適文存四集》，北京大學出版社，1998 年版，第 138 頁。

研究。書中也有關於道教語言的論述，如：「（扶箕）國文有時寫做『乩』、『鸞』、『鑾』、『欒』（見故事四二）、『神卟』（見故事七六）等，都是後起的名稱。」「『飛鸞』就是扶箕。大概是因神仙駕風乘鸞，故有此名。至於『乩』從『占』從『し』，乃是俗寫。」〔註5〕

湯用彤1935年3月在北京大學《國學季刊》第五卷第一號上撰文《讀〈太平經〉書所見》，這是國內學術界對《太平經》的創始性研究，文章從卷帙、版本、地理、語言、文化、歷史、宗教等諸多方面以翔實的證據指出《太平經》當為漢代舊書。此文影響深遠，其結論已被學界廣泛接受。

王明乃湯用彤高足，其所撰《論〈太平經鈔〉甲部之偽》（《國立中央研究院歷史語言研究所集刊》第十八本，1947年）從金丹、符書、文體、所用名辭四點，證說《鈔》甲部不可信為《太平經》之節文；今本《太平經鈔》甲部抄自《靈書紫文》等南朝上清經。文章考證綿密，信而有徵，結論令人信服。

（二）建國後至80年代末

敦煌卷子對道教研究非常重要，二十世紀五十年代，饒宗頤在英國找到了《老子想爾注》的殘本，完成《老子想爾注校箋》（香港大學出版社1956年），對《老子想爾注》進行校對、箋釋和研究，做了諸多開創性的工作，值得稱道。

楊聯陞《〈老君音誦誡經〉校釋》（臺北《中央研究院史語所集刊》第28本，1956年）對《老君音誦誡經》作了精到的校點注釋，如「天下經方，百千萬億，草藥萬種，萬藥百數」條云：「萬藥百數，萬藥依下文當作石藥。蓋石萬形近而誤。」〔註6〕楊先生對《老君音誦誡經》的點校整理為後世提供了一個可靠的本子。

王明於1959年編成《太平經合校》，基本上恢復了本經170卷的原始面貌，被公認為是研究《太平經》的最權威、最詳備之底本。王先生還著有《抱朴子內篇校釋》（中華書局1980年）、《無能子校注》（中華書局1980年），皆採用數種文本參校而成。其所著《論〈太平經〉的成書時代和作者》（《世界宗

〔註5〕許地山《扶箕迷信底研究》，商務印書館，1999年版，第7頁。
〔註6〕楊聯陞《中國語文劄記》（楊聯陞論文集），中國人民大學出版社，2006年版，第86頁。

教研究》1982／1）〔註 7〕從漢代語言、地理名稱、社會風尚、思想內容等方面進一步加以論證，得出《太平經》「大抵是公元二世紀前期的作品」的最終結論，在學術界廣為稱道，堪稱道教文獻考證的典範之作。

陳國符《道藏源流續考》（臺灣明文書局 1983 年）收論文八篇，第一篇《中國外丹黃白法詞誼考錄》，收集外丹黃白術經訣之文集中的名詞術語六百餘條。第二篇《中國外丹黃白法經訣出世年代考》，從用韻角度考證了《太清金液神丹經》的出世年代。第三篇《石藥爾雅補與注序》，所補多為已列或未列之藥名或隱名。陳氏還著有《中國外丹黃白法考》（上海古籍出版社 1997年），用現代化學知識考釋古道經中的煉丹術詞語，共考明道教煉丹術語、詞義 319 項，該書可以說是第一部專門研究道經語詞的專著，也是研究道教史、文化史所必徵必引的文獻。陳氏繼承發揚清代樸學大師的考證方法，搞清了許多煉丹方法所用術語的含義、這些方法出現的朝代、所用術語名稱的演變，嘉惠學林。

早期道經一大特點是多用韻語，通過用韻來考證道教文獻，對音韻研究和道教研究都有開拓意義。語音具有時代性，產生於不同時期的韻文，會有不同的押韻情況，瞭解這些韻文的押韻，並把它們與同時期的語音系統進行比較，有助於判定道教典籍的產生時期。陳國符先生是這方面研究的先驅，他曾根據用韻考定《上清經籙》和《靈寶經》等的出世朝代。前人的研究方法大多是推測和估計，陳先生創造性地根據韻文用韻加以考定，系統地把它們變為科學的斷代，解決了外丹研究中的諸多疑難問題。虞萬里沿著這個思路發表了《〈黃庭經〉新證》（《文史》1988／29），根據《黃庭經》的用韻分合情況，推知《黃庭經》的成書時代以漢末魏晉最有可能。

《道家金石略》本是陳垣在二十年代中期時，搜集《道藏》、歷代文集及繆荃孫所藏拓片中與道教有關的碑體文字的記錄，由於這一工作本身的艱巨性，一貫嚴謹的陳垣先生去世前始終沒有付梓，直到 1988 年才由文物出版社出版。陳智超同志對原稿經過七年之久的重新校勘、整理，並作了很有價值的增訂。此書是近代以來第一部有關道教的大型金石略著作，為中國道教史研究提供了豐富全面的碑刻資料。

〔註 7〕囿於篇幅，期刊論文的出處從簡，《文史》1988／29 即《文史》1988 年第 29 輯，《中國語文》2000／3 即《中國語文》2000 年第 3 期，下同。

（三）20 世紀 90 年代至今

20 世紀 90 年代之前的道經語言研究，研究者多為宗教學者，多多少少涉及的詞義解釋也是為宗教思想研究服務的，因此基本上可以說是「語言學家缺席的中國道教研究」。葛兆光《道教與唐代詩歌語言》（《清華大學學報》1995／4）一文曾論及道經文獻語言的特點：「十年來，讀《道藏》，有兩個印象很突出，一個印象是覺得道教語言很古奧，一個印象是覺得道教語言很華麗。『古奧』是指道教經典的語言有很濃厚的復古意味，從《太平經》時代起，道教就一直有意在創造一種古拙的語言形式和神秘的詞彙系統。……從語言形式上，是越來越古奧深澀，他們很愛模仿先秦典誥和漢代辭賦的句式，讓人看上去似乎來歷很早，……從辭匯上來說，道教很多術語都有『隱語』，……這些隱語常常很華麗也很難猜。……『華麗』是說道教經典的語言一方面追求古奧艱澀之外，一方面又追求流彩溢金，有如金碧輝煌的道觀建築和五彩繽紛的道教儀式。……常常用『金』、『玉』、『紫』、『絳』、『煙』、『霞』一類辭匯意象來渲染與烘托意境，使道教經典的語言風格十分華麗鋪張，在這一點上它又顯然借用了漢代辭賦的技巧。」〔註 8〕《關於道教研究的歷史和方法》（《中國典籍與文化》2003／1）又作了進一步闡釋：「道教語言就像古代的鼎一樣，總是有綠鏽的，看起來斑駁古奧，也像錯金壺一樣，總是有意弄得很繁複，裝飾性很強，可是現在還沒有深一步的研究。現在據說是語言學的時代，語言分析是很流行的方法，可是放著這麼一個有意思的課題，沒有人去做，不是太奇怪了麼？就連一部好的道教詞典，現在也還沒有呢，所以我想，在這方面，無論是傳統的還是現代的方法，都可以一試。」〔註 9〕這兩篇論文立論高遠，研討深邃，頗具學術價值。

從 20 世紀 90 年代中期開始，道經語言的重要性逐漸引起了語言學界的高度重視，道經語言研究進入了自覺的階段，不少學者開始從漢語史的角度來研究道經語言，道經語言研究成果如雨後春筍般不斷湧現。

四川大學俞理明教授可謂其中的佼佼者，俞先生以《太平經》為中心發表了一系列重要成果。文字方面，《道教典籍〈太平經〉中的漢代字例和字義》

〔註 8〕葛兆光《道教與唐代詩歌語言》，《清華大學學報》（哲學社會科學版）1995 年第 4
　　　期，第 11 頁。
〔註 9〕葛兆光《關於道教研究的歷史和方法》，《中國典籍與文化》2003 年第 1 期，第 83 頁。

（《宗教學研究》1997／1）從三個方面研究了《太平經》反映的漢代的時代特徵的文獻用字問題：一是反映漢代民間俗語的用字，二是保留了一些可以佐證前人訓釋的用法，三是反映了漢字發展演變過程中的特定的時代特色，從而肯定了《太平經》在漢語史中的研究價值。此外，俞先生還著有《〈太平經〉通用字求正》（《宗教學研究》1998／1）、《〈太平經〉中的形近字正誤》（《宗教學研究》1999／4）、《〈太平經合校〉校對補說》（《古籍整理研究學刊》2002／1）等。

詞彙方面，俞先生有《從〈太平經〉看道教稱謂對佛教稱謂的影響》（《四川大學學報》1994／2）、《〈太平經〉的漢代熟語》（《西南民族學院學報》2001／7）、《論道教典籍語料在漢語詞彙歷史研究中的價值》（《綿陽師範學院學報》2005／4）等。其中，《〈太平經〉的漢代熟語》一文發掘了不少具有特定的意義，罕見於當時其他文獻，但在《太平經》中有很高使用率的熟語，開拓了中古漢語詞彙史研究的領域。

語法方面，俞先生有《〈太平經〉中非狀語地位的否定詞「不」》（《中國語文》2000／3）、《〈太平經〉中非狀語地位的否定詞「不」和反復問句》（《中國語文》2001／5），對《太平經》中極具特色的否定詞「不」進行了深入研究，有助於瞭解漢代口語的真實面貌。

俞先生另有專著《太平經正讀》（巴蜀書社2001年），該書從編排、文字、注釋、語法、音韻、句讀六方面修正完善了《太平經合校》，解決了很多《合校》所遺留的語言文字疑難問題，是近年來諸多注本中注釋水準最高的。俞理明、顧滿林合作出版《東漢佛道文獻詞彙新質研究》（商務印書館2013年），此書主要內容有：東漢佛道文獻中新出的名物詞語、東漢佛道文獻中新出的行為詞語、東漢佛道文獻中新出的性狀詞語、東漢佛道文獻詞彙新質分析。

連登崗《釋〈太平經〉之「賢儒」、「善儒」、「乙密」》（《中國語文》1998／3）結合兩漢的時代用字以及思想文化的實際情況，並聯繫上古、中古詞彙史，考釋了《太平經》中的「賢儒」、「善儒」、「乙密」等詞，解釋精當。連氏尚有《〈太平經〉語詞別義辨釋》（《慶陽師專學報》1997／2）、《〈太平經〉語詞再釋》（《南通師範學院學報》2004／1）、《釋〈太平經〉之「賢柔、賢渫、大柔、大渫師」》（《宗教學研究》2005／2）等。

王柯《〈太平經〉語詞選釋》（《中國語文》2007／2）發掘了「內」（其實義）、「要」（介詞，與）、「互」（阻攔、阻隔義）這些前人未予關注的用法。王氏在《古籍整理研究學刊》（2005／3、2007／3、2007／4）連載發表了《〈太平經合校〉標點拾誤》（一）、（二）、（三），對《太平經合校》的標點失誤作了系統整理。

劉祖國《〈太平經〉研究述評》（《漢語史研究集刊》2005／8）從校勘、詞彙、語法三個方面，指出了當前《太平經》語言研究的成就、特點、不足以及努力方向。此外還著有《〈太平經〉語詞箚記》（《漢語史研究集刊》2009／12）、《〈太平經〉語詞釋讀獻疑》（《宗教學研究》2010／1）、《〈太平經〉與漢代社會文化》（《蘭州學刊》2010／6）、《試論道經語言學》（《船山學刊》2010／3）、《〈太平經〉注釋指瑕》（《圖書館理論與實踐》2010／12）、《〈周氏冥通記〉研究（譯注篇）注釋拾補》（《宗教學研究》2012／2）、《〈周氏冥通記研究〉（譯注篇）補苴》（《殷都學刊》2012／2）、《道教文獻語言研究的困境與出路》（《中國道教》2012／5）等。《試論道經語言學》首次提出並論述了「道經語言學」〔註10〕的概念，以及建立道經語言學的可能性與必要性、道經語言學的研究內容、研究方法等問題。《道教文獻語言研究的困境與出路》一文分析了道教文獻語言研究的困難所在，並結合實際，有針對性地指出了道教文獻語言研究的出路。近年出版專著《魏晉南北朝道教文獻詞彙研究》（山東大學出版社2018年）。

董玉芝對《抱朴子內篇》研究較多，如《〈抱朴子〉聯合式複音詞研究》（《新疆教育學院學報》1994／1）、《〈抱朴子〉複音詞構詞方式初探》（《古漢語研究》1994／4）、《〈抱朴子〉複音詞在現代漢語中的變化》（《昌吉學院學報》1998／1）、《〈抱朴子〉特指義拾零》（《新疆教育學院學報》2004／4）等，對《抱朴子》內外篇的全部複音詞作了定量分析，並對一些疑難詞語、詞義進行了考釋。

馮利華的博士論文《中古道書語言研究》（浙江大學2004年）是第一部系統研究中古道經的論著，該書已於2010年由巴蜀書社出版，對中古道經的

〔註10〕「道經語言學」以中國道教經典的語言為研究對象，研究中國道教經典中的語言現象和規律。它是一門道教學和語言學相結合的交叉學科，利用既有的文字學、音韻學、訓詁學、詞彙學、語法學等多方面的知識，去讀懂道經，把裏面的語言現象搞清楚，發現其中的特點，進而總結道經語言中的規律。

俗字、詞彙、隱語等問題作了探討，多有創獲，可惜研究的面還比較窄。馮氏還著有《〈真誥〉詞語輯釋》（《古漢語研究》2002／4）、《陶弘景〈真誥〉的語料價值》（《中國典籍與文化》2003／3）等，揭示了《真誥》對漢語詞彙史研究的重要價值。馮氏尚有《道書隱語芻議》（《中國文化研究》2006／2）、《道書俗字與〈漢語大字典〉補訂》（《古漢語研究》2008／2）、《中古道書詞語輯釋》（《宗教學研究》2010／2）等。近年來漢語俗字研究的材料主要包括敦煌遺書、簡牘帛書、碑文墓誌、史乘筆記、佛教典籍等，而對於道教文獻的發掘尚屬空白，《道書俗字與〈漢語大字典〉補訂》一文對道教文獻中的俗字進行了深入的考察，填補了相關空白。

王敏紅相繼發表《〈太平經〉詞語拾零》（《語言研究》2002／1）、《從〈太平經〉看三字連文》（《寧夏大學學報》2004／1）、《〈太平經〉疑問句研究》（《古漢語研究》2007／3）等文章，專門探討《太平經》的語言，《〈太平經〉疑問句研究》一文對《太平經》中的疑問句進行了全面統計，從疑問詞語及短語、疑問句類型兩個方面剖析了其詞彙和句法特點，從一個側面論證了東漢在漢語發展史中承上啟下的特殊地位。王氏還著有《〈雲笈七籤〉「臨目」釋義》（《四川師範大學學報》2001／5）、《〈雲笈七籤〉詞語零箚》（《古籍整理研究學刊》2002／3）、《〈雲笈七籤〉「養」「迫」釋義》（《四川師範大學學報》2002／4）等，考釋了《雲笈七籤》中一些特殊的疑難詞語。

周作明博士是俞理明先生的高足，近年在道經語言方面發表了不少成果，如《點校本〈雲笈七籤〉商補三則》（《圖書館雜誌》2005／10）、《點校本〈雲笈七籤〉商補續——兼論道教典籍的整理》（《圖書館雜誌》2007／2）對中華書局李永晟點校本《雲笈七籤》中某些有待完善的地方作了商榷訂補，並對道教典籍整理的重要性及方法談了一些看法。《從六朝上清經看佛教對道教用語的影響》（《宗教學研究》2008／3）認為佛道二教在發展中相互鬥爭，又彼此融合，相互間的交融滲透在用語上也有所反映，文章以六朝上清經為考察對象，發掘出一批深受佛教影響的用語，並從源頭上對其加以分析。〔註11〕

〔註11〕劉屹、劉菊林《論〈太上妙法本相經〉的北朝特徵——以對佛教因素的吸收為中心》（《首都師範大學學報（社科版）》2007年第3期）認為《本相經》對佛教概念和詞彙的借用有其特色，或可將其總結為「直接移植」（直接借用不改變意義）和「偷樑換柱」（雖保持佛教的名稱，但徹底改變了原有的佛教意含）。兩篇文章互有異同，可對照閱讀。

《從六朝上清經看文化對文獻用語的影響》（《宗教學研究》2009／1）考察了道家思想及道派文化對上清經用語構造及意義的影響，角度新穎，結論可靠。《試論早期上清經的傳抄及其整理》（《宗教學研究》2011／1）深入考察了早期上清經的造作與流布，分析了東晉南朝上清經孳乳時的相互傳抄徵引，研究了早期上清經的整理方法，特別是文中列表展示上清經相互抄引的情況，為研究早期上清經的異文提供了一條極佳的線索。《中古道經中的口語成分及口語詞舉例》（《漢語史研究集刊》2012／15）從道典「十二部類」入手，分析了各類道經的用語特點，舉例論述了早期道經中的口語成分和口語詞，揭示了早期道經在漢語史研究中的語料價值。《點校本〈真誥〉述評——兼論魏晉南北朝道經的整理》（《古典文獻研究》2012／15）分析了中華書局點校本《真誥》所取得的成績以及存在的問題，並從語料的電子化、異文的處理等方面談了魏晉南北朝道經整理的方法。周氏關於道經整理的文章還有《〈真誥校注〉補闕》（《圖書館雜誌》2010／6）、《「道教典籍選刊」與道教古籍整理》（《中國道教》2012／5）、《點校本〈真誥〉商補》（《湛江師範學院學報》2012／5）、《〈登真隱訣輯校〉商補》（《嘉興學院學報》2013／1），反映了周氏在此領域不斷探索。周氏近年先後出版專著《中古上清經行為詞新質研究》（中國社會科學出版社 2013 年）、《東晉南北朝道經名物詞新質研究》（中國社會科學出版社 2015 年）。

葉貴良教授近年發表了《「殍」字考辨》（《語言研究》2004／3）、《說「真」》（《古漢語研究》2008／4）、《敦煌道經形誤字例釋》（《敦煌研究》2009／3）等文章，並出版專著《敦煌道經寫本與詞彙研究》（巴蜀書社 2007 年）、《敦煌道經詞語考釋》（巴蜀書社 2009 年）、《敦煌本〈太玄真一本際經〉輯校》（巴蜀書社 2010 年）、《敦煌本〈太上洞玄靈寶無量度人上品妙經〉輯校》（四川大學出版社 2012 年）。敦煌道經擁有大量極具特色的語詞，為豐富漢語詞彙做出了很大的貢獻，但長期不被重視，成為語言研究中的　個薄弱環節，《敦煌道經寫本與詞彙研究》從文字、文化、詞彙、歷史和思想等角度對敦煌道經中的詞彙作了全面深入的研究，多所創新。兩部《輯校》則是敦煌道教文獻整理的具體實踐，廣收異本，校勘精良。

夏先忠博士近年發表了一系列關於道經用韻方面的文章，如《從〈上清大洞真經〉用韻看它的成書年代》（《敦煌學輯刊》2010／4）、《從陶弘景詩文用

韻看〈登真隱訣〉作者及成書年代》（《古籍整理研究學刊》2012／4）、《〈真誥〉用韻年代研究》（《湖北民族學院學報》2012／3）《論〈西升經〉中的韻文用韻及成書時代》（《海南師範大學學報》2012／7）、《試論〈洞玄靈寶自然九天生神章經〉中「三寶章」非元後增補——兼談道經成書年代判定中證據的發掘與利用》（《宗教學研究》2012／3）、《〈真誥〉中的韻文》（《漢語史研究集刊》2012／15），以上論文說明利用道經中的韻文用韻考證道教典籍的寫定年代是可行的，同時也證明了道經用韻與當時文人詩歌用韻的一致性，為考證道經成書時代開闢了另一途徑。夏博士先後出版專著《六朝上清經用韻研究》（西南交通大學出版社 2010 年）、《中古道經韻文與寫作年代研究》（中南大學出版社 2019年），其以已經初步確定的早期上清文獻為基礎材料，逐一記錄其中的韻字和通押關係，描寫各段韻文的韻譜，歸納出當時用韻的基本情況，並通過與其他同時代文獻韻文韻部押韻情況的對比，分析其中的異同，進而分析探求道經的寫作年代和作者的方言背景，將陳國符、虞萬里從音韻考證道典成書的理念發揚光大。

這一時期還有一些重要文章，如陳增岳《〈太平經合校〉補記》（《文獻》1994／4），王雲路《〈太平經〉語詞詮釋》（《語言研究》1995／1），方一新《〈抱朴子內篇〉詞義瑣記》（《浙江大學學報》1999／4），汪維輝《〈周氏冥通記〉詞彙研究》（《中古近代漢語研究》2000／1）、《六世紀漢語詞彙的南北差異——以〈齊民要術〉與〈周氏冥通記〉為例》（《中國語文》2007／2），張婷等《十年來道教典籍詞彙研究綜述》（《滁州學院學報》2005／4），淩雲志《〈神仙傳〉校讀箚記》（《古籍整理研究學刊》2005／1），劉曉然《〈太平經〉的詞彙研究》（《社會科學家》2006／1），高朋《「塚訟」的內涵及其流變——一種影響到喪葬習俗的道教觀念》（《文化遺產》2008／4），胡守為《文淵閣四庫全書本〈神仙傳〉疑誤》（《中華文史論叢》2009／4），羅業愷《近二十年道教語言研究綜述》（《宗教學研究》2009／3），方一新《從〈抱朴子〉4 組名詞看中古基本詞的更替演變》（《漢語史學報》2010／10），方一新、柴紅梅《〈神仙傳〉的詞彙特點與研究價值》（《古漢語研究》2010／1），俞理明《〈玄都律文〉的用詞和〈漢語大詞典〉的釋義》（《漢語史研究輯刊》2010／13），陳祥明、亓鳳珍《〈周氏冥通記研究（譯注篇）〉匡正》（《泰山學院學報》2011／1），許蔚《〈歷世真

仙體道通鑒〉所見〈真誥〉校讀記》(《宗教學研究》2011／1)，忻麗麗《道經詞語「離羅」考釋》(《古漢語研究》2011／4)，田啟濤《魏晉南北朝天師道典籍中的「縣官」》(《宗教學研究》2010／4)、《早期天師道文獻詞語拾詁》(《漢語史研究集刊》2010／13)、《也談道經中的「搏頰」》(《敦煌研究》2012／4)等，這些論文也都具有一定的參考價值。

　　此時期出現了一個可喜的現象，即一些年輕學人開始有意識地把道經語言作為自己的碩士或博士論文選題，這是非常值得推廣的，為道經語言研究的可持續發展打下了基礎。這方面的成果亟待總結，其中碩士論文有黃建寧《〈太平經〉複音詞初探》(四川師大 1997 年)，羅涼萍《陶弘景編撰上清經中「神」、「仙」、「真」諸字研究》(臺灣輔仁大學 2001 年)，汪業全《〈道藏〉音釋研究》(廣西師大 2001 年)，李娜《〈抱朴子〉反義詞研究》(山東師大 2003 年)，林金強《〈太平經〉雙音詞研究》(華南師大 2003 年)，王磊《〈真誥〉連詞研究》(四川大學 2004 年)，周作明《東晉南朝道教上清派經典詞彙新詞新義研究》(四川大學 2004 年)，成妍《〈抱朴子內篇〉詞彙研究》(南京師大 2005 年)，朱力《〈太平經〉與東漢佛經判斷句比較研究》(四川大學 2005 年)，柴紅梅《〈神仙傳〉詞彙研究》(浙江大學 2005 年)，曹靜《〈太平經〉中的同義連文》(四川大學 2006 年)，劉祖國《〈太平經〉複音詞研究與〈漢語大詞典〉》(華東師大 2006 年)，劉湘濤《〈太平經〉程度副詞研究》(中南大學 2007 年)，單梅青《〈抱朴子內篇〉副詞研究》(山東師大 2008 年)，邵素芝《〈太平經〉中的「有」字句》(吉林大學 2009 年)，郭曉東《〈仙傳拾遺〉複音詞研究》(東北師大 2009 年)，張碩《〈太平經〉單音節行為動詞配價研究》(南京師大 2010 年)，孔珍《〈真誥〉詞彙研究》(南京師大 2010 年)，劉吉寧《敦煌本〈太上洞玄靈寶無量度人上品妙經〉文字研究》(廣西大學 2011 年)，牛秀芳《宋以前道教碑刻詞語研究》(西南大學 2011 年)，劉彩紅《敦煌本〈太上洞淵神咒經〉文字與詞彙研究》(浙江財經學院 2012 年)，楊靜《敦煌本〈太上業報因緣經〉文字與詞彙研究》(浙江財經學院 2012 年)，張琨《〈雲笈七籤〉詞彙研究和〈漢語大詞典〉的修訂》(西南科技大 2012 年)，劉豔娟《〈真誥〉複音詞研究》(湖南師大 2014 年)，孟燕靜《〈周氏冥通記〉道教類詞彙研究》(陝西師大 2015 年)，王佳欣《〈周氏冥通記〉虛詞研究》(安徽大學 2015 年)，賀燕

霞《〈周氏冥通記〉疑問句研究》（贛南師範學院 2015 年），韓曉雲《〈太平經〉因果類複句研究》（重慶師範大學 2015 年），張學瑾《〈道教靈驗記〉詞彙研究》（山東大學 2018 年），姜純陽《〈墉城集仙錄〉詞彙研究》（浙江財經大學 2019 年）等。

博士論文相對較少，如馮利華《中古道書語言研究》（浙江大學 2004 年），葉貴良《敦煌道經詞彙研究》（浙江大學 2005 年），周作明《東晉南朝道教上清派經典行為詞新質研究》（四川大學 2007 年），劉曉然《雙音短語的詞彙化：以〈太平經〉為例》（四川大學 2007 年），胡萍《〈太平經〉被動式研究》（南京大學 2007 年），劉祖國《〈太平經〉詞彙研究》（華東師大 2009 年），劉文正《〈太平經〉動詞及相關基本句法研究》（湖南師大 2009 年），忻麗麗《中古靈寶經詞語考釋》（南開大學 2012 年），牛尚鵬《道法類經書疑難語詞考釋》（南開大學 2012 年），周學峰《道教科儀經籍疑難語詞考釋》（南開大學 2013 年），李振東《〈太平經〉與東漢佛典複音詞比較研究》（吉林大學 2016 年），謝明《宋前道書疑難字詞考釋》（浙江大學 2017 年）等。

對影響較大的道經進行點校注譯是一項非常重要的工作，相繼出版了一些專著，如顧久《〈抱朴子內篇〉全譯》（貴州人民出版社 1995 年），邱鶴亭《〈神仙傳〉今譯》（中國社會科學出版社 1996 年），党寶海譯注《長春真人西遊記》（河北人民出版社 2001 年），楊寄林《〈太平經〉今注今譯》（河北人民出版社 2002 年），蕭登福《〈黃帝陰符經〉今註今譯》（文津出版社 1996 年）、《南北斗經今註今譯》（臺北行天宮文教基金會 1999 年）、《〈玉皇經〉今註今譯》（臺北行天宮文教基金會 2001 年）、《〈清靜經〉今注今譯》（九陽道善堂刊印 2004 年）、《〈上清大洞真經〉今注今譯》（香港青松出版社 2006 年）、《〈靈寶無量度人上品妙經〉今注今譯》（文津出版社 2008 年），（日）吉川忠夫、麥谷邦夫編，朱越利譯《〈真誥〉校注》（中國社會科學出版社 2006 年）〔註12〕，王叔岷《〈列仙傳〉校箋》（中華書局 2007 年），胡守為《〈神仙傳〉校釋》（中華書局 2010 年），（日）吉川忠夫、麥谷邦夫編，劉雄峰譯《〈周氏冥通記〉研究（譯注篇）》（齊魯書社 2010 年），周作明點校《無上秘要》（中華書局 2016 年），王家葵《〈周氏冥通記〉校釋》（中華書局 2020 年）等。2012 年 7 月全國古籍

〔註12〕相關評論文章有：劉揚《〈真誥校注〉商補二則》（《西南民族大學學報（哲社版）》2009 / 9）、何亮《〈真誥校注〉指瑕》（《古籍研究》2010 / 55～56）。

整理出版規劃領導小組發佈了「2011～2020 年國家古籍整理出版規劃」，其中一項即為「道教典籍選刊（23 種）」，整理者為丁培仁、董恩林、謝陽舉等，整理方式為點校、注評，2011 年～2018 年由中華書局陸續出版。

　　總的來說，道經語言研究逐步有了較快的發展，取得了一些重要成果。同時也應看到，道經的語音、詞彙、語法、文字研究，尚處於一種不平衡狀態。每一部分內各方向的研究，也不平衡。有的文獻研究很熱，如《太平經》、《抱朴子內篇》，有的文獻卻少人問津，成為研究中的空白點。語言學界對道教經典語言研究的範圍還比較窄，研究視角不夠開闊，研究方法有待改進，缺乏對道經語言的系統研究，尚未出現道經語言研究的通論性著作，理論總結與創新需要加強。與佛經語言研究相比，還顯得相當薄弱。

　　筆者認為，今後應該著力從如下幾個方面進行努力：

　　（一）做好道教經典的校勘整理。對數量巨大的道經語料價值進行梳理，大致整理出一份在道教史上有重要地位、口語性較強、研究價值較大的道經文獻目錄，這是一個基礎性工作。然後對這些重要道經進行標點、注釋（或校注、校釋、訓詁）、翻譯（或譯注），只有這樣，才能更好地繼承這筆傳統文化遺產。〔註 13〕

　　（二）「道典中所保存的道教用語材料，作為一個特殊社會團體的用語，既與一般漢語有所區別，又與一般漢語有密切的聯繫。它以一般漢語為基礎，在相當程度上反映了一般漢語的面貌；同時，又發展出了具有個性的部分，並且反過來影響全民用語，部分道教用語通過與其他語言社團的交際，滲入到全民用語中。」〔註 14〕要注意研究道經語言對全民語言的影響，發現那些滲透到全民語言中的成分。

　　（三）「語言是一種文化，離開文化談語言沒有意義，離開語言談文化也伊於胡底。追尋語言背後的文化意義，或從文化的角度探討語言，還有很多課題

〔註13〕中國道學權威卿希泰先生已指出此項工作之重要，在談道教研究的展望時曾說道：「四是開展道教典籍的研究和整理（包括注釋、標點、譯為白話）。這項研究得到國內一些出版社的重視，也出版了一些道教典籍的注釋和翻譯，但將其像中華書局那樣系統安排列入計畫的並不多，即使有系統安排的，其進展也很慢，趕不上形勢發展的需要。所以，這項研究還需要加大力度。」（卿希泰《道教研究百年的回顧與展望》，《四川大學學報》（社科版），2006 年第 4 期，第 54 頁。）

〔註14〕俞理明、周作明《論道教典籍語料在漢語詞彙歷史研究中的價值》，《綿陽師範學院學報》（社科版），2005 年第 4 期，第 6 頁。

可做。」〔註15〕具體到道經，要對儒釋道三教的互動關係予以考察，研究道經語言對儒家文化以及佛教文化的吸收與借鑒。

（四）有步驟、有計畫地展開道經語言的專題研究（如口語詞、處置式、疑問句等）、專書研究（如《周氏冥通記》、《登真隱訣》、《太極金書》等）、專類體裁研究（如遊仙詩、步虛詞、神仙傳記等）、斷代研究（如東晉、唐代、宋代等）、通代研究（如中古、近代等等），進而出版道教專書語言研究成果、編著道教語言詞典等。

（五）加強辨偽，綜合語音、詞彙、語法，嘗試從語言上去推測道經成書年代。漢語史研究所依據的資料必須年代明確，文本可靠。由於道經多託之神授，其編著者姓名和編著年代大多不詳。對於這種情況，一定要根據時代背景、文獻著錄、思想內容、文體風格、語言文字等，從多角度入手來進行考察。其中，從語言角度推測作品成書年代在學界，尤其是佛經語言研究領域已有不少成功的例子〔註16〕，在道經辨偽方面這種方法值得借鑒。

（六）在細緻描寫的同時，進一步加強解釋，用現代語言學的理論去分析解釋其中的語言現象。挖掘道教語言中的規律性現象，力爭描寫出其語言的系統構成，採用科學方法大力加強道教語言的系統性、窮盡性研究。

（七）在做好一些基礎性研究工作之後，順應當今交叉研究、跨學科研究的大勢，逐步建立一門能把道教學與語言學真正融合起來的新興學科——道經語言學，以吸引一批專家學者來共同推動道經語言的研究。一種研究要想成為一門學科，至少應滿足兩個條件：一是研究對象比較大，太小了就無法深入；二是已有相當的研究成果，可以作為參考。道經語言研究已經完全滿足這兩個條件。

道經文獻包羅萬象，可多角度進行研究，語言研究當然是其中一個重要的方面。道經語言研究不但對讀懂道經有直接幫助，而且也是漢語史學科不可或缺的一個分支〔註17〕。佛經語言研究早已進行得如火如荼，然而道經語言研究

〔註15〕蔣冀騁《三十年來漢語言文字學研究的回顧與反思》，《湖南師範大學社會科學學報》，2009 年第 4 期，第 123 頁。

〔註16〕最新的集大成之作當屬方一新、高列過《東漢疑偽佛經的語言學考辨研究》，人民出版社，2012 年版。

〔註17〕近年出版的漢語史研究著作有的已經注意到道教文獻語料的價值，例如周俊勳《中古漢語詞彙研究綱要》（巴蜀書社，2009 年版，第 22～23 頁）、向熹《簡明漢語史（修訂本）》（商務印書館，2010 年版，第 12 頁）、方一新《中古近代漢語詞彙學》（商務印書館，2010 版，第 420 頁）。

界至今尚無一部全面系統的專著問世，這與其在中國傳統文化中的地位極不相稱，可以說建立道經語言學也是學科佈局平衡發展的需要。道經語言學是未來道教學研究及中國語言學研究的新趨勢，具有廣闊的發展前景。

第二節　《太平經》成書及作者〔註18〕

一、《太平經》的成書及流傳

　　道教作為中國土生土長的宗教，一般認為它產生於東漢中後期。《太平經》是中國道教的開山之作。據《漢書·李尋傳》記載：「初，成帝時，齊人甘忠可詐造《天官曆》、《包元太平經》十二卷，以言『漢家逢天地之大終，當更受命於天，天帝使真人赤精子，下教我此道。』忠可以教重平夏賀良、容丘丁廣世、東郡郭昌等，中壘校尉劉向奏忠可假鬼神罔上惑眾，下獄治服，未斷病死。賀良等坐挾學忠可書以不敬論，後賀良等復私以相教。哀帝初立，司隸校尉解光亦以明經通災異得幸，白賀良等所挾忠可書。事下奉車都尉劉歆，歆以為不合《五經》，不可施行。」漢成帝（前32～前7年）時齊人甘忠可造《包元太平經》12卷，自稱是天帝使真人赤精子降世，其弟子夏賀良曾持該書遊說漢哀帝，此書已佚。此後近一個半世紀中，《太平經》之傳承情況未見有史書記載。

　　直至東漢順帝（126～144年）時，《後漢書·襄楷傳》記載：「初順帝時，琅琊宮崇詣闕，上其師于吉於曲陽泉水上所得神書百七十卷，皆縹白素，朱介、青首、白目，號《太平清領書》。」唐章懷太子李賢注曰：「神書即今道家《太平經》也。其經以甲乙丙丁戊己庚辛壬癸為部，每部十七卷也。」于吉（又作干吉）在曲陽泉水上得神書170卷，號《太平清領書》。于吉與宮崇是師徒傳

〔註18〕本節主要參考了以下論著：大淵忍爾《太平經の來歷について》，《東洋學報》第27卷第2期，1940年；大淵忍爾《太平經の思想について》，《東洋學報》第28卷第4期，1941年；福井康順《道教の基礎的研究》，理想社（東京），1952年；王明《道家和道教思想研究》，中國社會科學出版社，1984年6月第一版；朱越利《道經總論》，遼寧教育出版社，1991年第一版；朱越利《道藏分類解題》，華夏出版社，1996年1月第一版；王卡主編《道教三百題》，上海古籍出版社，2000年第一版；李養正《試論〈太平經〉的產生與演變》，《中國道教》1983年第2期；卿希泰、唐大潮著《道教史》，江蘇人民出版社，2006年第一版；姜守誠《〈太平經〉研究——以生命為中心的綜合考察》，社會科學文獻出版社，2007年。尤其參考王明、李養正、姜守誠先生的觀點較多，謹致謝忱。

授的關係，宮崇、襄楷曾先後分別向順帝和桓帝進獻此書。于吉神書就是《太平清領書》，也就是《太平經》。從《太平經複文序》可猜知，于吉大概是最早撰寫、傳佈《太平經》的創教者，宮崇是最早傳授此書並加以增衍的一人。《太平清領書》今已不存，但從《後漢書·襄楷傳》中可見，該書包括治國安邦之論、黃老學說及巫術等內容。

可見，近一百五十年間，《太平經》已從西漢哀帝時的十二卷增擴至東漢順帝的一百七十卷。這期間，經歷了怎樣的過程？經由誰手加以潤色和增擴，尤其是如何從 12 卷變為 144 卷乃至 170 卷？《太平經》的成書問題歷來為學者所關注，特別是對該書成型前的編撰情況，學界迄今仍未有定論。「對於現存《太平經》（殘卷）定本的成書年代，學界就基本達成共識，即認為至遲當不會晚於東漢中後期（漢末靈、獻帝之際）。但是對於《太平經》定本出世前的具體演變過程及底本與定本之間的關係等問題，學界迄今尚未取得實質性突破。」〔註 19〕

《太平經》全書篇幅巨大，原分甲、乙、丙、丁、戊、己、庚、辛、壬、癸十部，每部 17 卷，共 170 卷，三百六十六篇。該書最早見於著錄，是東晉葛洪《抱朴子內篇·遐覽》所載書目，但裏面記載了兩個版本：《太平經》50卷、《甲乙經》170 卷〔註 20〕。可見最晚在晉代已經出現《太平經》的異本，一種即通行本一百七十卷，另一種為五十卷，陳國符認為：「《甲乙經》即《太平經》。而《太平經》五十卷，則疑為此書之別本。」〔註 21〕之後，《道教義樞·七部義》〔註 22〕記載：「然其卷數，或有不同。今甲乙十部一百七十卷，今世所行。按《正一經》云，有《太平洞極之經》一百四十四卷。此經並盛明治道，證果、修因、禁忌、眾術也。其《洞極經》者，按《正一經》：漢安元年，太上親授天師，流傳茲日。」意即當時還流傳着一個 144 卷的本子，即張道陵的《太平洞極之經》。可見，《道教義樞》所處的年代，人們對《太平洞極之經》和《太平經》的關係已經不太清楚。唐閭丘方遠《太平經鈔》也有解釋

〔註 19〕姜守誠《〈太平經〉研究——以生命為中心的綜合考察》，社會科學文獻出版社，2007年，11～12 頁。

〔註 20〕詳見王明《抱朴子內篇校釋（增訂本）》卷 19，中華書局，1985 年第 2 版，333 頁。

〔註 21〕陳國符《道藏源流考》，中華書局，1963 年，88 頁。

〔註 22〕關於《道教義樞》的作者和成書年代尚無定論。陳國符認為是南朝道士孟景翼所作。日本學者吉岡義丰則認為此書為唐朝道士孟安排所作，成於唐高宗初年。吉岡之觀點現為學界普遍接受。

《太平洞極之經》的文字。宋張君房編《雲笈七籤》卷六《三洞經教部‧四輔》也說：「凡君在位，輕忽斯典，然其卷數或有不同。今甲乙十部合一百七十卷，今世所行。按正一經云：有《太平洞極之經》一百四十四卷。今此經流亡殆將欲盡。此之二經，並是盛明治道及證果修因、禁忌眾術等也。」足見《太平洞極之經》是確實存在過的，至宋代便已流失殆盡，僅存書目。孟安排與張君房也都說此二經內容「並是」，經名不同而內容一樣。據饒宗頤《敦煌六朝寫本張天師道陵老子想爾注校箋》論證，《想爾注》多處演「太平」、「守一」等義，實乃以《太平經》之義旨解釋《老子》。這也說明張陵確曾有與《太平經》內容相同的《太平洞極經》。現代學者多認為《太平洞極之經》同「甲乙十部」一樣，可能都是《太平經》的別本〔註23〕。

　　有學者認為《包元太平經》似有一個前身，即「太平本文」，這個「本文」最初可能只有很少數卷、是個「秘傳的簡單的草本」，王明稱為「太平本文」〔註24〕。「《包元太平經》12卷是《太平清領書》之前身之一（或其中之一部分），後者是以前者（以及日後的其他文本）為藍本加以增補和擴充而成，這一觀點現已得到學界廣泛認同。」〔註25〕《太平洞極經》是在「洞極經」之框架下，將《太平經》的早期文本（包括「本文」、《包元》等）結合他類經書、加以改造後的一種湊集或合流〔註26〕。

　　姜守誠對《太平經》定本出世前的具體演變過程作出了突破性的構擬，其觀點值得注意。他對現存《太平經》的幾種本子（指收藏於《正統道藏》的《太平經》（殘卷）、《太平經鈔》、《太平經聖君秘旨》）進行全文檢索，找出與「洞

〔註23〕如陳攖寧認為：「于吉的《太平青領書》和張道陵的《太平洞極經》這兩種書是分不開的，若非一書二名，就是于吉的書已把張道陵的書吞併在內而加以融化了。」（陳攖寧《道教與養生》，華文出版社，2000年，58頁。）

〔註24〕王明認為：「一百七十卷『神書』的形成是要有個過程的。一百七十卷的經典在漢代時異常罕見的大部頭的書籍。可能先有個秘傳的簡單的草本，所謂『太平本文』。這種秘傳的草本，很難斷定是誰寫的，以後逐漸增修，宮崇是個重要的編纂者。稱它是『于吉神書』，表明他是最早撰寫最早傳經的一人。實際上，它不是出於一時一人的手筆。可以說是一部集體編寫的道書。」（王明《論〈太平經〉的成書時代和作者》，原載《世界宗教研究》1982年第1期，又收入其所著《道家和道教思想研究》，中國社會科學出版社，1984年，199～200頁）「太平本文」是《包元太平經》後來造作的基礎。

〔註25〕姜守誠《〈太平經〉研究——以生命為中心的綜合考察》，社會科學文獻出版社，2007年，23頁。

〔註26〕姜守誠《〈太平經〉研究——以生命為中心的綜合考察》，20頁。

極之經」相關的幾種稱謂（《太平經》共出現四種相關稱謂：「洞極之經」8 處、「洞極經」3 處、「無極之經」2 處、「洞極天地陰陽之經」1 處。此外，還出現「洞極」字樣者 23 處）。研究發現「洞極之經」等稱謂僅出現於若干章節：《太平經》卷 41《件古文名書訣》、卷 88《作來善宅法》、卷 91《拘校三古文法》、卷 93《國不可勝數訣》、卷 112《有過死謫作河梁誡》以及《太平經鈔》乙部和辛部。此外，經文中出現「洞極」字樣者，除以上篇章外，還有：《太平經》卷 48《三合相通訣》、卷 67《六罪十治訣》、卷 68《戒六子訣》、卷 69《天讖支干相配法》、卷 71《真道九首得失文訣》、卷 92《萬二千國始火始氣訣》和《洞極上平氣無蟲重複字訣》、卷 96《守一入室知神戒》、卷 116《某訣》和《闕題》、卷 118《禁燒山林訣》和《太平經鈔》戊部。另外，敦煌本《太平經目錄》中也有兩篇題名內含「洞極」字樣：卷 92《洞極上平炁無蟲僅複家》（此篇即道藏本《太平經》中《洞極上平氣無蟲重複字訣》）；卷 164《洞極綱紀目留天使好》（今本缺佚此篇）。這些篇章均屬同一種體裁——問答體，也具有近似一致的文風和語言特徵：問答的雙方是天師與真人，尊卑關係明確；語言較為通暢；內容比較完整，大多有開場白和結束語；等等。概括地說，這部分篇章（指含「洞極」之語的諸篇）明顯屬於同一時代的作品，基本可以判定是出自一人（或持有相同或相近觀點的寫作班子）之手。種種跡象表明：這些章節不同於《太平經》的其他部分，似出自於一個相同體系（姑且稱之為「洞極之經」）。「洞極之經」所反映的時代背景，不同於整個定本的成書時代——東漢中後期，而應早於此。但是，它顯然又晚於《包元太平經》，且與《包元》有較大區別〔註 27〕。

　　姜先生從有關史料入手分析《太平經》的具體演變過程，進而指出：「洞極之經」（或稱「洞極經」）是《太平經》成書的中間過渡環節，是書之編撰想法似源於王莽執政時期〔註 28〕。「『洞極之經』介於《包元太平經》和《太平清領書》之間，是二者的中間過渡環節（詳見下文）。從《太平經》成書的整個發展脈絡來看，『洞極之經』無疑填補了前文所說的那段盲區。」〔註 29〕從 12 卷的《包元太平經》到 144 卷的《太平洞極之經》直至 170 卷的《太平清領

〔註 27〕詳參姜守誠《「洞極之經」反映王莽時代考》，《宗教學研究》2005 年第 2 期。
〔註 28〕詳參姜守誠《「洞極之經」反映王莽時代考》，《宗教學研究》2005 年第 2 期。
〔註 29〕姜守誠《〈太平經〉研究——以生命為中心的綜合考察》，社會科學文獻出版社，2007 年，23 頁。

書》，「洞極之經」無疑是一個極其重要的而又被人忽視的環節。

對於《太平清領書》，日本學者小柳司氣太 1930 年最早撰文考證出《道藏》本《太平經》即是漢代《太平清領書》，今本《太平經》應與李賢所見之本無異。此後，不斷有學者討論這個問題，大部分都贊同小柳氏的觀點，認為可將《太平清領書》等同於《太平經》。「對於『神書』——《太平清領書》（一百七十卷）與現存《太平經》之關係問題，學者基本達成較一致看法：道藏本《太平經》大體是這部『神書』的殘本。詳見王明、陳攖甯、熊德基、卿希泰、喻松青及日人小柳司氣太、大淵忍爾等之論述。」〔註 30〕「我們的觀點是，《太平清領書》可能是《太平經》最早的定本，但不排除其在成書後又經編輯和修訂。至於《道藏》本《太平經》所據乃係何種傳本，湯用彤推斷說：『正統本《太平經》……所根據之寫本，或出於陳末唐初之間。』」〔註 31〕

在對「洞極之經」及《包元太平經》、《太平洞極經》、《太平清領書》及今本《太平經》的流傳過程作了深入考察之後，姜守誠（2007）針對兩種不同情況第一次構擬出《太平經》幾種（藍本）之間的傳承關係圖表〔註 32〕，這對於《太平經》研究是一個很人的貢獻，可視為《太平經》文獻研究的一大突破，現轉引如下：

經書傳承（1）

「太平本文」→《包元太平經》12 卷→「洞極之經」→《太平洞極經》144 卷→《太平清領書》170 卷（即《太平經》170 卷）

經書傳承（2）

「太平本文」→《包元太平經》12 卷→「洞極之經」→ ↗《太平洞極經》144 卷 ↘　《太平經》170 卷　↘《太平清領書》170 卷 ↗

南北朝時，《太平經》仍隱於民間。據《道學傳》第十五卷中說，南梁東海爿徒人桓闓，曾在民間求得《太平經》一部，其帥陶弘景認為「此真干君古本」。《雲笈七籤》卷六《四輔》亦載南北朝陳宣帝時周智響取得《太平經》，並在至真觀開敷講說，自此以後，《太平經》便又行世。

〔註 30〕 姜守誠《〈太平經〉研究——以生命為中心的綜合考察》，14 頁註釋①。
〔註 31〕 姜守誠《〈太平經〉研究——以生命為中心的綜合考察》，23～24 頁。
〔註 32〕 姜守誠《〈太平經〉研究——以生命為中心的綜合考察》，24 頁。

到唐末，閭丘方遠節錄《太平經》，分甲乙丙丁戊己庚辛壬癸十部，每部節錄原經十七卷成一卷，編次為《太平經鈔》〔註33〕十卷。南唐沈汾《續仙傳》及宋賈善翔《猶龍傳》述說閭丘方遠詮《太平經》三十篇。宋鄧牧《洞霄圖》卷五中又說閭丘方遠「鈔為二十卷」。這裏所說十卷、二十卷、三十篇，實際上都是指《太平經鈔》，因《太平經》原文節錄分為十部，每部一卷，則為《太平經鈔》十卷；如按每部節抄分為上中下三篇，則共為三十篇；如按每部節抄分為上下兩卷，則共為二十卷。由於傳本分篇、卷的方法不同，故有此三種說法。閭丘方遠除節錄《太平經》，編次《太平經鈔》十卷外，他還從《太平經》中選抄輯成《太平聖君秘旨》，其內容論述精、氣、神之關係，輯存守一之方法甚多。《宋史·藝文志》所著錄的閭丘方遠《太上經秘旨》及宋賈善翔《猶龍傳》所稱《太平秘旨》，均為此書別稱。

關於《太平經》本身，宋《四庫闕書目》及《宋史·藝文志》皆著錄為「襄楷《太平經》一百七十卷」。這是誤將向漢桓帝獻神書的襄楷，當作為該經的造作者。宋張君房《雲笈七籤》卷六說：「今甲乙十部合一百七十卷，今世所行」。元馬端臨《文獻通考經籍考》著錄「《太平經》一百七十卷」。元趙道一《仙鑒》也說：「其經以甲乙丙丁戊己庚辛壬癸為部，每部一十七卷」。這說明《太平經》一百七十卷到元代還是完整存在的。

及至明代，《太平經》便殘闕嚴重了，明白雲霽《道藏目錄詳注》及明李傑《道藏目錄詳注》都說《太平經》只存：卷一至十四，卷三十五至五十，卷五十一至九十（內有缺卷），卷九十一至一百七（內缺九十四、九十五），卷一百八至一百十九。這說明《正統道藏》中只存《太平經》八十七卷，除去外字號一至十卷為《太平經鈔》，則實存本文僅七十七卷。至近代，涵芬樓影印《正統道藏》，較之原刻本《正統道藏》中《太平經》卷帙，則又更為殘缺，只存下五十七卷，即：卷三十五，卷三十六至三十七，卷三十九至五十五（五十一與五十三同卷，缺五十二），卷六十五至七十二，卷八十六，卷八十八至九十三，卷九十六至一百四，卷一百十四，卷一百十六至一百十九。因涵芬樓影印《道藏》是照北京白雲觀所藏明英宗賜《正統道藏》影印，而白雲觀所藏《正統道藏》已有散失，因而影印本也隨之殘缺了。（為使大家更為清晰直觀

〔註33〕《太平經鈔》是現今可以校補《太平經》的卷帙較多的唯一別本。

地看出今本《太平經》各卷的保存情況，現將傅勤家《中國道教史》（民國珍本叢刊之一，團結出版社，2005 年 3 月第一版，59 頁）中關於此問題的表格摘錄如下〔註 34〕。

一 —— 一〇（甲癸）	存	十卷	一一 —— 三四	缺	二十四卷
三五 —— 三七	存	三卷	三八	缺	一卷
三九 —— 五一	存	十三卷	五二	缺	一卷
五三 —— 五五	存	三卷	五六 —— 六四	缺	九卷
六五 —— 七二	存	八卷	七三 —— 八五	缺	十三卷
八六	存	一卷	八七	缺	一卷
八八 —— 九三	存	六卷	九四 —— 九五	缺	二卷
九六 —— 一一四	存	十九卷	一一五	缺	一卷
一一六 —— 一一九	存	四卷			
存卷 六十七			缺卷 五十二		

《太平經》現存唯一的本子即明代《正統道藏》本，僅殘存五十七卷，缺甲、乙、辛、壬、癸五部及其他幾部中若干卷，係一百七十卷本的一個殘本。從現存殘卷來看，大體上還保存着漢代著作的本來面目。

二、《太平經》的作者

《太平經》是中國道教的早期經典。關於《太平經》的作者問題，由於年代久遠、資料匱乏，難以找到有力的證明材料，學界較少言及。

王明較早指出：「《太平經》卷九十八《男女反形訣》說：『天師前所賜予愚生本文』。《太平經複文序》說，干吉初受太平本文，因易為百七十卷。《仙苑編珠》說，帛和授以素書二卷，于吉受之，乃《太平經》也，後演此經成一百七十卷。所謂『素書』、『本文』，雖則含有神書傳受的玄談，然而這的確透露了《太平經》一百七十卷不是一時一人所作。東西兩漢的著述，一書多至一百七十卷的，實在太少見了。所以我相信《太平經》先有『本文』若干卷，後來崇道的人繼續擴增，逐漸成為一百七十卷。不能簡單地說這書就是于吉、宮崇或帛和個人所著作。」〔註 35〕後來又撰文指出：「一百七十卷『神書』的形成是要有個過程的。一百七十卷的經典在漢代是異常罕見的大部頭的書籍。可

〔註 34〕此表中傅先生將卷一至十甲部的內容也計算在內了（而甲部實偽），故為 67 卷。
〔註 35〕王明《太平經合校・前言》，中華書局，1960 年第一版，2 頁。

能先有個秘傳的簡單的草本，所謂『太平本文』。這種秘傳的草本，很難斷定是誰寫的，以後逐漸增修，宮崇是個重要的編纂者。稱它是『于吉神書』，表明他是最早撰寫最早傳經的一人。實際上，它不是出於一時一人的手筆。可以說是一部集體編寫的道書。」〔註36〕

目前學界普遍認為《太平經》不是出於一時一地一人所作，它是一部集體編寫的道書。劉昭瑞指出：「關於該書的成書過程，近年以來國內外許多著名學者都著文參加過討論，較有影響的意見是，從西漢末年『今文學家夏賀良、甘忠可之流始作《包元太平經》，是為早期道教經典《太平經》之權輿』，經東漢襄楷、帛和、于（干）吉乃至張角之流的演繹擴充，該書實際上是用不同於文人學士的語言詞彙和表達方式來表述的各種民間和官方的思想觀念的大雜燴。」〔註37〕

「對於《太平經》作者，歷代典籍中雖較少明言，但並非全無線索。概而言之，即上述三種看法：一種認為是干吉和宮崇，以《後漢書・襄楷傳》為代表；一種認為是帛和，以《太平經複文序》和唐王松年《仙苑編珠》為代表；第三種看法認為『它不是出於一時一人的手筆，可以說是一部集體編寫的道書』，以今人王明先生為代表。」〔註38〕

近年陳衛星提出一種新的觀點：「通過考證兩個『帛和』與干吉的關係，可以肯定兩『帛和』均不可能是《太平經》的作者。『集體編寫』之說也不能成立。可以認為干吉就是《太平經》的真正作者。」〔註39〕

第三節　《太平經》語言研究回顧

中國近現代史上最早研究《太平經》的學者當推沈曾植和劉師培。沈曾植的讀書札記《海日樓札叢》卷6有幾條涉及《太平經》的有關內容：如推定《太平經》與于吉《太平清領書》之間的傳承關係，還對《道藏》本《太平經》作

〔註36〕王明《論〈太平經〉的成書時代和作者》，原載《世界宗教研究》1982年第1期，又收入其所著《道家和道教思想研究》，中國社會科學出版社，1984年，199～200頁。

〔註37〕劉昭瑞《考古發現與早期道教研究》，文物出版社，2007年第一版，63～64頁。

〔註38〕陳衛星《〈太平經〉作者考》，《中國文化研究》2007年第1期，83頁。

〔註39〕詳見陳衛星《〈太平經〉作者考》，《中國文化研究》2007年第1期，82頁。

了簡要考察〔註40〕。劉師培《讀道藏記》一文指出：「《太平經》甲部今已不存，而經抄尚在，所述與此紀多同。知此紀即從《太平經》甲部節錄也。」〔註41〕

　　1930 年，日本學者小柳司氣太發表《後漢書襄楷傳の太平青領書と太平經との關係》〔註42〕一文，這是關於《太平經》的第一篇學術論文，最早考定出《道藏》本《太平經》即東漢時出世的《太平清領書》，從此揭開了《太平經》學術研究的序幕。中國的傅勤家寫《中國道教史》就採用了這個說法。不過，小柳司氣太的研究尚嫌簡單，真正關鍵的研究是 1935 年湯用彤的《讀〈太平經〉書所見》〔註43〕。1935 年 3 月，湯用彤在北京大學《國學季刊》第五卷第一號上撰文《讀〈太平經〉書所見》，這是國內學術界對《太平經》的創始性研究，文章從卷帙、版本、地理、語言、文化、歷史、宗教等諸多方面以翔實的證據指出《太平經》當為漢代舊書。至此，《太平經》的成書時代問題基本上解決了，並得到了學術界普遍認可。

　　湯用彤高足王明對《太平經》作了一系列的考證研究〔註44〕，其考據工作涉及出世年代及編著者、版本目錄、傳承源流以及《鈔》甲部經文之真偽等，成果極其卓著。唐末道士閭丘方遠以《太平經》卷帙浩繁，乃節錄經文，編成《太平經鈔》，仍按天干分為十部，每部一卷，合為十卷。《太平經》亡佚部分可以從唐人閭丘方遠節錄的《太平經鈔》中見其大略。王明《論〈太平經鈔〉甲部之偽》〔註45〕一文從《鈔》甲部經文的文字來源入手細緻分析了《太平經鈔》甲部竊取《靈書紫文》及《後聖道君列紀》之情形，隨後又從金丹、符書、文

〔註40〕沈曾植撰、錢仲聯輯《海日樓札叢（外一種）》，中華書局，1962 年，232～234 頁。

〔註41〕劉師培《讀道藏記》，載《劉師培全集》第 4 冊，中共中央黨校出版社，1997 年，97 頁。

〔註42〕小柳司氣太《後漢書襄楷傳の太平青領書と太平經との關係》，載桑原博士還曆紀念論文集刊行會《桑原博士還曆紀念支那學論叢》，京都，弘文堂書局，1930 年。

〔註43〕此處參考葛兆光《屈服史及其他：六朝隋唐道教的思想史研究》，生活・讀書・新知三聯書店，2003 年第一版，197 頁。

〔註44〕姜守誠《王明與〈太平經〉研究——紀念王明先生逝世十二週年》（《中國哲學史》2004 年第 2 期）指出：「就研究領域而言。王明先生的學術觸角涉及到《太平經》研究的諸多方面，譬如，經文的訓詁、考據以及宗旨義理、階級屬性等問題的分析與闡釋等。概而言之，先生在《太平經》研究領域做出了十分傑出的貢獻。」

〔註45〕原載《國立中央研究院歷史語言研究所集刊》第十八本，1947 年。又收在《道家和道教思想研究》，中國社會科學出版社，1984 年，201～214 頁。

體、所用名辭四點，證說《鈔》甲部不可信為《太平經》之節文；今本《太平經鈔》甲部，乃後人偽補，事實上抄自《靈書紫文》等南朝上清經。《〈太平經〉目錄攷》〔註46〕一文明確指出《太平經鈔》癸部實際上就是《太平經》甲部的基本內容。「考訂明正統《道藏》的《太平經鈔·甲部》是後人偽撰，其重要意義在於避免發生這樣的錯誤：以《鈔》甲部的內容、術語等定《太平經》的時代。」〔註47〕後來，《論〈太平經〉的成書時代和作者》〔註48〕一文從漢代語言、地理名稱、社會風尚、思想內容等四個方面加以考察，得出《太平經》「大抵是公元二世紀前期的作品」這一最終結論〔註49〕。現存的 57 卷中也有部分缺佚，在諸多基礎性工作做好之後，王明以上海商務印書館 1923～1926 年影印明英宗正統《道藏》本《太平經》為主，又以唐末道士閭丘方遠《太平經鈔》和其他 27 種徵引古籍為輔，按照「並、附、補、存」四例，於 1959 年編成《太平經合校》，基本上恢復了本經 170 卷的原始面貌。《合校》稱得上是一部具有拓荒性質的力作，得到學界充分肯定，被公認為是研究《太平經》的最權威、最詳備之底本，成為此後幾十年中研究的基礎〔註50〕。

　　劉曉然認為學界研究《太平經》語言，多以王明《太平經合校》為語料依據。而《太平經合校》於 1960 年出版，迄今才四十年。時間既短，積累不多；加之《太平經》卷帙浩繁，內容龐雜深奧，文辭「鄙俚蕪蔓，字句蹇澀」（王明語），費解之處很多，常令人望而生畏；因此，對《太平經》語言的研究，主要成就只集中在文字校勘方面，在詞彙、語法方面的成果不多。有關「《太平經》

〔註46〕原載《文史》1965 年第四輯。又收入其所著《道家和道教思想研究》，中國社會科學出版社，1984 年，215～237 頁。

〔註47〕王明《道家和道教思想研究》，中國社會科學出版社，1984 年，186 頁。

〔註48〕原載《世界宗教研究》1982 年第 1 期，又收在《道家和道教思想研究》，中國社會科學出版社，1984 年，183～200 頁。湯其領《漢魏兩晉南北朝道教史研究》（河南大學出版社，1994 年，69～70 頁）指出此文得出三個結論：（一）《太平清領書》就是《太平經》，這部書最早出現的時間在東漢順帝時；（二）《太平經》的成書是經歷了一個歷史過程的，它並非一時一人之作，而是一部經過多人之手纂集而成的道教經典，其中干吉、宮崇是該書的主要編纂者；（三）現存明《正統道藏》中的《太平經》殘卷和《太平經鈔》基本上是可信的，它和《太平清領書》有著密切的淵源關係。

〔註49〕朱越利先生指出：「我國大陸學者認為《道藏》本《太平經》為漢籍，日本學者認為是六朝新編本。」（《道經總論》，遼寧教育出版社，1991 年第一版，285 頁）。

〔註50〕參考姜守誠《王明與〈太平經〉研究——紀念王明先生逝世十二週年》，《中國哲學史》2004 年第 2 期。

詞彙研究」的論文僅二十幾篇，內容涉及詞語考釋，熟語、應歉提頓語等特殊詞彙，以及同素異序、同義複詞等方面〔註51〕。下面擬分別從校勘、詞彙、語法三個方面對近三十年來《太平經》語言研究成果〔註52〕作一回顧。

一、校 勘

　　二十世紀九十年代中期，開始有人對《合校》存在的一些疏略和訛誤發表校補意見。1994 年，陳增岳發表論文《〈太平經合校〉拾遺》(《中國道教》1994／3)、《〈太平經合校〉補記》(《文獻》1994／3)，通過分析上下文語境，並考核同類用例，對《合校》中一些因傳寫或形近而造成的文字謬誤作了勘正，也糾正了一些不合理的句讀。其可貴之處在於能夠從漢語史的角度入手，綜合利用多種文獻，有些地方論述相當精善，如卷一百十二《衣履欲好誡》：「各且自慎，勿犯神靈，各如其職，慎勿忽忘命。可疏記，善者當上，惡者當退。」按：「命」字當屬下讀，慎勿忽忘，意已足。「忽忘」為後漢常見詞語。《釋名‧釋書契》：「笏，忽也，君有教命及所啟白則書其上，備忽忘也。」《潛夫論‧敘錄》：「中心時有感，援筆紀數文，字以綴愚情，財令不忽忘。」

　　俞理明《〈太平經〉文字校讀》(《古籍研究》1996／1)舉例分析了《太平經》中的俚俗用字，其中有些是先秦以來慣用的通假字，也有不少其他文獻中並不習見的用字字例，其中有的可歸於通假範疇，有的卻只是文字使用或傳抄中的訛誤，有利於文本的進一步校定。

　　俞理明《道教典籍〈太平經〉中的漢代字例和字義》(《宗教學研究》1997／1)分析了《太平經》中反映漢代時代特徵的文獻用字問題，包括一些漢代民

〔註51〕本節主要參考劉曉然《〈太平經〉的詞彙研究》，《社會科學家》2006 年第 1 期；拙文《〈太平經〉研究述評》，《漢語史研究集刊》第八輯，巴蜀書社，2005 年 12 月第一版。

〔註52〕學界有人對《太平經》70 餘年的研究狀況做過梳理，諸如李豐楙《當前〈太平經〉研究的成果及展望》，載龔鵬程著《道教新論‧附錄》，臺灣學生書局，1991 年，325～334 頁；王平《太平經〉研究‧引言》，臺北文津出版社，1995 年，1～8 頁；黎志添《試評中國學者關於〈太平經〉的研究》，香港中文大學《中國文化研究所學報》新第 5 期，1996 年，297～317 頁；張廣保《大陸新道家崛起之分析——近年來道家道教思想研究綜述‧關於〈太平經〉的研究》，臺北，《宗教哲學》1997 年第 3 卷第 2 期，92～98 頁；段致成《〈太平經〉思想研究‧兩岸三地中國學者往昔研究成果之檢討（1935~1999 年）》，臺灣淡江大學中國文學系碩士學位論文，1999 年，1～25 頁。但這些文章涉及《太平經》語言研究的內容不多。

間俗字，可以佐證前人訓釋的特殊用法，以及反映漢字發展演變過程中特定時代特色的文字。例如，作者認為「這」是「適」的別體，流行於漢晉，是草書近似所致，在漢魏西晉佛經中也有出現。該文對《太平經》中一些鮮見於其他文獻的用字現象，綜合利用各種字書辭書，進行了探索性的闡釋。

俞理明《〈太平經〉的語法分析和標點處理》（《古籍研究》1998／2）從語法分析的角度，分析書中尚存的標點失誤，大致分為六種情況：詞和固定詞語的判定影響標點，詞組的判定影響標點，詞性的判定影響標點，詞語在句中的語法地位和句子結構分析，標點中的複雜句子的結構分析，固定句式的標點。思致綿密，多有創獲。

俞理明《〈太平經〉通用字求正》（《宗教學研究》1998／1）討論了《太平經》中的一些比較特殊的不規範用字，包括當時流行的一些異體字、古今字和按照較寬的標準可以被認為是通假字的用字，為研究漢代用字和古文獻的文字整理提供了參考。《太平經》中反映當時習慣寫法的俗體字，有的罕見於漢代典籍，這些字在漢代流行一時，研究價值很大。

俞理明《〈太平經〉中的形近字正誤》（《宗教學研究》1999／4）考證了《太平經》中因筆劃脫失、斷筆而造成的誤字 21 個，傳抄中因筆劃誤增而成的誤字 12 個，該書在長期流傳過程中，因為書寫者的原因，或抄寫底本蟲蛀破損等原因，造成了一些字的部分筆劃誤增或訛減，這些字之間的區別是很細微的，如「比、此」、「夫、未」、「六、大」等，糾正這些錯誤有助於減少釋讀經文的困難。

俞理明《〈太平經〉文字勘定偶拾》（《古籍整理研究學刊》2000／5）就王明《太平經合校》、楊寄林《太平經釋讀》、羅熾《太平經注譯》三書在《太平經》的脫文補缺、異文取捨、文字正誤等方面所存在的問題，進行了勘定，也糾正了《釋讀》、《注譯》在句讀、釋義方面的幾處錯誤。文章注意聯繫整個時代的語言及用字情況，從漢語史角度周密論證，言之有據，信而有徵。如《合校》p87：「今當名天師所作道德書字為等哉？」案：「等」作為「何等」的縮略形式，多見於漢魏，顏師古《匡謬正俗》卷六引《後漢書·禰衡傳》「死公云等道」和應璩《百一詩》「用等稱才學」兩例，在《太平經》中有不少諸家尚未注意到的類似用例。

俞理明《〈太平經〉文字脫略現象淺析》（《古籍研究》2000／3）今存的道教典籍《太平經》本文及《太平經鈔》有不少地方語氣中斷、上下文脫節，或意義突然轉變、甚至上下文完全對立，給閱讀和理解帶來很大的困難，造成這種現象的原因是文字脫略。本書對這類脫略的特點作一分析，為閱讀《太平經》以及存在著類似情況的文獻提供可借鑒的經驗。

俞理明《〈太平經合校〉校對補說》（《古籍整理研究學刊》2002／1）從古籍整理校對的角度指出了《太平經合校》四個方面的不足：形近字取捨的不一致和誤用，徑改原文而未出校，誤排原文，異體字的改動和圖文的闕奪，這些問題的指出，為《合校》的修訂提出了寶貴的意見。

楊寄林《〈太平經合校〉識誤》（《語文研究》2003／3）對《合校》比照明正統《道藏》底本而轉生的 26 處訛誤進行補闕糾失，這些錯誤或與全經文例不符，或同經文原義相左。是文堅持從原典出發，同時聯繫道教思想文化，考證精到。卷 53《分別四治法》：「是故古今神真聖人為天使，受天心，主當為天地談話。」按：「談話」之「話」，《道藏》本原作「語」。「語」或「談語」、「語談」在本經中屢見不鮮，成為道教初生草創時期的常用語。卷 111《善仁人自貴年在壽曹訣》：「所主有上下，轉有所至，為惡聞得片，退與鬼為伍，知之乎？」（554 頁）按：「知之乎」，《道藏》本原作「知不乎」。「不」同「否」，「知不乎」乃從正反兩方面做質問，其在本經中出現的頻率遠遠高於「知之乎」。《合校》誤「不」為「之」，在某種程度上削弱了原文激切和威懾的語氣。

此後，關於《太平經》文本校勘的文章逐漸趨少。劉祖國《〈太平經〉語詞釋讀獻疑》（《宗教學研究》2010／1）指出因《太平經》文本艱深晦澀，有些語詞的訓釋各注本仍存在一定分歧，有些詞語的意義不為人所熟知，論文擇取數例略作闡發，糾正了數例文字、標點、釋讀之誤。張文冠《〈太平經〉字詞校釋四則》（《漢語史研究集刊》2015／2）認為《太平經》文字頗多訛誤，語詞亦有費解之處，當今學者的研究成果常有分歧，凡此皆需予以校訂辨析。文章對《太平經》中的「瞑怒」、「伭」、「投擗」、「愚」等字進行了重新釋讀，立論充分，多可信從。

近年來，羅熾等主編《太平經注譯》、龍晦等主編《太平經全譯》、俞理明《太平經正讀》、楊寄林《太平經今注今譯》等專著相繼問世，對《太平經》的整理研究都作出了貢獻。其中，最值得稱道的是《太平經正讀》，該書從編排、

文字、注釋、語法、音韻、句讀六個方面修正完善了《合校》，解決了很多《合校》所遺留的語言文字疑難問題，「是書不僅對《太平經》經文作了重新編排，以恢復漢代道書之舊貌，且著意於經文語言文字的校釋，廣泛吸收前賢時人之說，又屢有自我發明之處，洵為學人們研討《太平經》的較好讀本。」〔註53〕

二、詞　彙

《太平經》從 2000 年前後開始引起漢語史界的關注，研究成果不斷湧現，其中，數量最多的就是詞彙方面的研究。

《太平經》語言研究是從字詞訓詁考釋開始的，在《太平經》詞彙研究的各項工作中，詞語考釋研究成績最為突出。

俞理明《從〈太平經〉看道教稱謂對佛教稱謂的影響》（《四川大學學報》1994／2）從詞彙史角度入手，利用《太平經》探討了道教稱謂對佛教稱謂的影響，一方面對於讀者瞭解該書紛繁的人物關係，深入理解文意大有裨益；另一方面也可看出佛、道二教稱謂詞的一些差別，以及這些特殊稱謂詞發展演變的軌跡。例如，漢文佛經中也使用了「神人」、「真人」、「仙人」等稱謂，但含義與其在道教中的意義截然不同。文章運用共時與歷時相結合，描寫與比較相結合的研究方法，可以說此文首開從詞彙角度研究《太平經》之先河。

王雲路《〈太平經〉語詞詮釋》（《語言研究》1995／1）是有關《太平經》詞語考釋的較早文章之一，作者通過排比用例、鉤沉舊注、審核文例，詮釋了《太平經》中的 15 個特殊語詞，並參照《漢語大詞典》（以下簡稱《大詞典》），對其中失收詞條、漏收義項、例證過晚、釋義未確等問題提出了自己的看法，結論極為精當。如在釋「詳」的思考義時，指出其多與同義詞連用，如「詳思」、「詳念」、「詳思念」、「詳諦」、「思詳」等，且有很多後代用例輔證。作者希望以此文引起漢語史學界對於《太平經》一書語料價值的重視。王雲路《〈太平經〉釋詞》（《古漢語研究》1995／1）對《太平經》中的一些特殊的東漢口語詞進行了訓釋，並結合現代漢語，分析了其中的源流關係。如現代漢語中，當向某人問問題而又不敢直說時，對方會說：「有什麼話直說吧！」這個「直說」，《太平經》中稱為「平言」、「平道」、「行言」、「行道」、

〔註53〕卿希泰《〈太平經〉正讀·序》，巴蜀書社，2001 年，4 頁。

「平行」，俞理明《〈太平經〉中常用的應歎提頓語》（《漢語史研究集刊》2002
／5）對這個問題作了進一步探討。這三篇文章不是單純地考釋某一詞語，而
是採用系聯法，把構成方式或詞義相近的多個詞語放在一起集中考察，對於
該書詞彙系統的是頗具啟發意義的。

　　連登崗《釋〈太平經〉之「賢儒」、「善儒」、「乙密」》（《中國語文》1998
／3）結合兩漢時代的用字以及思想文化的實際情況，並聯繫上古、中古詞彙
史，考釋了《太平經》中的「賢儒」、「善儒」、「乙密」等詞，資料豐富，解釋
精當，有些地方頗有新意。例如，「儒」為術士之稱，道教徒是術士之一種，
自然也可稱「儒」。而且，中古以前，「儒」常作形容詞，以其柔順、柔弱義與
其他詞素構成合成詞。「乙密」一詞，學界看法不一，真大成《再釋「乙密」》
（《漢語史研究集刊》2010／1）、史光輝《「乙密」補釋》（《貴州文史叢刊》2011
／4）、田啟濤《道經詞語「藹沫」「乙密」語義考辨》（《寧波大學學報》2015
／4）也相繼對該詞加以考釋。

　　俞理明《〈太平經〉的漢代熟語》（《西南民族學院學報》2001／7）對《太
平經》中一些罕見於其他漢代文獻的口語性極強的熟語作了簡釋，它們在書中
出現頻率很高，且有特定意義，文章把這些意義相近、構成相似的熟語放在一
起，採用定量分析的方法，予以集中考察。俞理明《〈太平經〉中常用的應歎
提頓語》（《漢語史研究集刊》2002／5）對《太平經》中許多常用的應歎提頓
語作了詳細的考察，作者先把它們分為感歎、應答、提頓用語三大類，然後分
析了各大類之下具體所屬詞語的用法，並對相近詞語或用法進行了比較，甚為
精審。如：「行」作為應對語，在談話告一段落或完成時引出總結、鼓勵或叮
囑的話；作為提頓語，又可分為示意對方發問或開始講述，在談話開始或中間
提示對方聽講等五種用法。

　　王敏紅《〈太平經〉語詞補釋》（《紹興文理學院學報》2001／4）考釋了《太
平經》中的「報信」等7條詞語，其中對於「問處」一詞，作者從文字形體
演變、假借、詞義引申等多方面進行了詳細考釋；認為「倲倲」一詞就是愚
暗無知義。王敏紅《〈太平經〉語詞拾零》（《語言研究》2002／1）利用多種字
書辭書，發掘舊注，對《太平經》中的「腐塗」等詞語作了考證，對「恲」與
「駭」混用的各種情況作了詳細發掘，並對《大詞典》相關詞的用法提出了
修正意見，論證詳盡，釋義精當。

此外，高明《簡論〈太平經〉在中古漢語詞彙研究中的價值》（《古漢語研究》2000／1）在進一步肯定《太平經》對於中古漢語詞彙研究價值的同時，對該書所反映的詞彙發展的新現象，諸如疊音詞、同素異序詞、同義複合式同義詞的大量出現等，進行了論證，為以後的深入研究指明了方向。此外，文章還對當前詞彙研究中的幾個細節問題作了反思。黃建寧《〈太平經〉中的同素異序詞》（《四川師範大學學報》2001／1）首次對《太平經》中大量出現的同素異序詞作了詳盡考察，先分為兩類：一是 AB 式和 BA 式同時使用，二是現代漢語為 AB 式，《太平經》中只有 BA 式；然後把每一類分別從詞性和意義變化的角度進行了細分，並分析了該書同素異序詞的幾個特點。文章堅持定性定量分析相結合，資料翔實，論證嚴密。夏雨晴《〈太平經〉中三音節同義並列複用現象》（《樂山師範學院學報》2003／5）論述了《太平經》中三音節同義並列複用現象的特點、原因、語用價值，對這種現象的成因描寫尤為詳細。

總體來看，《太平經》詞彙研究的成果主要表現為詞語考釋。嚴密的詞語考釋是進行系統的詞彙研究的基礎，沒有充分的個案研究，詞彙的全面研究就會缺乏可靠的基礎。但是我們也應該看到，除了對同素異序詞、同義複合詞、熟語、應歎提頓語等有所討論之外，對書中專類詞語、專題詞語的系統研究還有待開展。《太平經》作為中國道教第一部經典，對其詞語進行全面細緻的考察，可以窺知早期道教詞語的全貌。同時也有利於共時的比較，如與《周易參同契》、《老子想爾注》的比較；歷時的比較，如與《抱朴子》、《真誥》、《周氏冥通記》等的比較，以及跨宗教、跨文化的比較，這些比較意義極其重大。

在《太平經》的詞彙研究中，定量分析方法還沒有成為主流現象。郭錫良（1986）早就指出：「如果不作定量分析，就很難把握住漢語諸要素在各歷史時期的性質及其數量界限。我們的斷代描寫和歷時研究也必然要陷在朦朧模糊的印象之中。從隨意引證到定量分析，是古漢語研究為走向科學化而邁出的重要一步。」〔註54〕該書的語料價值如此之高，缺乏定量分析的詞彙研究必然影響結論的科學性，也不利於該書詞彙研究成果在漢語史研究中發揮應有的作用。

〔註54〕郭錫良《1985 年的古漢語研究》，《中國語文天地》1986 年第 3 期。

三、語 法

俞理明《〈太平經〉中非狀語地位的否定詞「不」》(《中國語文》2000 / 3)
對《太平經》中非狀語地位的否定詞「不」從語法形式及語用角度作了細緻的
分類,描寫了該書「不」的一些特殊用法,多所創獲。如:作者敏銳地觀察到,
否定詞「不」用作對話方的首句作應對語,可表對對方意見的否定,這是一個
重要發現,並把其意義分為「不對」、「沒這麼嚴重」兩種。俞理明《〈太平經〉
中非狀語地位的否定詞「不」和反復問句》(《中國語文》2001 / 5)是對《〈太
平經〉中非狀語地位的否定詞「不」》(《中國語文》2000 / 3)的深化,文章對
《太平經》中非狀語地位的否定詞「不」進行了溯源性的探討,綜合了戰國以
來的材料,認為「不」後省略中心成分是當時口語中的習慣,在《太平經》中
與當時出現的正反並列疑問句凝合的反復問句融會交叉。

俞理明《〈太平經〉中的「者」和現代漢語「的」的來源》(《漢語史研究集
刊》2001 / 4)認為《太平經》中「者」的用例較全面地反映了當時「者」的各
種用法,通過對這些用例的分析,可見「者」字從後附性成分向賓語和中心語
之間的發展過程,這一發展與現代漢語「的」的來源是有關係的。作者從語法
作用和功能角度把「者」的用法分為三類,並對有關「底」(的)來源的三種說
法進行了評析,認為第三種,即既源於「之」又源於「者」較合理,同時以《太
平經》中的用例證明了這一觀點,得出結論:「者」向「之」的使用範圍滲入的
程度比通常認為的要深,在連接定中關係的「底」(的)產生過程中,「者」起
了重要作用。

黃平之《〈太平經〉——東漢語言研究的重要典籍》(《文史雜誌》2000 / 3)
分析了《太平經》反映出的新興語法現象,如:「N 之 V」結構的出現頻率已相
當低;新興介詞活躍,其中對「到」的用法分析相當詳細;由於《太平經》中
的人稱代詞呈現出一種規則的互補狀態,作者推測可能常用的人稱代詞在口語
中有一段反復時期或方言差異,但尚需驗證。此文如果採用定量分析的方法,
有些結論會更具說服力。

王用源博士近年致力於《太平經》介詞研究,先後發表多篇系列論文。例
如,《道書〈太平經〉中「向 / 嚮 / 鄉」用法之研究》(《蘭州教育學院學報》
2013 / 10)考察了《太平經》中「向、嚮、鄉」的用法和分佈情況。《〈太平
經〉「至」「到」的介詞用法及相關問題探析》(《華西語文學刊》2014 / 10)對

《太平經》中「至」和「到」的用例進行了考察，發現「至」和「到」有時間介詞用法而無處所介詞用法，進而從漢語韻律要求的角度分析了「至／到」的時間介詞用法率先出現的原因。《〈太平經〉「從、自」的介詞用法及其框架結構比較》（《天津大學學報》2014／6）運用數據分析和用例分析，考察了《太平經》「從」和「自」的介詞用法及其框架結構，發現介詞「從」的使用頻率高於介詞「自」，並分析了介詞「從」取代「自」部分功能的原因。《〈太平經〉的時間介詞系統研究》（《天津大學學報》2015／6）首先對《太平經》時間介詞進行定量統計，將其與《左傳》和《真誥》的時間介詞系統進行比較，分析了時間介詞的數量比方所介詞多但時間介詞總體用例較少且使用頻率不高的原因。《道書〈太平經〉的方所介詞系統》（《新餘學院學報》2016／5）對《太平經》方所介詞進行了定量統計，並將其與上古和中古時期其他專書的方所介詞系統進行了比較，發現方所介詞系統的功能是逐漸完備的。

　　《太平經》中值得專題研究的語法現象不少，以副詞為例，《太平經》的副詞系統有很高的研究價值，中古漢語許多副詞的源頭可以在該書中找到，如程度副詞「了」，文中有見：「申為其沖，了不相亡，多惡夜，但能緣木上下，所畏眾多。」（卷111／有德人祿命訣／p548）「生俗多過負，了無有解已。愁毒而行，不知所止。」（卷111／善仁人自貴年在壽曹訣／p550）「今世俗人，了不可曉，視其壽書，而不用其言，以為書不可信用也。」（卷114／不承天書言病當解謫誡／p623）然而現在的許多辭書及文章都只把「了」的源頭追溯到魏晉南北朝。又如範圍副詞「都」，《合校》卷三十九《解師策書訣》：「絕者復起，吾敬受此書於天，此道能都絕之也，故為誠重貴而無平也。」卷五十《諸樂古文是非訣》：「書卷上下眾多，各有事，宜詳讀之，更以相足，都得其意，已畢備，不深得其要意，言道無效事，故見變不能解陰陽戰鬥。」普遍認為魏晉六朝新興的助動詞「要當」、「會當」、「應當」，此書中也已經見到。另外，還有一些特殊的語氣副詞，如「亦寧」、「亦豈」等。近年葛佳才發表了多篇關於《太平經》副詞的研究文章，並有專著《東漢副詞系統研究》（嶽麓書社，2005年5月第一版）問世，在《太平經》副詞研究方面做了不少有益的探索。

四、不足與努力方向

　　總的來說，《太平經》的研究已經取得了很好的成績，但是仍然存在一些問

題。筆者認為今後應該着力從如下幾個方面進行努力：

1.《太平經》雖然是一部散文作品，但也有押韻的部分，且該書口語性強，所以不失為研究東漢語音史的極佳語料。向熹在為《太平經正讀》所作的序中認為此書指出了其韻字和所屬韻部，並利用押韻特點進行校證，比如參照《敦煌目錄》，指出《太平經鈔》癸部第二段原標題「以自防卻不祥法」中「以自防」三字實為上段之末「以拘姦乎以自防」的後半句，糾正了前人誤抄而成的錯誤就是一例。但是，目前還未見學者把《太平經》中的語音作為漢語語音史的材料來研究。

2. 在討論《太平經》中的某一現象時，以往的研究還僅僅停留於細緻的描寫，缺乏作進一步的理論思考，至於基於漢語史和漢代語言系統的考察還很少。

3. 視野需要進一步擴大，作為中古漢語重要組成部分的道藏文獻至今還未受到應有的重視，亟待加強，《太平經》的語言研究，既要置於漢代語言系統中考察，更要首先置於道藏文獻中進行考察。

第四節　選題緣起與研究意義

《太平經》是中國道教的第一部經籍，其宣講對象主要是下層民眾，為宣揚教義的方便，該書採用對話體寫成，包含了許多口語成分，「彼經假托神人降於人世，以大道詔示六方真人純等。純等常有疑滯，則以之轉問神人。故書中幾乎全為神人與真人問答之辭。其文平鋪直敍，反復解釋，不多引書卷，不多用典故，文極樸質，不尚沈華，故襄楷言『其文易曉』也。」〔註55〕是書能夠較好地反映東漢時期語言的真實面貌，是研究東漢語言的一部極其珍貴的語料。

「東漢是漢語詞彙發生劇烈變化的時期，漢譯佛經的產生、道教的興起和道教文獻的傳播、漢樂府的產生，都為詞彙的發展注入了新的活力。」〔註56〕「一般的看法是，詞彙研究詳於上古而略於近代，呈虎頭蛇尾之勢。實際上，上古詞彙的研究也並非完備至善，東漢的研究就更顯薄弱，然而東漢乃處於上

〔註55〕湯用彤《讀〈太平經〉書所見》，原載北京大學《國學季刊》第五卷第一號，1935年3月。又收入《湯用彤論著之三——湯用彤學術論文集》，中華書局，1983年，59頁。

〔註56〕王雲路《東漢副詞系統研究·序》，葛佳才著，嶽麓書社，2005年，3頁。

承上古、下啓中古的關鍵時期，研究者普遍有一種感覺，即中古時期的詞彙有不少與上古不同的地方。如果我們不對東漢這一過渡時期予以足夠的重視，就很難看清中古巨變的來源。」〔註57〕「加強對漢代尤其是東漢語言材料的發掘和研究，已經成為詞彙史研究的新課題。」〔註58〕「兩漢時期的語言，研究的還很不夠，深入研究的更少。特別是東漢時代，這是語言研究的一個新方向。」〔註59〕可以說，近年來，東漢時期成為中古漢語界研究的一個新熱點，以上論著紛紛強調指出加強東漢語言研究的必要性，這個工作不是一蹴而就的，需要眾人的共同努力。

目前來看，東漢時期的優質語料，諸如漢譯佛經、史書、雜著、漢簡、注釋文獻等，都已有較為深入的研究，唯有道經語言的研究還非常薄弱，多有空白。

道教典籍中可供發掘的東西非常豐富，其重要性決不次於佛教，甚至更重要。王雲路指出：「『道經之作，著自西周，佛經之來，始乎東漢。』可見道、佛的產生與傳入，具有悠久歷史，對漢語的影響是相當深遠的。」〔註60〕然而，我們對其關注却很不够，「我們常說儒、釋、道是中國傳統文化的三大支柱。但是現在，在三大支柱中，道教的研究是最不被重視的，而道教語言的研究則是完全被忽視的⋯⋯眾所周知，道教是中國本土宗教，是最能反映中華民族性格特徵的宗教。道教語言對漢語的貢獻是不可低估的。如果想要全面認識和瞭解中華文化，全面認識和描寫漢語史，就不能忽視對道教語言的研究。」〔註61〕據筆者統計，《漢語大詞典》所收詞條或義項以《太平經》為例的僅有「三氣」、「盜採」、「微要」、「中和」、「小微」、「祖始」、「貫結」、「巨壯」八條。有學者對近十年來對道教典籍詞彙的研究作了綜述，指出：「道教產生於東漢時期，正是漢語從上古到中古轉變的重要時期，因而保留了當時相當數量的口語詞彙，反映了文言與白話分離的重要歷史特徵，為我們研究漢語詞彙史提供了難得的語料，同時也為現代語言辭書的編纂提供了豐富的文獻例證。另外，道教的興盛發展，經歷了漫長的歷史階段，道教典籍的詞

〔註57〕胡敕瑞《論衡與東漢佛典詞語比較研究·緒論》，巴蜀書社，2002 年，2 頁。
〔註58〕方一新《東漢語料與詞彙史研究芻議》，《中國語文》1996 年第 2 期。
〔註59〕張能甫《鄭玄注釋語言詞彙研究·前言》，巴蜀書社，2000 年，1 頁。
〔註60〕王雲路《百年中古漢語詞彙研究述略》，《浙江大學學報》2001 年第 4 期。
〔註61〕葉貴良《敦煌道經詞彙研究》，浙江大學 2005 年博士學位論文，277～278 頁。

彙也必然具有各個階段的語言特色，反映各歷史階段的方俗語詞，能準確反映漢語各個轉型時期的重要特徵，對漢語詞彙史的研究有重要的學術價值。」〔註62〕

佛經語料的研究已經碩果累累，道藏文獻的語言研究也應該相應加強。

如何判斷一種語料價值的高低，汪維輝有言：「判定一種語料的價值高低，不外乎這麼幾條標準：一是反映口語的程度；二是文本的可靠性，包括時代和作者是否明確，所依據的版本是否最接近原貌；三是反映社會生活的深廣度；四是文本是否具有一定的篇幅。一般來說，上述四方面的正面值越高，語料的價值也就越大。」〔註63〕具體到《太平經》而言：第一，《太平經》文本具有極強的口語性，這點已為學界所公認，正如道教研究權威卿希泰所指出的：「一則《太平經》出於早期民間道流之手，又多用對話體或問答體寫成，包含了不少具有漢代特徵的口語。」〔註64〕第二，關於《太平經》的成書年代，學界基本已達成共識，「《太平經》當為漢代舊書」〔註65〕。第三，《太平經》融早期道教的宇宙生成論、神仙方術、符籙圖讖、濟度科戒、倫理道德為一爐，涉及道家哲學、陰陽五行、宗教巫術、天文星占、醫藥養生等諸多領域，內容極其駁雜，可以稱得上是一部「百科全書」。第四，《太平經》在流傳過程中雖有散佚，但基本保存了漢代著作的本來面目，現存二十多萬字，在漢代文獻中算得上是部頭比較大的。綜合以上四個方面，《太平經》不失為研究東漢語言的極佳語料。

有鑒於此，像《太平經》這樣一部成書於東漢，口語性很強的道教文獻，的確是一部相當難得的寶貴語料，對它的詞彙進行詳盡的考察是非常有價值的。具體說來，大體有以下幾方面的意義：

首先，對於漢語史研究來說，東漢是漢語史研究中一個承上啟下的重要時期，「複音詞大量增多，詞彙加速雙音化，是東漢詞彙有別於前代詞彙的一個顯

〔註62〕張婷、曾昭聰、曹小雲《十道年來教典籍詞彙研究綜述》，《滁州學院學報》2005 年第 4 期。

〔註63〕汪維輝《〈周氏冥通記〉詞彙研究》，《中古近代漢語研究》第一輯，上海教育出版社，2000 年 7 月。又收入其所著《漢語詞彙史新探》，上海人民出版社，2007 年，98 頁。

〔註64〕卿希泰《太平經正讀‧序》，俞理明著，巴蜀書社，2001 年，3 頁。

〔註65〕湯用彤《讀〈太平經〉書所見》，收入《湯用彤論著之三——湯用彤學術論文集》，中華書局，1983 年，59 頁。

著特點。」〔註66〕通過對《太平經》的詞彙進行發掘，可為我們考察東漢時期的詞彙複音化提供一個個案參考；「一些唐宋口語詞的源頭不是在六朝，而是在更早的東漢；大量六朝流行詞語更是在東漢即已產生。」〔註67〕可見，對《太平經》的詞彙進行系統研究也可為中古乃至近代漢語一些詞語的溯源工作提供有價值的線索；道教用語作為一種特殊的社會方言，後來有些變成全民語詞，這也是對語言接觸與滲透的一種嘗試性分析。

其次，從道教研究的需要而言，《太平經》作為最早的道經，它記載了初期道教的許多教義思想，不理清其中的字、詞、句義，與之相關的道教研究就很難深入和拓展，現有的幾個注本對於某些詞語的注解互有參差，此項研究有利於更好地釋讀《太平經》，可為道教研究者提供一些幫助。

再次，就辭書編纂而言，《漢語大詞典》等辭書在引證方面對於宗教文獻利用不多，此項研究可以為《漢語大詞典》中某些相關詞條提供補正，為以後的訂補提供參考。

最後，對於其他相關學科來說，今本《太平經》大體上還保持着漢代道經的原本面目，是研究東漢晚期乃至西漢時期中國思想史和宗教史的重要資料。做好《太平經》詞彙詞義的訓釋可為探索漢代哲學、社會意識、風俗習慣等提供可靠的資料。

第五節　材料和方法

一、研究材料

為方便討論，同時也為嚴格語料時代，本文以《太平經合校》為研究底本，但只選取今存的《正統道藏》所收《太平經》57 卷為語料，選擇詞例的範圍限於《太平經》本經，其餘諸卷只在有些引證才會涉及。文章引例均據《太平經合校》（中華書局，1960 年第一版，1997 年 10 月印行，以下簡稱《合校》），並參考其他幾個注本，例證依次標出卷次、篇目、頁碼，個別地方的文字和標點作了必要訂正，必要時並加以說明。文字誤闕處用（　）標出補正文字，原書文字脫落空白處悉仍其舊，用□□表示。文章所討論對象不包括《太平經鈔》

〔註66〕方一新《東漢語料與詞彙史研究芻議》，《中國語文》1996 年第 2 期。
〔註67〕方一新《東漢語料與詞彙史研究芻議》，《中國語文》1996 年第 2 期。

的文字，不包括注釋及輯佚的文字。

　　研究漢語詞彙史，必然要涉及共時對比和歷時對比。東漢的主要傳世文獻《漢書》、《論衡》(《漢書》、《論衡》成書年代與《太平經》相近，篇幅適宜，二書合計 100 餘萬字)、《潛夫論》、《風俗通》、《東觀漢記》、漢儒舊注、東漢佛典（計 29 種 38 萬字）〔註68〕等，都是我們進行共時對比的重要參考文獻。

　　歷時語料的範圍相對比較廣泛。傳世經典、出土文獻、佛經道藏、詩詞歌曲、筆記小說、辭書註疏等，都在我們的對比考察範圍之內。同時，我們也充分利用一些大型語料庫進行檢索，諸如漢籍全文檢索系統、國學寶典、四庫全書、四部叢刊等，輔助研究。

二、研究方法

1. 共時分析和歷時比較相結合

　　本書雖然屬於專書詞彙研究，但不想局限於就書論書。本書採用共時分析和歷時比較相結合的研究方法，即在對《太平經》詞彙進行靜態的共時描寫的基礎上，進一步與其他文獻作動態的歷時比較。蔣禮鴻指出，研究古代語言要從縱橫兩方面做起。「所謂橫的方面是研究一代的語言，如元代。其中可以包括一種文學作品的，如元劇；也可以綜合這一時代的各種材料，如元劇之外，可以加上那時的小說、筆記、詔令等。當然後者的做法更能看出一個時代語言的全貌。所謂縱的方面，就是聯繫起各個時代的語言來看它們的繼承、發展和異同。」〔註69〕程湘清也指出研究漢語詞彙的，不能僅僅滿足於靜態的描寫，「還必須抓住某一斷代的漢語某一現象上探源、下溯流，作縱向的歷史比較和動態分析。」〔註70〕只有將共時研究與歷時研究結合起來，才能看清詞彙繼承和演變的脈絡。

〔註68〕東漢譯經的數目，代有不同。經過呂澂、許理和（荷蘭）等中外學人的共同考訂，其中有 29 種被公認為東漢作品：安世高譯 16 種，支婁迦讖譯 8 種，安玄共嚴佛調合譯 1 種，支曜譯 1 種，康孟詳、曇果等合譯 2 種，失譯 1 種。詳參胡敕瑞《〈論衡〉與東漢佛典詞語比較研究》，巴蜀書社，2002 年，第 4 頁。
〔註69〕蔣禮鴻《敦煌變文字義通釋・序目》（增補定本），上海古籍出版社，1997 年，1～2 頁。
〔註70〕程湘清《漢語史專書複音詞研究》，商務印書館，2003 年，13 頁。

2. 定性與定量相結合

「傳統的漢語詞彙研究，基本上採用的是定性式的研究方法，即研究主要憑藉的是研究者個人對材料的主觀感受與判斷。研究中個人的識斷起着主要作用，所依據的主要是典型性、富於個性的語料。這種以識斷選例、從個案窺全局的特點，必不可免地會帶來個別結論與普遍規律、個人見解與普遍材料之間的矛盾。因此，統計方法被引進並推廣，定性研究與定量研究相結合成為必然趨勢。」〔註71〕《太平經》恰好符合定量研究所要求的語料的代表性、典型性、封閉性。「定量分析對漢語詞彙史的研究很有價值。無論是研究共時的現象，還是研究歷時的現象，都離不開定量分析。每一歷史發展階段的詞彙，都可以與同一或不同歷史階段的詞彙作全面綜合比較，進而為把握詞彙發展全過程提供數量依據。」〔註72〕

3. 描寫與解釋相結合

中國傳統語言學一直重事實描寫輕理論分析，這種現象至 20 世紀 80 年代才有所轉變，蔣紹愚《古漢語詞彙綱要》做出了可貴嘗試。文章力圖在對《太平經》詞彙進行客觀描寫的基礎上，嘗試對某些語言現象作出進一步的分析解釋，諸如詞彙特點，詞彙和詞義演變規律等等。當然，這是一個比較高的目標，筆者希望能夠做出一點探索。

4. 系統的綜合研究

關於詞語考釋，王雲路有言：「不能對詞語只作單個的、零散的分析，而要把同類詞語集中起來進行考察，從而發現其間秩然有序的條貫，或者說是構詞規律。」〔註73〕本書在考察某一詞語時，會盡量將相關語詞對比進行綜合考慮，以使研究結論更加可靠。

第六節　本書複音詞的切分標準

研究《太平經》詞彙，首先要把單音詞和複音詞切分出來。單音詞的確認比較簡單，複音詞與短語的區分，尤其是雙音詞與短語的劃界標準，却是一

〔註71〕馬蓮《20 世紀以來的兩漢詞彙研究綜述》，《南都學壇》2005 年第 6 期。

〔註72〕馬蓮《20 世紀以來的兩漢詞彙研究綜述》，《南都學壇》2005 年第 6 期。

〔註73〕王雲路《從〈唐五代語言詞典〉看附加式構詞法在中近古漢語中的地位》，《古漢語研究》2001 年第 2 期。

個久懸未決的難題。王力、陸志韋、林漢達、張世祿、呂叔湘、劉叔新、王洪君等都對此做過討論。學者們雖然提出了很多劃分標準，既有形式標準，又有意義標準，但這一問題至今未得到很好的解決。而對於漢語史，這一難題又顯得比現代漢語更為棘手。對於古代漢語中的複音詞而言，擴展法、替換法、插入法等現代漢語常用的區別辦法並不能有效發揮作用。最後導致大家對複音詞的確定標準，避而不談或者憑主觀感覺來判斷，仁者見仁，智者見智，各不相同。對同一文獻，各人對其中複音詞數量的統計大相徑庭，例如對《詩經》使用複音詞數量的統計，馬真、潘祖炎、向熹分別為 712、1200、1327。

關於複音詞的確定標準，影響比較大、分析較為全面、在學術界有廣泛影響的代表性觀點主要有如下幾家：

（一）馬真（1980）《先秦複音詞初探》〔註74〕

馬真認為可以根據複音組合的緊密程度來劃定合成詞，具體標準如下：

1. 兩個成分結合後，構成新義，各成分的原義融化在新的整體意義中，這樣的複音組合是詞，不是詞組。如「先生」、「京師」、「左右」等。

2. 兩個同義或近義成分結合，意義互補，凝結成一個更概括的意義，這樣的複音組合是詞，不是詞組。如「道路」、「恭敬」。

3. 兩個成分結合後，其中一個的意義消失了，只保留一個成分的意義。這樣的複音組合是詞，不是詞組。如「市井」、「場圃」、「園圃」等。

4. 重疊的複音組合，如果重迭後不是原義的簡單重複，而是在原義的基礎上增加某種附加意義，這樣的重迭式是詞，不是詞組。如「冥冥」、「霏霏」、「采采」等。

5. 兩個結合的成分，其中一個是沒有具體詞彙意義的附加成分，這樣的複音組合是詞，不是詞組。如「率爾」、「宛如」、「沃若」等。

馬真最後指出：「劃分先秦的複音詞，主要是從詞彙意義的角度來考慮問題，即考察複音組合的結構程度是否緊密，它們是否已經成為具有完整意義的不可分割的整體。這是最可行的辦法，其他方面的標誌都只能作為參考。」

〔註74〕馬真《先秦複音詞初探》，《北京大學學報》1980 年第 5 期。

（二）程湘清《先秦雙音詞研究》〔註75〕

程湘清認為區別詞和詞組，要堅持以下原則：第一，確定標準要從漢語的特點出發；第二，規定標準要從多方面着眼；第三，運用標準要注意一致性。

根據上面的原則可從以下幾方面來考慮雙音詞的界定：

1. 從語法結構上區別，兩個音節結合緊密，不能隨意拆開或擴展的是詞。

（1）包含一個語素的雙音組合，自然都不能拆開，因此可比較容易地認定為雙音詞。如「翼翼」、「匍匐」、「委蛇」。

（2）包含兩個語素的雙音組合，在中間或前後加上別的詞語（主要是虛詞），意義和功能基本不變的，一般可認定為詞組，反之是詞。如「父母」是詞組，「朋友」是詞。

（3）一個雙音組合若能在同一個語言環境中拆開使用，則可認定其為詞組而不是詞。

2. 從詞彙意義上區別，凡結構上結合緊密，意義上共同代表一個概念的是詞，結構上結合鬆散、意義上表示兩個概念的則是詞組。具體來說：

（1）只包含一個語素的雙音組合，在任何語言環境中，也不管採取什麼書寫形式，都是兩個音節共同代表一個概念，因此可以比較容易地認定為雙音詞。

（2）包含兩個語素的，其中一個代表概念，另一個是不代表概念的附加意義，或者原來代表概念，合成後已失去代表概念的資格，則說明這個雙音組合只代表一個概念，因而是詞而不是詞組。如「有阿」、「赫斯」、「國家」。

（3）雙音組合的兩個語素，原來各代表一個概念，合成後共同代表一個新的概念，則這一雙音組合是詞而不是詞組。如「蟊賊」、「執事」。

（4）雙音組合的兩個語素，原來代表的概念是相近和相同的，合成後共同表示一個意義相關而又增強了交際職能的新概念，則這個雙音組合可認定是詞而不是詞組。如「道理」、「殺戮」。

3. 從修辭特點上區別。漢語單音詞複音化的原因之一就是在修辭上講究形式美，其重要手段就是對舉。利用這個特點，也可以在某種程度上幫助我們區分詞和詞組。同一語言環境中，處於相同句式的相同位置上不同的雙音組

〔註75〕程湘清《先秦雙音詞研究》，收入其主編《先秦漢語研究》，山東教育出版社，1992年；又收入其所著《漢語史專書複音詞研究》，商務印書館，2003年，24～90頁。

合，其中一個或幾個已確認為詞，則其他雙音組合可類推為詞。

4. 從出現頻率上區別。一些見次率很高的雙音組合大致可確定為雙音詞。還有更多的雙音組合，按照前三條標準應為雙音詞，「它們儘管只出現一兩次，卻已取得雙音詞的資格」。

程湘清認為：「這四條標準中，結構標準無疑是最可靠的，然而受古代文獻的限制，使用起來會存在一些困難。從漢語的特點出發，意義標準顯然不能忽視；如果單為區別出『詞彙的詞』，這應當說是最為簡明易行的方法。至於對舉和頻率則只能做個參考。」

（三）周生亞《〈世說新語〉中的複音詞問題》〔註76〕

周生亞提出「四標準」，他主張確定複音詞時，應把意義和形式的分析結合起來，具體如下：

1. 看意義變化。詞一經形成，總有它的特定意義，絕不等於詞素意義的簡單相加。例如「百姓」。

2. 看結合緊密。詞形成之後，一般說來構成詞的成分之間的結合總是比較緊的。正因為如此，它的使用頻率一般說來也是高的。例如「領袖」。

3. 看結構對比。有些組合形式，究竟是不是詞，有時從上下文的結構對比中可以斷定下來。

4. 看結合關係。詞總是有其語法特點的，句子中詞與詞的結合都不是任意的，總是為一定的語法關係所制約。據此，也可以判定詞與詞組的區別。

另外，還有一些學者也提出了自己的看法。吳曉露在研究戰國時期的複音詞時，則「把能否擴展，語音能否停頓，使用頻率的高低以及有無專門意義等綜合起來，作為劃分詞和詞組的重要標準。」〔註77〕

朱廣祁《詩經雙音詞論稿》提出了一個確定雙音詞總的原則：「兩個單音詞結合在一起，只要形成一個比較統一的概念，人們不再把它們看成明顯的兩件事物，這種雙音組合就可以看作一個複音詞了。」〔註78〕

張雙棣《呂氏春秋詞彙研究》認為，確定《呂氏春秋》中的複合詞，意義

〔註76〕周生亞《〈世說新語〉中的複音詞問題》，《吉林大學社會科學學報》1982 年第 2 期。
〔註77〕吳曉露《從〈論語〉〈孟子〉看戰國時期的雙音詞》，《南京大學學報》1984 年第 2 期。
〔註78〕朱廣祁《詩經雙音詞論稿》，河南人民出版社，1985 年，152 頁。

標準是決定性的，拆開和插入等方法難以採用。同時也要參考出現頻率及同時代其他文獻的使用情況。複合詞的意義與詞組義的差別在於，複合詞能構成新義、概括義、特指義、偏指義等等。

許威漢《漢語詞彙學引論》指出：「要區分詞和詞組，得掌握好詞的定義中『最小』的含義」。〔註79〕這個標準具體分析起來不容易，還要從以下幾方面着眼：（1）以實際運用為依據。（2）以結合是否固定為依據（即看是否定型結構）。（3）以傳統習慣為依據。

綜合對比發現，研究古漢語詞彙的學者，一般都將意義標準作為判斷複音詞的首要標準。如上面所列馬真、朱廣祁、張雙棣都持此看法，郭錫良也說：「尤其對於古代語言……我們只能以意義為主結合語詞搭配、出現頻率等多方面因素來確定它是不是詞。」〔註80〕

在充分吸收各家觀點之後，本書擬從以下幾方面來考慮雙音詞的界定：

1. 意義標準，凡結構上結合緊密，其意義是一個完整獨立的整體的就是詞，其意義具有確定性、概括性、抽象性、融鑄性。雙音詞表示的是一個完整的詞彙意義，而絕不是其構成語素意義的簡單相加。雙音詞的詞彙意義有些是轉類或概括之後而產生的新生義，有些是通過某種修辭方式而產生的特指義，有些是某個語素意義脫落消失後的偏指義。凡是符合上述情況的雙音組合，我們都把它看成是詞。

2. 形式標準，即格式的凝固化。即兩個音節結合緊密，不能拆開或隨意擴展的是詞。具體說來，詞的組成部分不能受修飾語修飾，詞內成分不能與詞外成分組成直接的句法關係，詞內成分不能與詞外成分組成並列結構等，詞內成分也不能與詞外成分相互照應。

3. 出現頻率標準。那些出現頻率很高的雙音組合一般可確定為雙音詞。因為詞是一個凝固程度很高的固定組合，而詞組則是一種臨時狀態下的任意組合。頻率對於確定古漢語的複音詞來說，是一種直接、客觀、有效的手段，特別是大型語料數據庫及檢索光盤的出現，更是為頻率的統計提供了技術支持。東漢是漢語史發展一個承上啓下的時期，語言變化劇烈，或者受文獻內容影

〔註79〕許威漢《漢語詞彙學引論》，商務印書館，1992年，18～21頁。

〔註80〕郭錫良《先秦漢語構詞法的發展》，《第一屆國際先秦漢語語法研討會論文集》，嶽麓書社，1994年；又載《漢語史論集》，商務印書館，1997年。

響，有些語詞可能剛露出一鱗半爪，用例不多，對於這些孤證條目，我們也暫且如實揭示出來，這對於客觀描述漢語詞彙演變是有意義的。

　　需要說明的是，在確定複音詞時，宜堅持「從寬不從嚴」的原則。趙克勤指出：「我們認為對於先秦古籍中的同義複音詞的處理要採取從寬的原則，只要它們在古籍中經常出現，而形式比較固定，就應該承認它們是複音詞，而不是單音詞的臨時組合。」〔註81〕殷國光認為：「我們之所以採用比較寬的標準，把它（指短語詞）歸入詞，除了考慮到它具有詞的意義特徵外，還考慮到這樣處理有助於複音詞的歷時研究。」〔註82〕魏德勝也認為：「對於上古漢語，複音詞正處於發展之中，因而在確定詞與非詞的界限時，應『堅持原則，適度放寬』。」〔註83〕東漢處於漢語詞彙發生劇烈變化的時期，有些組合處於詞和詞組模棱兩可的狀態，採用從寬標準，有利於語詞的溯源，這對於漢語詞彙史研究是有益的。

〔註81〕趙克勤《古代漢語詞彙學》，商務印書館，1993 年，33 頁。
〔註82〕殷國光《呂氏春秋詞類研究概說》，收入郭錫良主編《古漢語語法論集》，語文出版社，1998 年，382 頁。
〔註83〕魏德勝《睡虎地秦墓竹簡語法研究》，首都師範大學出版社，2000 年，21 頁。

第二章　《太平經》詞彙的研究價值

「請問天師之書，乃拘校天地開闢以來，前後賢聖之文，河雒圖書神文之屬，下及凡民之辭語，下及奴婢，遠及夷狄，皆受其奇辭殊策，合以為一語，以明天道，曾不煩乎哉不也？」（卷91／拘校三古文法／p348）

劉昭瑞認為這段話概括出了《太平經》的四個來源。所謂「前後賢聖之文」，如書中墨家的天志、老莊的守一、儒家的孝道等；所謂「河雒圖書神文之屬」，如書中的陰陽五行、讖緯符籙等；所謂「遠及夷狄」，或如前舉湯用彤文中所論，指一些外來因素如疑似佛教的東西；所謂「下及凡民之辭語，下及奴婢」，當是指來自社會下層的民眾語言和「巫覡雜語」及其反應的習俗和觀念。〔註1〕

《太平經》成書於東漢安帝、順帝時期，今本《太平經》大體上還保留着漢代道經的原本面目，是研究東漢晚期乃至西漢時期中國思想史和宗教史的重要資料。該書汲取傳統的陰陽五行學說以及黃老、神仙、讖緯、方技等思想，內容極其龐雜。「在我們看來，它的龐雜內容恰恰為研究東漢道教思想，探索漢代哲學、社會意識、風俗習慣和語言特點提供了可靠的資料，是很有價值的。」〔註2〕劉曉然綜合諸家觀點，對該書的語料價值作出了這樣的評定：

〔註1〕劉昭瑞《考古發現與早期道教研究》，文物出版社，2007年第一版，64頁。
〔註2〕向熹《〈太平經〉正讀·序》，俞理明著，巴蜀書社，2001年，2頁。

「書出眾手，可以避免這部著作作為共時語料的偏頗，能夠更加普遍地反映著作時代的語言面貌；實錄對話，正好表現言語者當時的口語特色；作者都是下層讀書人，與廣大社會聯繫緊密，著述的目的還在於『傳經』，因此必須『用語通俗淺顯』，這就保證了他們實錄對話時，其口語特色要與整個社會的日常用語基本合拍；本經約三十萬字，具備相當的長度，其中的語言規律應該具有時代的代表性；而且《太平經》成書於上古、中古漢語轉型時期，我們可以從中發掘更多的語言『轉型』的痕跡。所以，『從語言研究的角度來看，這部書中含有許多有價值的語言材料，對研究東漢乃至整個中古漢語都有一定幫助，應該受到研究者足夠的重視。』」〔註3〕應當說，《太平經》是研究中古漢語的絕佳語料。

從以上分析我們也可對《太平經》語料性質有一個大體把握，《太平經》具有典型的時代性（反映當時社會歷史、思潮、習俗及觀念）、俗語性（吸收社會下層民眾語言，口語化大眾化）、文化性（繼承吸收了儒家、道家、墨家等諸家之思想）、專業性（多『巫覡雜語』）。下面先來具體分析《太平經》的語料性質，然後看該書詞彙研究的價值和意義。

第一節　《太平經》語料的時代性

詞彙對於社會的各種變化最為敏感，新事物的產生，社會觀念的改變，幾乎都能在詞彙中得到反映。王明《論〈太平經〉的成書時代和作者》一文有這樣的論斷：「《經》中許多常用的語言、詞彙、地名、社會風尚以及哲學概念等，都還保存着漢代的特徵。」〔註4〕書中的確有不少與時代密切相關的地理名物、典章制度、思想文化詞語，現酌舉數例：

（一）具有許多反映時代特色的地理名稱、典章制度詞語

湯用彤《讀〈太平經〉書所見》一文曾指出：「《經》中方域之畫分，曰州，曰郡，曰縣，曰鄉，曰亭，曰里（卷八十六之三及八頁）。其官職有司農（壬之十二）、亭長（八十六之三），又曰二千石（壬之十三），均漢制也。於宇內則言有八十一域（鄒衍之說）。於中國雖亦言九州（八十六之五），但亦言十二州、十三州（九

〔註3〕劉曉然《〈太平經〉的詞彙研究》，《社會科學家》2006 年第 1 期。

〔註4〕王明《論〈太平經〉的成書時代和作者》，原載《世界宗教研究》1982 年第 1 期，又收在《道家和道教思想研究》，中國社會科學出版社，1984 年，200 頁。

十三之十五），此漢代州數也。若在先帝之後，則不然矣。又言及貢舉（一零九之三）、明經（三十五之十一），言及上封事（辛之四）、應斷市酒（六十九之七），均漢代所有之法度也。於河稱淮濟（百十之十）。謂昆侖為中極（九十三之二與百十之九）。又稱『山以五嶽為君長，五嶽以中極下泰山為君長』（九十三之二）。泰山居中之說，見於《爾雅》《淮南》，漢代以後似不能有此說。」〔註5〕可見，《太平經》包含了諸多具有鮮明的漢代時代特色的歷史名物詞，涉及漢代地理名稱、官制、法制等方面。

王明《論〈太平經〉的成書時代和作者》〔註6〕從四個方面考察論證了《太平經》的成書時代，其中第一個就是從漢代語言上考察，通過漢代常用的口語、名詞、詞彙等來論證《太平經》是漢代的作品，其中提到了縣官（天子稱「縣官」，為漢代盛行的口語）、銖分（分、銖都是漢代權衡上微小單位的名稱）、成事（漢人通用語，謂既成其事，或統下文而言）、何等（漢代常用的流行口語）。尤其是「成事」、「何等」兩詞，屢見於《論衡》，並由此得出《論衡》的撰作與《太平經》的問世前後年代相距不遠的結論。「何等」更是多見於漢代趙岐、高誘之舊注及安世高譯經。文章還從文字的寫法進行了論證，如「雒、洛」，「按雍州洛水，豫州雒水，其字根本不同。後人寫豫州雒水作『洛』，這個錯誤，是從曹魏開始。」「這裏值得注意的情況，就是《經》中『雒』字未改而《鈔》改為『洛』字，足以表明《太平經》成書於漢代了。」

新莽王朝推行「三統曆」（三統曆是以太初曆為基礎經由劉歆之手增補而成），從始建國元年己巳至地皇四年癸未（公元 9～23 年），前後共計 15 年。《漢書‧王莽傳上》載詔書云：「以戊辰直定，御王冠，即真天子位，定有天下之號曰新。其改正朔，易服色，變犧牲，殊徽幟，異器制。以十二月朔癸酉為建國元年正月之朔，以雞鳴為時。服色配德上黃，犧牲應正用白，使節之旄旛皆純黃，其署曰『新使五威節』，以承皇天上帝威命也。」王莽自始建國元年篡奪帝位後，便以建丑之月（即十二月）為正月。這一觀念來源於三正論，

〔註5〕湯用彤《讀〈太平經〉書所見》，收入《湯用彤論著集之三──湯用彤學術論文集》，中華書局，1983 年，61 頁。另，姜守誠《「洞極之經」反映王莽時代考》（《宗教學研究》2005 年第 2 期）亦曾論及「帝王有德，優及十二州」──王莽時代的行政區劃制度。

〔註6〕王明《論〈太平經〉的成書時代和作者》，原載《世界宗教研究》1982 年第 1 期，又收在《道家和道教思想研究》，中國社會科學出版社，1984 年，183～200 頁。

即採殷正之說。其後，王莽於公元 20 年改元「地皇」，乃昭示受命於地統之義。《太平經》受其影響，亦主張天正、地正、人正，即所謂「三正」。《鈔》己部云：「三正起於東方，天之首端也。」（卷 102／經文部數所應訣／p465～466）壬部亦云：「故天出聖人，象天文理，故天文自睹也。故天文正，天亦正；地文正，地亦正；人文正，人亦正；天地人俱正，萬物悉正。」（卷 137～152／壬部／p709～710）值得注意的是，「三統曆」這一說法屢見於《太平經》（含《鈔》）。譬如，《鈔》癸部《還神邪自消法》這樣說道：「天地陰陽之精，共生萬物，此三統之曆也。」（卷 154～170／還神邪自消法／p727）「三統」一詞在《太平經》殘卷中前後出現六次，依次是：卷 48《三合相通訣》、卷 49《急學真法》、卷 92《萬二千國始火始氣訣》（3 次）、卷 119《道祐三人訣》；在《鈔》（除甲部外）中出現 7 次，依次是乙部《名為神訣書》、戊部《闕題》、壬部（4 次）、癸部《還神邪自消法》〔註7〕。

　　姜守誠認為《太平經》相關內容還反映了王莽時代的計時制度——「漏刻以百二十為度」。王莽改制與哀帝改元均推行了一項相同措施：將漏刻由原先的一日百刻變更為 120 刻。《漢書・王莽傳上》載：「孔子曰：『畏天命，畏大人，畏聖人之言。』臣莽敢不承用！臣請共事神祇宗廟，奏言太皇太后、孝平皇后，皆稱假皇帝。其號令天下，天下奏言事，毋言『攝』。以居攝三年為初始元年，漏刻以百二十為度，用應天命。」120 度的時刻制度一直被新莽政權所沿用，迨東漢之季始遭廢除。這次漏制改革在《太平經》某些章節中得到體現，如：「祠天神地祇，使百官承漏刻期，宜不失，脫之為不應，坐罪非一。故使晝夜有分，隨日長短，百刻為期，不得有差。有德之國，日為長，水為遲，一寸十分，應法數。今國多不用，日月小短，一刻八九，故使老人歲月，當弱反壯，其年自薄，何復持長時。」（卷 56～64／闕題／p213）據經文內容判斷：《太平經》所處時代正以一百二十度為漏刻之制〔註8〕。

（二）反映漢代歷史及思潮

　　王明《論〈太平經〉的成書時代和作者》還從社會風尚方面作了考察，文章指出，九等的區分是漢代品評人倫的風尚，《太平經》卷四十二《九天消先

〔註7〕詳見姜守誠《「洞極之經」反映王莽時代考》，《宗教學研究》2005 年第 2 期。
〔註8〕姜守誠《「洞極之經」反映王莽時代考》，《宗教學研究》2005 年第 2 期。

王災法》即有體現，並進一步指出《太平經》九等之分，蓋仿揚雄《太玄》與班固《漢書・古今人表》〔註9〕。文章亦從思想內容上進行了考察，認為《太平經》利用當代流行的元氣說的思想材料，反復闡明成為原始道教獨特的宇宙生成論，這是《太平經》在漢代元氣論籠罩和影響下表現出來的一個時代特徵〔註10〕；《太平經》中的王、相、休、囚、廢，是根據五行相生而間相勝的原理而來，為漢代五行說的重要內容之一〔註11〕。

　　《太平經》相關內容反映了王莽時代的文化運動。「今四境之界外內，或去帝王萬萬里，或有善書，其文少不足，乃遠持往到京師；或有奇文殊方妙術，大儒穴處之士，義不遠萬里，往詣帝王，銜賣道德；或有黎庶幼弱老小田家嬰兒婦女胸心，各有所懷善字訣事，各有一兩十數，少少又不足，使人遠齎持往詣京師。」（卷88／作來善宅法／p331）這段話記載了世人踴躍獻書的情形，姜守誠認為：「上述經文的現實模本就是王莽執政時期的徵書運動。王莽自執政以來十分重視對圖書的收集和整理等工作，並提高福利待遇、優待學者，廣徵天下博學異能之士，故能『至者前後千數』」。〔註12〕亦可參之於史記，《漢書・王莽傳上》載：「是歲，莽奏起明堂、辟雍、靈臺，為學者築舍萬區，作市、常滿倉，制度甚盛。立《樂經》，益博士員，經各五人。徵天下通一藝教授十一人以上，及有逸《禮》、古《書》、《毛詩》、《周官》、《爾雅》、天文、圖讖、鍾律、月令、兵法、《史篇》文字，通知其意者，皆詣公車。網羅天下異能之士，至者前後千數，皆令記說廷中，將令正乖繆，壹異說云」。

　　姜守誠認為《太平經》相關內容亦反映了王莽時代的邊境爭端。新莽政權後期，邊境狀況惡化，連綿不絕的邊境戰事，引發了社會動盪。到新莽後期，邊境戰爭的過度消耗已臨近無法收拾的境地。王莽不得已開始動用一切手段（包括徵召奇能異士），以期挽救統治危機。《漢書・王莽傳下》載：「而匈奴寇邊甚。莽乃大募天下丁男及死罪囚、吏民奴，名曰豬突豨勇，以為銳卒。……又博募有奇技術可以攻匈奴者，將待以不次之位。言便宜者以萬數：或言能度水不用舟楫，連馬接騎，濟百萬師。或言不持斗糧，服食藥物，三軍不饑。或

〔註9〕王明《論〈太平經〉的成書時代和作者》，原載《世界宗教研究》1982年第1期，
　　　又收在《道家和道教思想研究》，中國社會科學出版社，1984年，192頁。
〔註10〕王明《道家和道教思想研究》，195～196頁。
〔註11〕王明《道家和道教思想研究》，196頁。
〔註12〕姜守誠《「洞極之經」反映王莽時代考》，《宗教學研究》2005年第2期。

言能飛，一日千里，可窺匈奴。莽輒試之，取大鳥翮為兩翼，頭與身皆著毛，通引環紐，飛數百步墮。莽知其不可用，苟欲獲其名，皆拜為理軍，賜以車馬，待發。」王莽為招募「可以攻匈奴者」而採取的優待措施與《太平經》所主張對獻書者予以聘任或獎勵的觀念非常相似。如王莽詔令對有「奇技術」、「可以攻匈奴者」，「將待以不次之位」以及事後明知其中一部分人不可用，但「苟欲獲其名」皆封以官職，予以任用。這一做法與《太平經》可以說是如出一爐，《太平經》有言：「已且徵索之，各以其道德能大小署其職也。所言多少，其能不可徵者，且悉敕所屬縣邑長吏以職仕之也。其老弱婦女有善言者，且敕主者賜之，其有大功而不可仕者，且復之也。」（卷 88／作來善宅法／p332）

王莽的這次招募，前後應徵者達到萬餘人。這一數目本身就反映出：徵求解決邊境問題已在全國範圍內展開討論，且形成了較大聲勢。聯繫到《太平經》卷 46《道無價卻夷狄法》專門討論「卻夷狄」、消除邊境爭端的方法。或許可以這樣推論：這些言論當是對當時邊境狀況的一種反映。卷 112《有過死謫作河梁誡》就反映了「夷狄內侵，自虜反叛」等情況：「五星失度，兵革橫行，夷狄內侵，自虜反叛。國遣軍師，有命得還，失命不歸，是大人之罪也。」（卷 112／有過死謫作河梁誡／p576）〔註 13〕

（三）新詞與當代文獻相佐證

詞語是最能反映時代變化的，同時，一個詞語不可能僅僅出現在某一部書中，它會在同時代或後世的典籍中有所反映。

【解除】

「真人前，凡天下事何者是也？何者非也？」「試而卽應，事有成功，其有結疾病者解除，悉是也。試其事而不應，行之無成功，其有結疾者不解除，悉非，非一人也。」（卷 39／真券訣／p71）「因以為解除天地大咎怨，使帝王不復愁苦，人民相愛，萬物各得其所，自有天法常格在不匿。」（卷 56～64／闕題／p216）「復令使真道祕德門絕斷不行，天怒不絕，帝長愁苦，吏民無所投頭足，相隨雲亂，不能相救，試誠冤吾辭於天，正為解除此制作道也。」（卷 97／妒道不傳處士助化訣／p434）

〔註 13〕詳參姜守誠《「洞極之經」反映王莽時代考》，《宗教學研究》2005 年第 2 期。

解除，酬祭神靈，以求消災去禍。方一新、王雲路已發之〔註14〕，舉西晉竺法護譯《生經》等魏晉六朝文獻例，東漢用例僅舉《全後漢文》一例，《太平經》用例可為補。東漢王充《論衡‧解除》對「解除」這一活動言之甚詳：「世信祭祀，謂祭祀必有福。又然解除，謂解除必去凶。解除初禮，先設祭祀。比夫祭祀，若生人相賓客矣，先為賓客設膳食；食已，驅以刃杖。鬼神如有知，必恚（止）〔與〕戰，不肯徑去，若懷恨反而為禍；如無所知，不能為凶，解之無益，不解無損。」該篇「解除」一詞頗為多見，共 16 次，再如：「殺虎狼，卻盜賊，不能使政得世治。然則盛解除，驅鬼神，不能使凶去而命延。」又：「昔顓頊氏有子三人，生而皆亡，一居江水為虐鬼，一居若水為魍魎，一居歐隅之間主疫病人。故歲終事畢，驅逐疫鬼，因以送陳、迎新、內吉也。世相仿效，故有解除。」又：「夫解除所驅逐鬼，與病人所見鬼無以殊也，其驅逐之與戰鬥無以異也。病人戰鬥，鬼猶不去，宅主解除，鬼神必不離。」又：「國期有遠近，人命有長短，如祭祀可以得福，解除可以去凶，則王者可竭天下之財，以興延期之祀；富家翁嫗可求解除之福，以取逾世之壽。」東漢出土文獻亦見，例如《光和五年劉公則買地券》：「大士謹為劉氏之家解除殃咎。」

【復除】

指消除災害怪異等。「假令人人各有可畏，或有可短。或各能去一病；如一卜卦工師中知之，除一禍祟之病；大醫長於藥方者，復除一病；刺工長刺經脈者，復除一病；或有復長於炙（《合校》：炙疑係灸字之譌）者，復除一病；或復有長於劾者，復除一病；或有長於祀者，復除一病；或有長於使神自導視鬼，復除一病。」（卷 72 / 齋戒思神救死訣 / p293～294）「咄嚱！子今且言，有萬死之責於皇天后土，不復除也。」（卷 97 / 妒道不傳處士助化訣 / p429）「真人自知，今且言有萬死之罪，不復除也。」（卷 97 / 妒道不傳處士助化訣 / p430）「真人自精戒事，天怒一發，罪過著不復除也。（卷 97 / 妒道不傳處士助化訣 / p430～431）

「漢代盛行五行占驗、天人感應之說，所以『復』在後漢有一特殊詞義消復，《論衡》中習見，詞典失收。」〔註15〕再如《論衡‧明雩》：「故修壇設位，

〔註14〕方一新、王雲路《中古漢語讀本》（修訂本），上海教育出版社，2006 年，98 頁。
〔註15〕胡敕瑞《〈論衡〉與東漢佛典詞語比較研究》，巴蜀書社，2002 年，151 頁。

敬恭祈求，效事社之義，復災變之道也。」《論衡・案書》:「晉廢夏郊之祀，晉侯寢疾，用鄭子產之言，祀夏郊而疾愈。如審雩不修，龍不治，與晉同禍，為之再也。以政致旱，宜復以政，政虧而復。修雩治龍，其何益哉！」

【拘校】

即鉤求考核。經中多見。「是故天使吾深告勑真人，付文道德之君，以示諸賢明，都並拘校，合天下之文人口訣辭，以上下相足，去其復重，置其要言要文訣事，記之以為經書，如是迺後天地真文正字善辭，悉得出也。」（卷41／件古文名書訣／p86）「拘校上古中古下古之文，以類召之，合相從，執本者一人，自各有本事，凡書文各自有家屬，今使凡人各出其材，圍而共說之，其本事字情實，且悉自出，收聚其中要言，以為其解，謂之為章句，得真道心矣。」（卷51／校文邪正法／p190～191）「戒真人一言，自是之後，德君詳察思天教天文，為得下吏民三道所共集上書文，到八月拘校之，分處為三部。始校書者於君之東，已一通。」（卷91／拘校三古文法／p359～360）「今愚生得天師文書，拘校諸文及方書，歸居閑處，分別惟思其要意，有疑不能解，願請問一事言之。」（卷93／方藥厭固相治訣／p383）

劉昭瑞指出:「句校在漢代一般文獻中也作鉤校，如《漢書・陳萬年傳》記其子陳咸為少府屬官，『少府多寶物』，陳咸『皆鉤校發其姦臧，沒入辜榷財物。』鉤校即鉤求考校義。句校在《太平經》一書中則作拘校，為該書常用，例如卷九六《守一入室知神戒》有云:『夫賢明為上德君拘校上古中古下古文書之屬，以類相從，更相證明，道一旦而正，與日月無異。』」〔註16〕「鉤校」語例再比如《後漢書・袁張韓周列傳》:「寵又鉤校律令條法，溢於甫刑者除之。」《新唐書・列傳第八十九》:「京兆尹李充有美政，裴延齡惡之，誣劾充比陸贄，數遺金帛，當抵罪，又乾沒京兆錢六十八萬緡，請付比部鉤校。」《新唐書・列傳第一百四》:「元和中，舉進士，見有司鉤校苛切，既試尚書，雖水炭脂炬餐具，皆人自將，吏一倡名乃得入，列棘圍，席坐廡下。」

《太平經》之語詞不僅可以和漢代傳世文獻相佐證，亦可從出土文獻中找到參證。諸如東漢時期的鎮墓文，劉昭瑞認為:「從整體特點看東漢時期的鎮墓文，從時代上說，迄今經科學考古發掘而得的鎮墓文，一般都出自東漢中、

〔註16〕劉昭瑞《考古發現與早期道教研究》，文物出版社，2007 年 6 月第一版，81 頁。

晚期墓中，這一點和《太平經》出現的時代相脗合；這些鎮墓文又都出自中、小型墓中，說明這些文字應該來自民間巫師方士之手，文中使用的語言及其反映的思想和習俗有濃鬱的世俗色彩，而不是士大夫型的，這一點又和《太平經》一書的內容相似。整體特點的相同，表明兩者可以做一定程度的比較研究，並且這一比較研究具有較為充實的前提基礎。」〔註17〕關於東漢時期的鎮墓文與《太平經》語詞的互証，已有學者作了初步嘗試。〔註18〕

【承負】

善惡報應的思想由來已久，《太平經》將其發展而成為承負說。人有善惡行為，或者現身受到報應，或者留給後世。留給後世子孫的，叫做「承負」。簡單地說，就是後人承受或背負先人的善惡果。經中用例，如「大中古以來，人失天道意，多賊殺之，迺反使男多而女少不足也。大反天道，令使更相承負，以為常俗。」（卷 35／分別貧富法／p36）「今訾子悁悁，已舉承負端首，天下之事相承負皆如此，豈知之耶？」（卷 37／五事解承負法／p61）「行，語真人一大要言，上古得道，能平其治者，但工自養，守其本也。中古小失之者，但小忽自養，失其本。下古計不詳，輕其身，謂可再得，故大失之而亂其治。雖然，非下古人過也，由承負之厄會也。」（卷 37／五事解承負法／p61）「今案用一家法也，不能悉除天地之災變，故使流災不絕，更相承負後生者，日得災病增劇。故天怜德君，復承負之。」（卷 41／件古文名書訣／p86）

對於「承負」一詞，本經正文亦有詳解：「然，承者為前，負者為後；承者，迺謂先人本承天心而行，小小失之，不自知，用日積久，相聚為多，今後生人反無辜蒙其過謫，連傳被其災，故前為承，後為負也。負者，流災亦不由一人之治，比連不平，前後更相負，故名之為負。負者，迺先人負於後生者也；病更相承負也，言災害未當能善絕也。」（卷 39／解師策書訣／p70）楊寄林指出「承負」是本經所獨創的一種理論。它來自《易傳·文言》：「積善之家必有餘慶，積不善之家必有餘殃」的說法，又糅入了東漢的世俗觀念，如《論衡·感類》及《崇辨》所列舉的：「陰陽不和，災變發起，或屬先世遺咎」；「時人

〔註17〕劉昭瑞《考古發現與早期道教研究》，文物出版社，2007 年第一版，79 頁。
〔註18〕詳參周建姣《東漢磚文虛詞研究》（2006）第二章《考釋篇》第一節《〈太平經〉與鎮墓文互証》，（華東師範大學 2006 年博士學位論文，182～187 頁）。

觸犯刑法，不曰過所致，而曰家有負。」〔註19〕《大詞典》失收，當補。（承負先人之過）這裏的「承負」是作為動詞使用的。在大多數情況下，單只「承負」二字就可作為名詞來使用。這時它似乎又有二種用法：一是「承」和「負」各有獨立的意思；一是「擔當（承）物體、責任（負）」的意思。要之，這個詞有三種用法和涵義〔註20〕。

劉昭瑞指出東漢鎮墓文中都有「重復」一語，筆者以為，從廣義上說，鎮墓文中的「重復」，與《太平經》中的「承負」意義相當〔註21〕。鎮墓文作「重復」，《太平經》作「承負」，這只是字面上的不同，兩組詞不僅意義是相同的，而且在古代讀音上也是相通的。承字古音屬禪紐蒸部字，重字古音屬定紐東部字，二字音韻皆相近；負與復又都屬並紐字，音亦可相通。而作為兩個連綿詞，在意義上也是相近的，承有相承重疊意，與重義相近，背負意義上的負與重復義亦有相通之處。所以鎮墓文中的「重復」，在《太平經》中被轉寫為「承負」，是完全可能的〔註22〕。鎮墓文中的「重復」既為「承負」，那麼也就證明了《太平經》一書所表述的「承負」說是建立在廣泛的民間信仰基礎之上的。迄今考古發現的以攘除「重復」為內容之一的鎮墓文，在除西北敦煌以外的地區中，時代僅僅是在東漢，可見「重復」之說是有着比較明確的時代特徵的，《太平經》編撰者採民間流行的「重復」觀念，化而為「承負」說，這一結論應該是可以成立的〔註23〕。王充《論衡·辨祟篇》：「或有所犯，抵觸縣官，羅麗刑法，不曰過所至，而曰家有負。」《論衡》的「負」應即「承負」的省語〔註24〕。

第二節 《太平經》語料的俗語性

《太平經》作為中國道教的第一部經典，其宣講對象主要是下層民眾，為宣揚教義的方便，是書採用一問一答的對話體寫成，行文通俗淺顯，包含了許

〔註19〕楊寄林《〈太平經〉今注今譯》，河北人民出版社，2002年，76頁。
〔註20〕福井康順等監修，朱越利、徐遠和等譯《道教》（第二卷），上海古籍出版社，1992年，87～88頁。
〔註21〕劉昭瑞《考古發現與早期道教研究》，文物出版社，2007年第一版，80頁。
〔註22〕劉昭瑞《考古發現與早期道教研究》，81頁。
〔註23〕劉昭瑞《考古發現與早期道教研究》，83頁。
〔註24〕劉昭瑞《考古發現與早期道教研究》，94頁。

多具有時代特徵的口語成分。劉曉然認為：「實錄對話，正好表現言語者當時的口語特色；作者都是下層讀書人，與廣大社會聯繫緊密，著述的目的還在於『傳經』，因此必須『用語通俗淺顯』，這就保證了他們實錄對話時，其口語特色要與整個社會的日常用語基本合拍。」〔註25〕

　　《太平經》本經約三十萬字，書中包含大量富有濃厚口語色彩的方俗語詞，語料價值極高，對研究東漢乃至整個中古漢語都有所裨益，應當受到研究者足夠的重視。下面酌舉數例：

【算】

　　「善哉，子已得益天筭矣。」「何謂也？」「然，活人名為自活，殺人名為自殺。天愛子可為已得增筭於天，司命易子籍矣。」（卷35／分別貧富法／p34）「天地和合，三氣俱悅，人君為之增壽益算，百姓尚當復為帝王求奇方殊術，閉藏隱之文莫不為其出，天下響應，皆言咄咄。」（卷47／上善臣子弟子為君父師得仙方訣／p133）「為德不止，凡人莫不悅喜。天地愛之，增其算，鬼神好之，因而共利祐之。」（卷67／六罪十治訣／p250）「救窮乏不止，凡天地增其算，百神皆得來食，此家莫不悅喜。」（卷67／六罪十治訣／p252）

　　算，又作「筭」，壽命，壽數。它是漢代出現的一個口語用法，東漢《太平經》中多有用例。後代沿用不絕，南朝宋顏延之《赭白馬賦》：「齒算延長，聲價隆振。」北齊顏之推《顏氏家訓·歸心》：「如此之人，陰紀其過，鬼奪其算，慎不可與為鄰，何況交結乎！」《晉書·藝術傳·吳猛傳》：「庾亮為江州刺史，嘗遇疾，聞猛神異，乃迎之，問已疾何如。猛辭以算盡，請具棺服。旬日而死，形狀如生。」《梁書·孝行傳·劉霽傳》：「母明氏寢疾，霽年已五十，衣不解帶者七旬，誦《觀世音經》，數至萬遍，夜因感夢，見一僧謂曰：『夫人算盡，君精誠篤至，當相為申延。』」《北齊書·慕容紹宗傳》：「吾自年二十已還，恒有蒜髮，昨來蒜髮忽然自盡。以理推之，蒜者算也，吾算將盡乎？」〔註26〕

【不任】

　　「但取作害者以自給，牛馬騾驢不任用者，以給天下。至地祇有餘，集共

〔註25〕劉曉然《〈太平經〉的詞彙研究》，《社會科學家》2006年第1期。
〔註26〕此例轉引自高明《中古史書詞彙論稿》，天津古籍出版社，2008年，103頁。

享食。勿殺任用者、少齒者，是天所行，神靈所仰也。」（卷112／不忘誡長得福訣／p581）「復以六畜不任用者，使得食之，肥美甘脆之屬皆使食。」（卷114／大壽誡／p616）

不任，不堪，不可以。《中古漢語語詞例釋》指出：「『不任』一語先秦已見，猶言不能擔當或擔當不了。漢魏以來，遂轉為不能承受、不能勝任、不堪義矣。」〔註27〕《中古漢語讀本》認為「不任」係六朝習用語，又作「無任」〔註28〕，《中古虛詞語法例釋》更是詳細論述了「可以、能夠」義之來由〔註29〕。《齊民要術》中有很多用例，《生經》、王羲之《雜帖》、《三國志》、《宋書》亦多有所見，茲不具引。後世仍有沿用，《資治通鑑‧周紀五》：「武安君病，不任行」胡三省注：「不任，謂不堪也。」

【消息】

「天報有功，不與無德。思之思之，賞罰可知。自可死獨苦極，善惡之壽當消息，詳之慎之，可無見咎。」（卷112／寫書不用徒自苦誡／p573）「勿疑書言，尚可得生籍。疑不行，死日有期。自消息，勿復怨天咎地也。行，書小息念。其後思惟文言，知當復所行，復道之。」（卷114／不可不祠訣／p606）「春秋節臘，輒奉天報恩，既不解，努力為善，自得其福。行慎所言，復自消息。天神常在人邊，不可狂言。」（卷114／大壽誡／p618～619）

消息，仔細斟酌，仔細考慮。動詞，在句中作謂語。朱慶之認為「消息」在東漢魏晉南北朝時期約有十種新產生的意義和用法〔註30〕，「仔細斟酌，仔細考慮」即為其一，是兩晉南北朝常見義，始自西晉。據筆者對《太平經》的考察，發現該義的出現年代可提前至東漢時期。後代沿用不絕，《顏氏家訓‧風操》：「益知聞名，須有消息，不必期於顛沛而走也。」《隋書‧禮儀志五》：「善為政者，必消息時宜，而適煩簡之中。」

【了不】

「年在寅中，命亦復長，三寅合生，乃可久長。申為其衝，了不相亡，多

〔註27〕王雲路、方一新《中古漢語語詞例釋》，吉林教育出版社，1992年第一版，63頁。
〔註28〕方一新、王雲路《中古漢語讀本》（修訂本），上海教育出版社，2006年，311～312、314頁。
〔註29〕詳見董志翹《中古虛詞語法例釋》，吉林教育出版社，1994年第一版，443頁。
〔註30〕朱慶之《從魏晉佛典看中古「消息」詞義的演變》，《四川大學學報》1989年第2期。

惡畏夜，但能緣木上下，所畏眾多。」（卷 111 / 有德人祿命訣 / p548）「今世俗人，了不可曉，視其壽書，而不用其言，以為書不可信用也。」（卷 114 / 不承天書言病當解謫誡 / p623）

　　了不，絕不；全不。作為一個剛剛萌芽的口語詞，「了不」多見於口語性較強的宗教文獻，如支婁迦讖譯《道行般若經》卷 1：「一切菩薩，了無有處，了不可見。」（8 / 428a）又同經卷 5：「諸法邊幅了不可得，無有盡處。」（8 / 451a）支婁迦讖譯《般舟三昧經》卷 2：「智慧索不能得，自復索我了不可得，亦無所得，亦無所見。」（13 / 908c）曇果共康孟詳譯《中本起經》卷 1：「明旦燃之，火了不燃。」（4 / 151a）又同經「明旦然之，又不可滅。五百弟子及諸事者助而滅之，了不可滅。」（4 / 151a）

第三節　《太平經》語料的文化性

　　古人說道教信仰「雜而多端」，從其思想淵源角度來看，確實如此。道教充分吸收了先秦道家思想、儒家宗法思想、讖緯神學、易學和陰陽五行學說、巫術鬼神觀念和自然崇拜等，道教文化源遠流長，博大精深。魯迅有言「中國根柢全在道教」〔註31〕，道教作為與儒家、佛教鼎立的「三教」之一，對中國古代社會的各個方面都產生了極其深遠的影響。

　　「王明先生指出：『《太平經》汲取傳統的陰陽五行之說及黃老、神仙、讖緯、方技等思想，內容龐雜。』」〔註32〕「在我們看來，它的龐雜內容恰恰為研究東漢道教思想，探索漢代哲學、社會意識、風俗習慣和語言特點提供了可靠的資料，是很有價值的。」〔註33〕《太平經》的內容體系極為龐雜，經文之中汲取、糅合了諸家不同的理論觀念，其思想淵源是頗為複雜和多端的。《太平經》中包含了道家、儒家、墨家等多家之思想。下面分別看一下其具體體現。

　　（　）道家文化的影響

　　道家和道教是有區別的，先秦道家是以老子和莊子為代表的哲學派別，而道教乃是在東漢中後期形成的一種宗教。然而，二者之間又不是毫無聯繫的。

〔註31〕魯迅《魯迅全集》第 9 卷，人民文學出版社，1958 年，285、246 頁。
〔註32〕楊寄林《〈太平經〉今注今譯·〈太平經〉綜論》，河北人民出版社，2002 年，18 頁。
〔註33〕向熹《〈太平經〉正讀·序》，俞理明著，巴蜀書社，2001 年，2 頁。

道教在創立的時候，就把老子奉為教主，尊老子的著作《道德經》為主要經典，並定為教徒必須習誦的功課；在後來的發展中，又把道家學說另一代表人物莊子的著述《莊子》奉為經典，命名為《南華真經》。這表明，道家哲學是道教的思想淵源。〔註34〕葉貴良認為：「道教文化和其他文化一樣有一個傳承、發展和創新的過程。道教對道家文化的傳承在詞彙上的表現就是繼承和使用了大量的道家語詞，這種後世繼承和使用的前代語詞在語言學上稱為傳承詞。」〔註35〕《太平經》中也有不少傳承詞，從這些詞語中可以看出繼承前代道家文化的影子。

【平氣】

「平氣」語出《莊子・庚桑楚》：「欲靜則平氣，欲神則順心。」後來，逐漸凝固為詞，見於其他道經，如《太平經》卷三五《一男二女法》：「太皇天上平氣將到，當純法天。」是其例。〔註36〕「平氣」即正氣；太平之氣。

「平氣」為《太平經》之習語，再如「今天太和平氣方至，王治且太平，人當貞邪不當貞？何以當貞？」（卷 35／一男二女法／p37）「見天師言，承知天太平之平氣真真已到矣。」（卷 47／上善臣子弟子為君父師得仙方訣／p134）「然後六方極八遠皇天平氣，悉一旦自來，子知之耶？」（卷 91／拘校三古文法／p361）「太上平氣得來治，王者用事亦喜。」（卷 96／守一入室知神戒／p420～421）「惡人絕去，乃致平氣，天上平氣得下治，地下平氣得上升助之也。」（卷 116／某訣／p630）「平氣」在《太平經》中亦稱「太平氣」，書中多見，「今太平氣至，不可貴貞人也，內獨為過甚深，使王治不和良，凡人亦不可過節度也，故使一男二女也。」（卷 35／一男二女法／p38）「今天師書辭，常有上皇太平氣且至。」（卷 48／三合相通訣／p146）「今者太平氣且至，當實文本元正字，迺且得天心意也。」（卷 48／三合相通訣／p155）

因其比較常用，可與其他很多詞語搭配使用，如「太和平氣」、「上皇平氣」、「太上平氣」、「天上平氣」等。作為常見搭配，還出現了縮略形式，「上皇平氣」可省稱「皇平氣」，如「今皇平氣至，不宜有此應。」（卷 92／洞極上平氣無蟲重複字訣／p378）「天上平氣」、「太上平氣」可省稱「上平氣」，

〔註34〕卿希泰、唐大潮著《道教史》，江蘇人民出版社，2006 年第一版，12 頁。
〔註35〕葉貴良《敦煌道經詞彙研究》，浙江大學 2005 年博士學位論文，209 頁。
〔註36〕轉引自葉貴良《敦煌道經詞彙研究》，211 頁。

「令天下俱得誦讀正文，如此天氣得矣，太平到矣，上平氣來矣，頌聲作矣，萬物長安矣。」（卷 51 / 校文邪正法 / p192）

【虛無】

道家用以指「道」的本體。謂道體虛無，故能包容萬物；性合於道，故有而若無，實而若虛。《莊子・刻意》：「夫恬惔寂寞，虛無無為，此天地之平而道德之質也。」《太平經》承用此詞，「然，一事名為元氣無為，二為凝靖虛無。」（卷 71 / 真道九首得失文訣 / p282）「其二為虛無自然者，守形洞虛自然，無有奇也」（卷 71 / 真道九首得失文訣 / p282）「夫虛無絕洞之道，常欲使人好生而惡殺，閉口無泄，迺可萬萬歲也。」（卷 71 / 致善除邪令人受道戒文 / p286）

【大同小異】

語本《莊子・天下》：「大同而與小同異，此之謂小同異；萬物畢同畢異，此之謂大同異。」後指事物大體相同，略有差異為「大同小異」。《太平經》沿用，如「故道者，大同而小異，一事分為萬一千五百二十字，然後天道小耳，而王道小備。」（卷 47 / 上善臣子弟子為君父師得仙方訣 / p142）「夫道迺大同小異，故能分別陰陽而無極，化為萬一千五百二十字。」（卷 68 / 戒六子訣 / p259）

【日入而息】

語出《莊子・讓王》：「日出而作，日入而息，逍遙於天地之間，而心意自得。」《太平經》沿用，如「佃家子謹闓第四：佃家謹力子，平旦日作，日入而息，不避勞苦，日有積聚，家中雍雍，以養父母，得土之利，順天之道，不敢為非，有益縣官。」（卷 73～85 / 闕題 / p302）

【無為】

道家主張清靜虛無，順應自然，稱為「無為」。語出《老子》：「道常無為而無不為，侯王若能守之，萬物將自化。」《太平經》沿用此詞，「上古所以無為而治，得道意，得天心意者，以其守本不失三急。」（卷 36 / 守三實法 / p46）「然，一事名為元氣無為，二為凝靖虛無。」（卷 71 / 真道九首得失文訣 / p282）「民之好道者，其主明也；盡欲長生，遠禍殃也；不食廉潔，去諸兵也；垂拱無為，棄不祥也。」（卷 73～85 / 闕題 / p307）「無為者，無不為也，乃與道連；

出嬰兒前，入無間也。」（卷 103 ╱ 虛无無為自然圖道畢成誡 ╱ p470）

《太平經》中，來自《老子道德經》的傳承詞，還有「自化」「自知」「大患」「有身」「自然」「久視」「虛言」「微明」「上德」「玄牝」「守中」「微妙」等等。

（二）儒家文化的影響

道教作為我國土生土長的宗教，深深植根於中國傳統文化，在宗教思想方面充分吸收了古代宗教及傳統文化中的神秘主義色彩。「儒家學說中敬天安命思想、讖緯神學以及倫理道德理論，便是道教吸取營養的重要渠道。」〔註37〕尊天順天、知命安命、祭禱神祇，這是孔子思想中的古代宗教思想成分，也是以後儒家宗教思想的特徵。……在漢代還曾興起西漢董仲舒的「天人感應」神學和東漢的讖緯神學。這些宗教思想，都是後世道教造構其義理的歷史資料和依據。〔註38〕形成於東漢的中國道教，受西漢董仲舒的儒家神學和東漢讖緯神學影響非常深。《太平經》有不少詞語與祭禱神祇、讖緯神學等有關。

【神祝】

即神咒，僧道等念以祈神消災的咒語。「天上有常神聖要語，時下授人以言，用使神吏應氣而往來也。人民得之，謂為神祝（《合校》：祝襄傳注作咒，祝呪通用）也。祝也，祝百中百，祝十中十，祝是天上神本文傳經辭也。」（卷 50 ╱ 神祝文訣 ╱ p181）

古文獻中「祝」表示用言語向鬼神祈禱求福之義多見。在宗教中，具有法力的語言是咒語。春秋時宋國有專門詛咒與告祝的巫官，兩漢時用咒語治病稱為「祝內科」、「越方」。《太平經》中稱咒語為「神祝」。「太平道即多用符水祈祝為人治病，五斗米道行符咒之術尤甚與太平道。符咒是早期道教行法術的主要內容。」〔註39〕《太平經》有云：「或有用祝獨愈，而他傍人用之不決效者，是言不可記也。」（卷 50 ╱ 神祝文訣 ╱ p182）從這裏的描述也可見一斑。

【天讖】

即上天具有預示性質的圖籙或文字。「帝王欲樂長安而吉者，宜按此天讖，

〔註37〕李養正《論道教與儒家的關係》，原載《世界宗教研究》1992 年第 4 期。又收在李養正原著，張繼禹編訂《道教經史論稿》，華夏出版社，1995 年第一版，327 頁。
〔註38〕李養正《道教經史論稿》，328 頁。
〔註39〕盧國龍《道教知識百問》，今日中國出版社，1989 年，131 頁。

急囚斷金兵武備，而急興用道與至德，以象天法，以稱皇天之心，以長厭絕諸姦猾不祥之屬也，立應不疑也。」（卷 69／天讖支干相配法／p268）「愚生數人，緣天師哀之，為其說天讖訣。」（卷 69／天讖支干相配法／p272）「今吾所記天讖，乃記天大部，能王持天政氣，為天下綱紀者也。」（卷 69／天讖支干相配法／p272）

【元氣】

「一者，數之始也；一者，生之道也；一者，元氣所起也；一者，天之綱紀也。」（卷 37／五事解承負法／p60）「萬物始萌於北，元氣起於子，轉而東北，布根於角，轉在東方，生出達」（卷 40／分解本末法／p76）「元氣與自然太和之氣相通，並力同心，時悅悅未有形也，三氣凝，共生天地。」（卷 48／三合相通訣／p148）「然，夫天地人本同一元氣，分為三體，各有自祖始。」（卷 66／三五優劣訣／p236）「一者，其元氣純純之時也。元氣合無理，若風無理也，故都合名為一也。」（卷 93／國不可勝數訣／p392）

《太平經》中的「元氣」，明顯是受到漢代儒學緯書的啟示而產生的。「元氣」蓋始見於董仲舒《春秋繁露》，而後，漢代緯書大談「元氣」，《春秋‧文曜鉤》：「中宮大帝，其尊北極星，含元出氣流精生一也。」《春秋‧合誠圖》：「天皇大帝，北辰星也，含元秉陽，舒精吐光，居紫宮中，制御四方。」《河圖括地象》：「元氣闓陽為天。」李養正認為在緯書中，「元氣」既是宇宙萬物之本原，又是神靈之根本。道教將「一」解釋為「道」，把「元氣」、「道」、「神」三者結合起來，構成它關於宇宙本原與「最高主宰者」的神學觀念。〔註40〕漢代典籍中「元氣」一詞相當常見，王明認為《太平經》大抵是公元二世紀前期的作品，與《潛夫論》的年代大致相當。

儒家學說，以闡發我國古代社會固有的傳統倫理道德理論為核心，在封建社會則着重提倡三綱五常。老莊道家學派反對儒家孔孟宣導的「仁義禮智信」，而道教則正相反，完全吸取儒家的倫理道德觀念，並加以神聖化，融為道教基本義理內容，作為制訂規戒，建立宗教道德體系的依據。以倫理綱常作為區分善惡的準則；以養德積養為修道之首務。道教的經典，都把社會倫理道德觀念與道教作為根本信仰的「道」緊密結合，如《太平經》說：「三綱六紀

〔註40〕李養正原著，張繼禹編訂《道教經史論稿》，華夏出版社，1995 年第一版，331 頁。

所以能長吉者，以其守道也。」（《太平經合校》卷十八至三十四）。〔註41〕葉貴良也曾指出：「現代學者認為，道教的基本道德觀念來源於儒家。從道經反映的情況看，確實也是如此。」〔註42〕《太平經》中有很多受到儒家文化影響的詞語。

自孔子宣揚「仁」學以來，「仁」成為中華民族的「共德」和「恒德」。講「仁」，就是講人與人的關係，講人對人的愛，由對父母之愛、兄弟姐妹之愛，進而推及對他人之愛。李養正指出《太平經》特別強調對人的普愛無偏與治世以仁服人。這種社會政治思想，實際上即儒家提倡的「泛愛眾而親人」（《論語·學而》）的翻版〔註43〕。《太平經》中有很多「仁」構成的詞語，如「仁賢」「不仁」「仁道」「仁善」「仁君」「仁明」「仁政」「仁者」「仁心」「慈仁」等，「仁」的觀念在該書中的影響可見一斑。

「信」是儒家的「五常」（仁、義、禮、智、信）之一。《說文》：「信，誠也。」「信」即是「誠」，「忠」亦是「誠」，因此「忠」和「信」都包含着「誠」。孔子認為，「信」是一個人必須具備的德行，並認為誠信就能得到任用。《太平經》的「信」系詞語諸如「誠信」「忠信」「謹信」「信驗」「信效」「可信」「取信」「報信」等；「誠」系詞語諸如「至誠」「精誠」「誠心」「誠誠」等。

「忠」是儒家政治、倫理思想的一個重要範疇，是維繫整個封建統治的重要理論和精神支柱。在孔孟那裏，「忠」隸屬於「仁」，忠是誠實的表現，它所傳示的精深內涵本身便是仁義。忠在眾德中（克己、愛人、惠、恕、孝、信、訒、勇、儉、無怨、直、剛、恭、敬、寬、莊、敏、慎、遜、讓）的地位很高。《太平經》中含語素的「忠」的詞語諸如「忠臣」「不忠」「盡忠」「忠誠」「忠直」「忠孝」「效忠」等，極其繁多。

在儒家的各種倫理學說中，對中國民眾影響最為深遠的莫過於「孝」的理論。「孝」是儒家倫理思想的核心，是中國封建社會維繫統治的最根本的禮教準則。先秦儒家「孝」的思想忠、禮、義相結合，具有強大的政治教化作用。《太平經》繼承吸收了儒家的「孝」文化，文中「孝子」、「至孝」、「孝心」、「孝悌」、「致孝」、「謹孝」、「不孝」、「孝順」、「順孝」、「忠孝」、「孝忠」、「孝

〔註41〕李養正《道教經史論稿》，333 頁。

〔註42〕葉貴良《敦煌道經詞彙研究》，浙江大學 2005 年博士論文，176 頁。

〔註43〕李養正《道教經史論稿》，334 頁。

善」、「善孝」、「孝慈」、「孝行」、「大逆不孝」等詞觸處可見。

（三）墨家思想的影響

　　王明《從墨子到〈太平經〉的思想演變》〔註44〕一文，專門討論墨家學說對《太平經》的影響以及後者對前者的繼承和發展等情況。現存《太平經》文本儘管已是殘缺嚴重、難睹全貌，但「從現存五十七卷《太平經》殘書裏，可以看到它的有關社會政治的一部分言論是從墨子思想演變來的。」〔註45〕王明在這篇論文中首先分析了墨子學說蘊含的宗教因素，指出墨子作為小生產者利益的代表，極力宣導「兼相愛，交相利」等學說，但「為了要實現他的學說，提倡尊天事鬼，更是落到宗教的窠臼裏去了。」〔註46〕可以說，共同的宗教因素為《太平經》引進和吸收墨學思想提供了便利的橋梁。因此，王明認為：「墨學自秦漢以後如同墨俠一樣消沉下去。而它的『天志』『明鬼』的宗教思想卻在社會上流傳開來，被我國土生土長的道教正式吸收進去，這是明顯的事。」〔註47〕隨後，王明又指出助人為樂、自食其力等墨學的優秀傳統，雖然「經過封建統治者嚴重打擊之後消沉下去，黯淡地渡過一個相當悠長的時間，到後漢中晚期，又被我國原始道教經典吸收進去，成為民間道教思想精華的一部分。」〔註48〕就社會政治思想而言，《太平經》更是借鑒和吸收了墨學的相關內容，並加以系統化、理論化地改造和發揮。

　　比如：墨子反對「隱匿良道，不以相教」，《太平經》亦言：「人積道無極，不肯教人開矇求生，罪不除也。」（卷67／六罪十治訣／p241）「有餘力不能以相勞」也是墨子所反對的，《太平經》則說：「或多智反欺不足者，或力強反欺弱者，或後生反欺老者，皆為逆，故天不久祐之。何也？然，智者當苞養愚者，反欺之，一逆也。力強當養力弱者，反欺之，二逆也。後生者當養老者，反欺之，三逆也。」（卷 123～136／鈔辛部／p695）墨子反對「腐朽餘財，不以相分」，《太平經》則說：「積財億萬，不肯救窮周急，使人飢寒而死，罪不除也。」（卷67／六罪十治訣／p242）

〔註44〕王明《從墨子到〈太平經〉的思想演變》，原載1961年12月1日《光明日報》，又收在《道家和道教思想研究》，中國社會科學出版社，1984年，99～107頁。
〔註45〕王明《道家和道教思想研究》，103頁。
〔註46〕王明《道家和道教思想研究》，99頁。
〔註47〕王明《道家和道教思想研究》，102頁。
〔註48〕王明《道家和道教思想研究》，103頁。

（四）制度禮俗的影響

葉貴良認為道教模仿秦漢官僚制度建立了神仙世界森嚴的等級制度，因此，先秦兩漢的政治制度、行政制度、軍事制度、法律制度都對道教詞彙產生很大影響。宋代學者趙彥衛《雲麓漫抄》卷七云：「『急急如律令』，漢之公移常語，猶今云：『符到奉行。』張天師，漢人，故承用之，而道家遂得祖述。」這就是秦漢政治制度對道教影響的一個例子〔註49〕。《太平經》中的其他例子還有許多，今酌舉數例：

A、行政制度

曹、府

「曹」或「府」原為世俗官僚機構之稱。西漢以來，上至中央下至州府均設吏、戶、禮、兵、刑、工六部，這些部門俗稱「曹」或「府」。《雲笈七籤》卷四三《朝朝於戶外存四明等第六》云：「職有典掌，總名為曹。」〔註50〕「曹」本指古代分科辦事的官署或部門。《墨子・號令》：「吏卒侍大門中者曹無過二人。」岑仲勉注：「曹猶今言『處』或『科』。」《太平經》借用了漢代行政制度中的「曹」、「府」，來指代道教文化中的掌管某一事務的官署。

【命曹】

指道家所認為的主管人生死的官署。《太平經》中指天庭所設長壽之曹，經中又稱壽曹〔註51〕，長生簿由該機構掌管。如「地神召問，其所為辭語同不同，復苦思治之，治後乃服。上名命曹上對，算盡當入土，愆流後生，是非惡所致邪？」（卷110／大功益年書出歲月戒／p526）「故言天君勑命曹，各各相移，更為直符，不得小私，從上占下，何得有失。」（卷111／善仁人自貴年在壽曹訣／p552）後世道經沿用，《雲笈七籤》卷一百三《傳・翊聖保德真君傳》：「功成神莫測，變化可沖天。去住由自己，三官赦舊愆。命曹除罪薄，六丁奏上天。眾生要修道，須知無上源。」

【天曹】

道家所稱天上的官署。「故今大德之人並領其文，籍繫星宿，命在天曹。」

〔註49〕葉貴良《敦煌道經詞彙研究》，181頁。下文參考了葉文的框架。
〔註50〕轉引自葉貴良《敦煌道經詞彙研究》，181頁。
〔註51〕楊寄林《〈太平經合校〉識誤》，《語文研究》2003年第3期。

（卷 111／有德人祿命訣／p549）後世沿用，《南齊書・高逸傳・顧歡》：「今道家稱長生不死，名補天曹，大乖老莊立言本理。」唐薛用弱《集異記・衛庭訓》：「歲暮，神謂庭訓曰：『吾將至天曹，為兄問祿壽。』」清袁枚《新齊諧・紫姑神》：「妾雖被讁譴，限滿原可歸仙籍，以私奔故無顏重上天曹。」

【土府】

陰曹地府。「地土出賢為之，府土乃所居。何有惡者，人自不知，以土為人，皆屬土府。壽命有期，直聖得聖，直賢得賢，是天常法，祿命自當。」（卷 111／有德人祿命訣／p548）「大陰法曹，計所承負，除算減年。算盡之後，召地陰神，並召土府，收取形骸，考其魂神。」（卷 112／有過死謫作河梁誡／p579）「天文不可自在也，有知之人，少有犯者，時有失脫，天亦原之，不著惡伍。為惡不止，與死籍相連，傳付土府，藏其形骸，何時復出乎？」（卷 114／不用書言命不全訣／p615）

B、官僚制度

【天君】

「天君開言，知乃出教，使得相主，文書非一，當得其意，後各有信。」（卷 56～64／闕題／p212）「天君親隨月建斗綱傳治，不失常意，皆修正不敢犯之。」（卷 111／大聖上章訣／p545）「神人真人得天君辭，便具言，神人上下，皆知民間。」（卷 114／九君太上親訣／p595）

君，古代大夫以上、據有土地的各級統治者的通稱，常用以專稱帝王。《儀禮・喪服》：「君，至尊也。」鄭玄注：「天子、諸侯及卿大夫有地者，皆曰君。」《書・大禹謨》：「皇天眷命，奄有四海，為天下君。」《太平經》中尊「天君」為至高之神，他能差遣諸神，掌握世人「簿疏善惡之籍」，決定世人生死存亡。

【神吏】

「吾書乃天神吏常坐其傍守之也，子復戒之。」「唯唯。」「吾書乃三光之神吏常隨而照視之也。」（卷 46／道無價却夷狄法／p129）「東方者物始牙出頭，盡生利，刺土而出，其精象矛，故為矛；其神吏來，以此為節。南方萬物垂枝布葉若戟，故其精神而持戟；其神吏來，以此為節。」（卷 72／五神所持訣／p299）「上下盡已實，帝王不以意平理之，則四時五行六親之神吏，六宗之氣，

中和戰怒，凶氣復發矣。」（卷 91／拘校三古文法／p362）「天地四時五行眾神吏直人命錄，可不敬重，念報其恩，不欲為善事，反天神。」（卷 112／有過死謫作河梁誡／p574）「神吏主之，皆潔靜光澤，自生天之所，護神尊榮。」（卷 112／有過死謫作河梁誡／p578）

吏，本為古代對官員的通稱。《左傳・成公二年》：「王使委於三吏。」杜預注：「三吏，三公也。三公者，天子之吏也。」《國語・周語上》：「王乃使司徒咸戒公卿、百吏、庶民。」韋昭注：「百吏，百官。」後來指官府中的胥吏或差役。《玉臺新詠・古詩〈為焦仲卿妻作〉》：「君既為府吏，守節情不移。」唐杜甫《石壕吏》詩：「暮投石壕村，有吏夜捉人。」《太平經》借用「吏」，指代上天之小神，負責天界日常事務，往返溝通人神之間。本經又見「天吏」，「然，此人上為天吏，天精神為其君長，君與吏相為使，吏者職在主行。」（卷 42／九天消先王災法／p91）

馮利華指出道教仿照人間權力組織體系，構擬出天庭皇權及官僚組織系統，故而也就有「君、功曹、吏」等稱呼。如《太平經合校》卷四十二「九天消先王災法」有：「是為神士，天之吏也。……然，此人上為吏，天精神為其君長，君與吏相為使，吏者職在主行。」〔註52〕

C、監察制度

【計曹】

「當有使神主為計名諸當上下，先時百日皆文上，勿有失脫。如有文書不相應，計曹不舉者並坐。」〔註53〕（卷 110／大功益年書出歲月戒／p533～534）「宜服明之，勿使有疑，令壽命長藉，宜當諦之，聖明有心，宜以白日所有生，復而以簿書籌算相明，可在計曹，主領錢數珍寶之物。諸當上計之者，悉先時告白，併計曹者，正謂奏司農，當大月三十日，小月二十九日，集上大神明堂，勿失期。」（卷 137～153／太平經鈔壬部／p710）

計，考核官吏。《周禮・天官・大宰》：「八曰官計」鄭玄注引鄭司農曰：「官計謂三年則大計羣吏之治而誅賞之。」漢董仲舒《春秋繁露・考功名》：「前後三考而黜陟，命之曰計。」《太平經》借用了「計」，造出「計曹」一

〔註52〕馮利華《中古道書語言研究》，浙江大學 2004 年博士學位論文，77 頁。
〔註53〕句讀據《正讀》。

詞，指道教文化中負責審核考察文書、財務等官員行為的官署。

【案行】

「中有聖智，求索神仙，簿書錄籍，姓名有焉。當復上為天之吏，案行民間調和風雨，使得安政，以此書示後生焉。」（卷 112 / 不忘誡長得福訣 / p584）「奉職之人，案行民間，使飛蟲施令，促佃者趣稼，布穀日日鳴之。」（卷 114 / 大壽誡 / p616）

葉貴良認為「案行」源自漢代監察制度，道經「案行」指天神下凡視眾生，此義屢見於道教文獻。如《抱朴子內篇·祛惑》：「會偓佺子王喬諸仙來按行，吾守請之，並為吾作力，且自放歸，當更自修理求去，於是遂老死矣。」《雲笈七籤》：「時有奉使按行民間，亦不得久止也。」〔註54〕。其他文獻用例如《後漢書·光武帝紀第一》：「光武知其意，敕令各歸營勒兵，乃自乘輕騎按行部陳。」《宋書·本紀第六·孝武帝紀》：「夏四月，京邑疾疫。丙申，遣使按行，賜給醫藥。死而無收斂者，官為斂埋。」

D、軍事制度

【神兵】

「今太平氣至，乃天與神兵共治，故斷刑罰兵杖爭訟，令使察察，萬世不復妄也。」（卷 115～116 / 闕題 / p647）

兵，兵卒；軍隊。《左傳·襄公元年》：「敗其徒兵於洧上。」杜預注：「徒步，步兵。」《戰國策·趙策四》：「必以長安君為質，兵乃出。」神兵，謂秉承天意有天神為助之兵，常用以稱王師。《後漢書·皇甫嵩傳》：「旬月之間，神兵電埽。」晉陸機《辯亡論上》：「神兵東驅，奮寡犯眾。」《魏書·張袞傳》：「今若鑾輿親動，賊必望麾崩散，寧容仰挫神兵，坐而縱敵。」唐徐堅《奉和聖制送張說巡邊》：「至德撫遐荒，神兵赴朔方。」《太平經》中的「神兵」指道教文化中的天兵，他們代表了上天之意志，為上天服務。

E、法律制度

【謫作】

「有過高至死，上下謫作河梁山海，各隨法輕重，各如其事，勿有失脫。」

〔註54〕葉貴良《敦煌道經詞彙研究》，185 頁。

（卷 112／有過死謫作河梁誡／p579）

謫，處罰；懲罰。《國語・齊語》：「制重罪贖以犀甲一戟，輕罪贖以鞼盾一戟，小罪謫以金分。」《北史・魏紀一・太宗明元帝》：「詔以刺史守宰率多逋惰，今年貲調縣違者，謫出家財以充，不聽徵發於人。」葉貴良認為「謫作」是一個較為固定的語詞，義為「懲罰，處罰」〔註55〕。《漢書》卷四《文帝紀第四》：「春正月丁亥，詔曰：『夫農，天下之本也，其開籍田，朕親率耕，以給宗廟粢盛。民謫作縣官及貸種食未入、入未備者，皆赦之。』」《新唐書・志第四十三・食貨三》：「開元二十五年，詔屯官敘功以歲豐凶為上下。鎮戍地可耕者，人給十畝以供糧。方春，屯官巡行，謫作不時者。」

【罰謫】

「不者罰謫賣菜都市，不得受取面目，為醜人所輕賤，眾人所鄙，過重謫深，四十年矣。」（卷 112／寫書不用徒自苦誡／p570）「當具上簿書，相應不應，主者為有姦私，罰謫隨考者輕重，各簿文非天所使，鬼神精物，不得病人。」（卷 112／有過死謫作河梁誡／p579）

罰謫，懲罰，處罰。《史記・張丞相列傳》：「鼂錯為內史，貴幸用事，諸法令多所請變更，議以謫罰侵削諸侯。」《後漢書・虞詡傳》：「是時長吏、二千石聽百姓謫罰者輸贖，號為『義錢』，託為貧人儲，而守令因以聚斂。」五代王定保《唐摭言・陰注陽受》：「復謂翱曰：『所寫章不謹，某向甚懼謫罰。』翱對以自札，固無錯誤。」又作「謫罰」，「真人被其謫罰，則凶矣。」（卷45／起土出書訣／p124）

【天謫】

「天下大疾苦之，故使吾出此文以告屬之，吾不空也。真人實宜重慎之，且有天謫。」（卷49／急學真法／p162）「故愚人共為狡猾，失天道，不自知為非，咎在真道善德不施行，故人多被天謫，當死不除也。」（卷97／妒道不傳處士助化訣／p434）「而令天師都開太平學之路，悉勑使人為道德要文，不得蔽匿，皆言其有天謫，到死罪尚不除，復流後世，皆授以真道祕德，曾不大哉？」（卷97／妒道不傳處士助化訣／p429）

〔註55〕葉貴良《敦煌道經詞彙研究》，186頁。

「天謫」亦作「天讁」，指上天對人的處罰。其他文獻亦見，《魏書·志第三·天象一之三》：「其三年九月，安樂王長樂下獄死，隴西王源賀薨；四年正月，廣川王略薨、襄城王韓頹徙邊；七月，頓丘王李鍾葵賜死；共後任城王雲、中山王叡又薨。比年死黜相繼，蓋天謫存焉。四年春月，又掩火，亦大臣死黜之祥也。又比年，月再犯昴，亦為獄事與白衣之會也。」《魏書·志第四·天象一之四》：「至七月，齊武帝殂，西昌侯以從子干政，竟殺二君而自立，是為齊明帝。於是高、武諸子王侯數十人相次誅夷，殆無遺育矣。雖繼體相循，實有準命之禍，故天謫仍見云。自十五年至十七年，月行七犯建星。」宋葛長庚《水調歌頭（和懶翁）》：「昔在虛皇府，嘯詠紫雲中。不知何事，誤蒙天謫與公同。偶到金華洞口，忽見懶翁老子，挺挺眾中龍。握手歸仙隱，談笑起天風。」

第四節 《太平經》語料的專業性

關於道教語言，葛兆光曾有這樣的論述：「道教比較強調神靈的力量對人的拯救的意義，即比較重視人生解脫與超越中神力的作用，它的追求目的之一就是成為神仙，因此，為了宣揚神跡、樹立神權，道教經典常常用各種極盡想像力的華麗辭藻來反復重疊地描寫仙境、仙人的美妙，鬼怪、陰間的恐怖……這樣，道教語言就和佛教語言、儒家語言大不相同。」〔註56〕「我總覺得道教語言文字和詞彙的研究，現在還沒有特別得到關注。大家讀道教的書可以發現，道教的語言相當特殊，他們有很多怪詞，常常用一些隱語，好像暗號似的，讓你不那麼容易明白，像什麼『黃赤』、『五老』、『姹女』等等，特別是在煉丹術和內丹語言上，尤其神秘得很。他們有意把語言說得彆扭和生澀，顯得很古雅。」〔註57〕看來，道教語言是和佛教語言多有些不同，而我們的研究還不夠深入。

那麼道教語言和全民語言之間是一種什麼關係呢？俞理明指出：「道教在社會上廣泛流傳，形成了一個有特定文化背景的社會集團，並且進而形成了一個特殊的交際社團，有了自己的用語特色。道典中所保存的道教用語材料，作為一個特殊社會團體的用語，既與一般漢語有所區別，又與一般漢語有密

〔註56〕葛兆光《道教與唐代詩歌語言》，《清華大學學報》1995 年第 4 期。
〔註57〕葛兆光《屈服史及其他：六朝隋唐道教的思想史研究》，生活·讀書·新知三聯書店，2003 年，164 頁。

切的聯繫。它以一般漢語為基礎，在相當程度上反映了一般漢語的面貌；同時，又發展出了具有個性的部分，並且反過來影響全民用語，部分道教用語通過與其他語言社團的交際，滲入到全民用語中。因此，保存在道教文獻中的用語，是古代漢語的一個組成部分，是漢語發展的歷史資料中不應忽視的部分。」〔註58〕

作為中國道教的早期經典，《太平經》中確實有一些道教專業詞語，下面我們聯繫全民語言，來具體看一下。

【尸解】

「死命，重事也。人居天地之間，人人得壹生，不得重生也。重生者獨得道人，死而復生，尸解者耳。」（卷72／不用大言無效訣／p298）「故藏土下，主為地神，使不得復生，故以書相示，令知之耳。或有尸解分形，骨體以分。尸在一身，精神為人尸，使人見之，皆言已死。後有知者，見其在也，此尸解人也。久久有歲數，次上為白日昇天者。使有歲數功多成，更生光照，助天神周徧。復還止雲中，所部界皆有尸解仙人，主知人鬼者。」（卷111／善仁人自貴年在壽曹訣／p553）「白日之人，百萬之人，未有一人得者也。能得之者，天大神所保信也。餘者不得比。尸解之人，百萬之人乃出一人耳。」（卷114／九君太上親訣／p596）「故三皇五帝多得道上天，或有尸解，或有形去。」（卷117／天咎四人辱道誡／p665）

尸解，謂道徒遺其形骸而仙去。按道教說法，尸解即假託死去而成仙。解，道教語，謂修道者死後，魂魄脫離形骸而成仙。《後漢書・王和平傳》李賢等註：「尸解者，言將登仙，假託為尸以解化也。」《史記・封禪書》：「〔燕人〕為方僊道，形解銷化。」裴駰集解引服虔曰：「尸解也。」《太平廣記》卷五八引前蜀杜光庭《集仙錄・魏夫人》：「所謂尸解者，假形而示死，非真死也……白日解者為上，夜半解者為下。」《大詞典》該詞書證為《論衡・道虛》：「所謂尸解者，何等也？謂身死精神去乎，謂身不死得免去皮膚也……如謂不死免去皮膚乎，諸學道死者骨肉俱在，與恒死之尸無以異也。」據《太平經》可補充同時期的道經用例。

〔註58〕俞理明、周作明《論道教典籍語料在漢語詞彙歷史研究中的價值》，《綿陽師範學院學報》2005年第4期。

尸解也稱為解化、升化、羽化、隱化、示化、示卒、示終等〔註59〕。葉貴良指出：「道教認為得道之人死亡只是一種假象，人們看到的屍體其實是他們遺棄的肉體，真身已經仙去，當然，也有不留下遺體，假託衣、杖、劍等物遺世而升天仙去，這就是道教所謂的尸解。」〔註60〕「尸解」的字面意思是「（精神與）尸體分解」之義。「尸解」與後來的「蟬蛻」意思大體相同。「蟬蛻」是指像桑蟬蛻去皮殼，真身卻已飛升仙去。「尸解」一詞已見於漢代文獻，它是源於「方仙道」的成仙術〔註61〕。據蕭登福的研究：「以文獻看，尸解一詞先秦及西漢稱為『形解』；至東漢《論衡》、《太平經》、《靈寶五符序》、《後漢書》中始稱之為『尸解』。自東漢而後，道經中大都用『尸解』一詞，但亦仍有人用『形解』者，如劉宋‧顏延年《五君詠》詠嵇康云：『中散不偶世，本自餐霞人；形解驗默仙，吐論知凝神。』（《昭明文選‧卷二十一‧詠史》）文中的『形解』即是『尸解』。」〔註62〕「尸解」之說，乃為後世道教所繼承和發揮。六朝道經就極大地豐富了「尸解」說，並將其劃分為集中類型：武解、文解、兵解、水火解等。由此，尸解與飛升成為道教神祇最為常見的登仙方式〔註63〕。

其他文獻用例如《論衡‧道虛》：「所謂尸解者，何等也？謂身死精神去乎，謂身不死得免去皮膚也……如謂不死免去皮膚乎，諸學道死者骨肉俱在，與恒死之尸無以異也。」《真誥》卷四《運象篇第四》：「人死必視其形，如生人皆尸解也；視足不青、皮不皺者，亦尸解也；要目光不毀，無異生人，亦尸解也；頭髮盡脫而失形骨者，皆尸解也。白日尸解自是仙，非尸解之例也。」《晉書‧葛洪傳》：「視其顏色如生，體亦柔軟，舉尸入棺，甚輕，如空衣，世以為尸解得仙云。」唐施肩吾《謝自然升仙》詩：「分明得道謝自然，古來漫說尸解仙。」

【天書】

「迺謂上皇天書，下為德君出真經，書以繩斷邪，以玄甲為微初也。」（卷39／解師策書訣／p66）「愚人實奇偽之物，故天書不下，賢聖不授，此之謂也。」（卷46／道無價却夷狄法／p129）「是以吾上敬受天書教勅，承順天心

〔註59〕朱越利《道教答問》，華文出版社，1989 年第 1 版，197 頁。

〔註60〕葉貴良《敦煌道經詞彙研究》，257 頁。

〔註61〕葉貴良《敦煌道經詞彙研究》，258 頁。

〔註62〕蕭登福《六朝道教上清派研究》，臺北文津出版社，2005 年 11 月版，425 頁。

〔註63〕姜守誠《〈太平經〉研究──以生命為中心的綜合考察》，88 頁。

開闢之,大開上古太平之路,令使人樂為善者,不復知為惡之術。」(卷49/急學真法/p161)「如最下愚,有不樂守行者,名為天下最惡凶人也,天地疾惡之,鬼神不復祐之也。凡人久久共不好利之也,此即天書所以簡人善惡之法也。」(卷96/守一入室知神戒/p410)「天明知下古人且愚難治,正故故為其出券文名為天書也。」(卷96/守一入室知神戒/p419)

天書,道經稱元始天尊所說之書,或謂從天而降的神書,以此來神化自己,提高地位,拉攏教徒。《上清三元玉檢三元布經》:「北豐不拘,戲我天書。三道放浪,六凶乘虛。」(6/222a)《太上九赤班符五帝內真經》:「回真曲映,來降我廬,削我罪簡,勒上天書,道發自然。」(33/527b)《上清外國放品青童內文》卷下:「得佩此音,九地滅跡,六國邀迎,三十六天書名上宮,三元下降。」(34/17b)《上清元始變化寶真上經九靈太妙龜山玄卷上》:「北窗上有自生紫氣,結成玄文,字方一丈,垂芒煥明,天書宛妙,非可尋詳。」(34/177b)

【白日】

道教謂人修煉得道後,白晝飛升天界成仙。「白日昇天之人,自有其真。」(卷114/九君太上親訣/p596)「天信孝有善誠,行無玷缺。故使白日輒有承迎,前後昭昭,眾民所見,是成其功,使人見善。白日之人,百萬之人,未有一人得者也。」(卷114/九君太上親訣/p596)「天亦信有心善之人,自不在俗間也。簿文內記,在白日昇天之中,義不相欺。天君欲得進善,有心不違言,是其人也。諸大神自遙見其行,雖家無之日,前以有言,宜勿憂之。常念與天上諸神相對,是善所致也,宜勿懈倦也。有心善之人言,生本無昇進人,期心報大神,求進貪生,欲竭所知,何敢望白日昇乎?」(卷114/天報信成神訣/p607~608)「唯大神白天君,纔使在不死之伍中,為何敢望白日乎?」(卷114/天報信成神訣/p608)「其人自樂生者,天使樂之,是天報信。其人必化成神,必以白日。」(卷114/天報信成神訣/p609)

「白日」可以看作是「詞義感染」[註64]的一個典型例證,「白日昇天」是道教專業術語,在道經中屬常用詞語,指道教徒修煉得道後,白晝飛升天界成仙。「白日」「昇天」經常連用,猶如一個固定搭配,進而「白日」逐漸沾染了

〔註64〕鄧明《古漢語詞義感染例析》,《語文研究》1997年第1期。

「昇天」的「飛入天界成仙」義。在該書中，二者交替並用時有出現。

第五節　《太平經》詞彙研究的意義

通過前面對《太平經》語料性質的分析，可見其確為研究中古漢語尤其是東漢語言一部不可多得的優質語料，對該書詞彙進行系統窮盡的研究無疑具有重要的價值和意義，具體表現為以下兩個大的方面：

（一）《太平經》詞彙研究與文本校譯

由於對《太平經》一書的詞彙缺乏系統研究，一定程度上影響了這一材料的傳播和利用，這個問題首先表現在《太平經》研究的本身，就拿文本的整理來說，雖然相繼出版了幾個本子對其進行校勘、標點、註釋、翻譯，但因為對詞語理解不當而出現了不少錯誤。現酌舉數例：

不審文例而誤校

「然，今既為天語，不與子讓也。但些子悒悒常不言，故問之耳。」（卷 40 / 樂生得天心法 / p82）

按：《今譯》187～188 頁認為：「些子，少許，有點兒。後世道教嘗謂：道法三千六百門，人人各執一苗根，誰知些子玄關竅，不在三千六百門。又本經卷三十七《五事解承負法》有云：『訾子悒悒』。據此，『些』或係『訾』之訛。訾，嘆恨。」《全譯》169 頁認為：「些子，一點兒。」《注譯》146 頁認為：「些子，有點。」《正讀》79 頁認為：「些，當作訾，顧念。」

《正讀》的觀點是正確的。本經有云：「今訾子悒悒，已舉承負端首，天下之事相承負皆如此，豈知之耶？」（卷 37 / 五事解承負法 / p61）語境與此相似，「但些子悒悒常不言，故問之耳」意謂考慮到你鬱悶困惑不說話，所以問一問。《今譯》的認識有所欠缺，一方面持兩種觀點，沒能予以辨正；另一方面把「訾」釋作「嘆恨」，不妥。本經中「訾」字單言，都是「想（到），顧念」義，如：「天地開闢以來，凡人先矇後開，何訾理乎？」（卷 67 / 六罪十治訣 / p241）「然為人師者多難，今訾子悒悒，為子更明之。」（卷 67 / 國不可勝數訣 / p395）《全譯》和《注譯》沒有發現「些」係「訾」之訛，誤以「些子」為一詞，大謬。

不明口語詞而誤注

「天知其惡，故使凶神精鬼物待之，入人身中，外流四肢頭面

腹背胸脇七政，上白明堂，七十二色為見，是死之尸也。」（卷112

／七十二色死尸誡／p570）

按：《全譯》1130頁指出，此句當斷為：「外流四肢，頭面，腹背，胸脇，七政上白明堂」，七政指七政星君。甚誤！

七政，又作「七正」，指七竅，即眼、耳、口、鼻七孔。本經多見，如：「面者，有七正，耳目口鼻可以通氣，神祇往來，樂大賢策之，使四方八極遠境聰明悉來至也。」（卷88／作來善宅法／p336）「故頭之一者，頂也。七正之一者，目也。腹之一者，臍也。」（卷18～34／脩一却邪法／p13）「又人生皆合懷天氣具洒出，頭圓，天也；足方，地也；四支，四時也；五藏，五行也；耳目口鼻，七政三光也；此不可勝紀，獨聖人知之耳。」（卷35／分別貧富法／p36）「神在中守，司人善惡。何須遠慮，七政司候神門戶。」（卷112／有過死謫作河梁誡／p577）《大詞典》失收此意義。

不明口語詞而誤標點

「自古及今，各有分部，上下傍行，有所受取。輒如繩墨不失，

何有不睹死生之訣。各且自慎，勿犯神靈，各如其職，慎勿忽忘命。

可疏記，善者當上，惡者當退。」（卷120／衣履欲好誡／p580）

按：《說文·心部》：「忽，忘也。」《廣雅·釋詁二》：「忽，忘也。」《論語·述而》：「聞韶三月不知肉味」何晏集解引周生烈曰：「故忽於肉味也」皇侃疏：「忽，猶忘也。」《漢書·食貨志下》：「奈何而忽」顏師古注：「忽，忽忘也。」陳增岳（1994）認為「命」字當屬下讀，慎勿忽忘，意已足〔註65〕。

「忽忘」是西漢始見行用的一個同義複合詞語，但西漢用例罕見〔註66〕，東漢文獻中多有所見。《釋名·釋書契》：「笏，忽也，君有教命及所啟白則書其上，備忽忘也。」《潛夫論·敘錄第三十六》：「闒茸而不才，先器能當官，未嘗服斯役，無所效其勳。中心時有感，援筆紀數文，字以綴愚情，財令不忽忘。」《漢書》中此詞多見，《漢書·匡張孔馬傳第五十一》：「君何疑而數乞骸

〔註65〕陳增岳《〈太平經〉合校補記》，《文獻》1994年第4期。

〔註66〕王雲路、方一新先生曾談及該詞，最早舉《史記》例。（見《中古漢語語詞例釋》，吉林教育出版社，1992年，187～188頁。）

骨，忽忘雅素，欲避流言？」《漢書·翟方進傳第五十四》：「前我為尚書時，嘗有所奏事，忽忘之，留月餘。」《漢書·張曹鄭列傳第二十五》：「家今差多於昔，勤力務時，無恤饑寒。菲飲食，薄衣服，節夫二者，尚令吾寡恨。若忽忘不識，亦已焉哉！」《太平經》幾個注本有不明詞義而誤者，《全譯》1156頁、《注譯》946頁都沒有吸收陳文成果，仍把「慎勿忽忘命」作為一句，實屬不該。

不明文例而誤解

「欲得知凡道文書經意，正取一字如一竟，比若甲子者何等也？投於前，使一人主言其本，眾賢共違而說之，且有專長於天文意者，說而上行，究竟於天道；或有長於地理者，說而下行，洽究於地道。」（卷50／去浮華訣／p175）

「今試書一本，字投於前，使眾賢共違而說之，及其投意不同，事解各異，足以知一人之說，其非明矣，安能理陰陽，使王者遊而無事樂乎哉？」（卷50／去浮華訣／p176）

按：《注譯》302頁、《今譯》406頁認為「違而說之」即「提出不同看法。」「違」確有「不同，差異」義，漢袁康《越絕書·篇敘外傳記》：「子胥死，范蠡去，二人行違，皆稱賢何？」《文選·陸機〈贈馮文羆遷斥丘令詩〉》：「否泰苟殊，窮達有違。」李善注引賈逵《〈國語〉注》：「違，異也。」北魏酈道元《水經注·河水一》：「水陸路殊，徑復不同，淺見未聞，非所詳究，不能不聊述聞見，以志差違也。」乍一看，把「違而說之」釋作「提出不同看法」似乎很準確，且於古有徵。

如果我們通讀《太平經》，就會發現書中有這樣兩段文字，「拘校上古中古下古之文，以類召之，合相從，執本者一人，自各有本事，凡書文各自有家屬，令使凡人各出其材，圍而共說之，其本事字情實，且悉自出，收聚其中要言，以為其解，謂之為章句，得真道心矣。」（卷51校文邪正法／p190～191）「各就其人而作，事之明於本者，恃其本也。長於知能用者，共圍而說之，流其語，從帝王到於庶人，俱易其故行，而相從合議。……然後眾賢共圍而平其說，更安之，是為謀及下者，無遺算，無休言，無廢文也。」（卷51校文邪正法／p192）細審文義，這兩段文字論述的內容與卷50《去浮華訣》大致相同，文例也極其

相似，這裏「共圍而說之」、「圍而共說之」、「共圍而平其說」特別值得注意，卷 50《去浮華訣》用的是「共違而說之」，對比之後就會豁然開朗，「圍」「違」是一對通假字〔註67〕，「共違而說之」「圍而共說之」即「聚集圍在一起討論」。

「圍」「違」互通例，王念孫《讀書雜志·管子一》已揭示：「宋本『違』作『圍』，古字假借也。『違』之通作『圍』，猶『圍』之通作『違』耳。」那麼，把「違而說之」釋作「提出不同看法」就不甚妥當了，沒有正確揭示出「違」的意義。

俞理明《正讀》149 頁指出「違，通圍」可謂一語中的。郭在貽早就指出：「據同一篇的上下文以推敲詞義，固然是訓詁的一個好辦法，但單是這樣做還不夠，有時還必須聯繫整部書的用詞，方能燭幽闡微、釋疑祛惑。」〔註68〕這個例子恰好證明了把握全書用語習慣，兼顧文例的重要性，只有這樣才能發現其中破綻，避免主觀臆斷。

不審文義而誤釋

「為道乃到於入室，入真道，而入室必知神，故次之以神戒也。」

（卷 96／守一入室知神戒／p422）

按：入室，《注譯》731 頁釋作「入門」，非是。

本經中的「室」，特指設在僻靜之處，專供修煉之用的幽室。本經中有「靜室」、「幽室」、「齋室」等一系列相關詞語。入室，即在清幽閑靜處精修。「入室始少食，久久食氣，便解去不見者，是也；求道，自言得之不還，反有問者，非也。」（卷 70／學者得失訣／p278）「入室思存，五官轉移，隨陰陽孟仲季為兄弟，應氣而動，順四時五行天道變化以為常矣。失氣則死，有氣則生，萬物隨之，人道為雄。」（卷 73〜85／闕題／p309）「賢明欲樂活者，可學吾文，思其意，入室成道，可得活。」（卷 98／包天裏地守氣不絕訣／p451）

（二）《太平經》詞彙研究與辭書編纂

我們把《太平經》複音詞逐一核對《大詞典》，發現可以糾正《大詞典》處理相關詞條時所存在的收列詞條、解釋意義、列舉書證等各方面的問題，可為

〔註67〕陳增岳先生認為「『違』字儻係『圍』字之誤」（參見《〈太平經〉合校拾遺》，《中國道教》1994 年第 3 期，又見《〈太平經〉合校補記》，《文獻》1994 年第 4 期），可備為一說，但筆者認為略顯迂曲。

〔註68〕郭在貽《訓詁學》（修訂本），中華書局，2005 年，67 頁。

《大詞典》的訂補提供一些有價值的材料。

提早《大詞典》詞條或義項書證

【持心】

《大詞典》釋作處事所抱的態度。《大詞典》書證為《後漢書・韋彪傳》：「忠孝之人，持心近厚，鍛鍊之吏，持心近薄。」據《太平經》可提前，如「今是諸得上天之士，皆得持心堅密，不可誤者也；諸可熒惑誤者，皆反蚤死，不得度也。」（卷 71 / 致善除邪令人受道戒文 / p287）「吉者日進，邪者上休矣。持心若此，成神戒矣。」（卷 71 / 致善除邪令人受道戒文 / p288）「學者眾多，得者少無其人。所以然者，持心不致密而輕所言，祿筭不宜，故令希少。」（卷 111 / 有心之人積行補真訣 / p561）「太上有心之人，皆持心堅密，志常貪上有信，勅主者之神察之。」（卷 111 / 有心之人積行補真訣 / p561）「殃禍所歸者多，怨憎何有止時。持心不密，但空言無益。」（卷 114 / 不承天書言病當解謫誡 / p623）

【歸過】

《大詞典》釋作將過錯歸於他方。《大詞典》始見書證出自《續資治通鑒・宋英宗治平三年》：「〔傅堯俞等〕既撓權而示眾，復歸過以取名。」其實《太平經》中已見該詞，「天道非人，反以其太過上歸天，下愚不自思過失，反復上共責歸過於帝王。」（卷 96 / 守一入室知神戒 / p418）「六方不和，則日日凶也。天氣不調，正從此起。而人不知其所由，反歸過以罪上，而責帝王。不得其大過，反下責上，盡逆氣，何能致太平。」（卷 115～116 / 闕題 p649）

【黃氣】

《大詞典》釋作古代迷信，以為黃色雲氣是祥瑞之氣。《大詞典》此義始見書證舉唐代沈佺期《則天門赦改年》詩：「六甲迎黃氣，三元降紫泥。」據《太平經》，可以提早該義項的始見年代，如「行，為六子重明陳天之法，故金氣都滅絕斷，迺木氣得大王，下厭土位，黃氣不得起，故春木王土死也。」（卷 65 / 斷金兵法 / p226）「龍德生北，位在東方，故隨其後。朱雀治病，黃氣正中。君而行之，壽命無窮。」（卷 89 / 八卦還精念文 / p339）「心神出見，候迎赤衣玉女來，賜人奇方，是其大效也。故得黃氣宮音之和，亦宮音之善者亦悉來也，惡者悉消去。」（卷 113 / 樂怒吉凶訣 / p587）

補充《大詞典》失收詞條或義項

【意決】

「決」通「訣」。「訣（決）則主要針對與太平道相應合，特別是相違逆的東西，以及處於疑似之間的各方面的問題做出裁決，得出定論，歸於『真道正術』。」〔註69〕

意決，裁決；答案。「願請問一大決，東方之神何故持矛乎？」「然，可毋問也，真人必自知之。」「所以問者，天師幸哀後生為作法，不問則令後世不得知天道之意決。」（卷72／五神所持訣／p299）「善哉，諸真人古變得具意，見諸真人言，乃知三道書，真人會且復見閉絕何乎？」「願聞其意決。」（卷86／來善集三道文書訣／p316～317）

【皇燿】

謂日月星辰。「生養之道，少陽太陽，木火相榮，各得其願，是復何爭。表裏相承，無有失名，上及皇燿，下至無聲，寂靜自然，萬物華榮，了然可知。」（卷56～64／闕題／p213）

燿，照耀。《老子》：「是以聖人方而不割，廉而不劌，直而不肆，光而不燿。」《論衡·宣漢》：「燭燿齋宮，十有餘日。」《後漢書·張衡傳》：「淹棲遲以恣欲兮，燿靈忽其西藏。」李賢注：「燿靈，日也。」三國魏吳質《在元城與魏太子箋》：「燿靈匿景，繼以華燈。」「皇燿」在後代文獻中出現不多，如《古文苑·魏受命述·邯鄲淳》：「是以漢歷在魏赤運歸黃也。是故大魏之業皇燿震霆肅清宇內。」《隸釋·仙人唐公房碑》：「皇燿統御陰陽，騰清躡浮，命壽無疆。」

【百重】

謂宮殿，皇宮。「夫至神聖貴人，職當居百重之內，而反憂天下萬里之外，受天業為陰陽六合八方持統首。」（卷73～85／闕題／p303）「百重之內，雖欲往通言，迫脅於比近，不得往達也。」（卷86／來善集三道文書訣／p316）「今帝王雖居百重之內，與民相去萬萬里，光明教令，悉暢達也，不失天地之心，以安其身。」（卷88／作來善宅法／p336）《大詞典》無此義項，可為補。

〔註69〕楊寄林《太平經今注今譯·太平經綜論》，河北人民出版社，2002年，13頁。

糾正《大詞典》釋義錯訛

【復重】

《大詞典》解釋為「重復」，書證為《漢書・郊祀志下》：「其餘四百七十五所不應禮，或復重，請皆罷。」《論衡・正說》：「《詩經》舊時亦數千篇，孔子刪去復重，正而存三百篇。」《後漢書・應劭傳》：「蠲去復重，為之節文。」

「詞有詞彙意義，又有語法功能，即詞性。從語文辭書以釋義為主要功用來看，辭書的系統性只能以釋義的系統性為主綫，這就需要處理好詞語釋義與詞性標注的關係問題。」〔註70〕「復重」是一個兼類詞，《大詞典》僅以「重復」二字釋義，未確，一個義項不能兼為動詞和名詞，這樣會導致理解出現歧義。

愚以為，應分作兩個義項：1. 名詞，相同的內容。「賢明共記書，聚一間善處，已都合校之，以類相從，使賢明共安而次之，去其復重，即成聖經矣。」（卷41／件古文名書訣／p84）「然，子已覺矣，於其宅中文太多者，主者更開其宅戶，收其中書文，持入與長吏眾賢共次，其中以類相從，除其惡者，因事前後，齎而上付帝王；帝王復使眾賢共次，去其中復重及惡不正者，以類相從，而置一閑處。」（卷88／作來善宅法／p333）

2. 副詞，重新、再次〔註71〕。「教而不聽，怨其不以時用其言，故廢而置之，不復重教示之也。」（卷43／大小諫正法／p100）「子其慎之矣，吾言不誤也，子慎吾道矣。夫人持珍物璧玉金錢行，冥尚坐守之，不能寐也。是尚但珍物耳，何言當傳天寶祕圖書，乃可以安天地六極八遠乎？出，子復重慎之。」（卷46／道無價却夷狄法／p129）「唯唯，不敢忽，願師復重敕一兩言。」（卷53／分別四治法／p201）「故當以上下，勿復重問。」（卷67／六罪十治訣／p256）

補充《大詞典》用例書證

方一新在談《大詞典》書證方面的問題時曾指出這樣兩種情況：「探流不夠，缺後代用例；書證時間跨度過大，不易看清詞義演化的脈絡。」〔註72〕筆

〔註70〕蘇寶榮《詞義研究與辭書釋義》，商務印書館，2000年，138頁。
〔註71〕方一新、王雲路（2006）：「復重：即重復，又，再次。」（《中古漢語讀本》（修訂本），上海教育出版社，2006年，349頁。）
〔註72〕方一新《東漢魏晉南北朝史書詞語箋釋》，黃山書社，1997年，5～6頁。

者在翻閱《大詞典》時，發現的確如方先生所言，一些詞語相關書證過少，先秦舉一個，宋元以後又一個，中古（指東漢至隋這一時期）〔註73〕這麼長的時間，從《大詞典》的例證中讓人摸不到一點綫索，這對於漢語史研究是不利的。筆者翻閱了很多利用專書來談補充《大詞典》書證的論著，多局限於補充較早的始見書證，而注意到方先生所指出的兩個弊病的少之又少。所以，希望以此引起學界時彥的注意，共同推動語文辭書編纂的科學化。

【下陰】

中醫指男女外生殖器官及尿道，又稱前陰。《大詞典》該義項舉孤證《素問・氣府論》：「下陰別一。」《太平經》用例可為補，如：「然，夫天名陰陽男女者，本元氣之所始起，陰陽之門戶也。人所受命生處，是其本也。故男所以受命者，盈滿而有餘，其下左右，尚各有一實。上者盈滿而有餘，尚常施與下陰，有餘積聚而常有實。上施者應太陽天行也，無不能生，無不能成。下有積聚，應太陰，應地，而有文理應阡陌。左實者應人，右實者應萬物。實者，核實也，則仁好施，又有核實也，故陽得稱尊而貴也。子知之耶？」「唯唯。」「陰為女，所以卑而賤者，其所受命處，戶空而虛，無盈餘，又無實，故見卑且賤也。」（卷93／陽尊陰卑訣／p386）

【度世】

謂超脫塵世為仙。度，度世，得道成仙。《大詞典》該義項書證分別為《楚辭・遠遊》：「欲度世以忘歸兮，意恣睢以擔撟。」宋洪興祖補注：「度世，謂僊去也。」明宋濂《盧龍清隱記》：「思長生而度世。」《太平經》用例可補充中古時期書證。「高才有天命者或得度（《合校》：度下鈔有世字），其次或得壽，其次可得須臾樂其身，魂魄居地下，為其復見樂。」（卷40／努力為善法／p72）「天上度世之士，皆不貪尊貴也。但樂活而已者，亦無有奇道也。」（卷71／致善除邪令人受道戒文／p288）「大賢見吾文，守行之不解，策之得其要意，如學可為孝子，中學可為忠臣，終老學之，不中止不懈，皆可得度世。」（卷96／六極六竟孝順忠訣／p408）「其欲知身成道而不死者，取訣於身已成神也，即度世矣，以為天信。」（卷108／要訣十九條／p511）「然，所以續命符者，舉士得人，乃危更安，亂更理，敗更成，凶更吉，死更生。上至於度世，中得

〔註73〕王雲路、方一新《中古漢語語詞例釋・前言》，吉林教育出版社，1992年，7頁。

理於平，下得竟其天年，全其身形。」（卷 109 ／四吉四凶訣／ p521）

【聞命】

接受命令或教導。《大詞典》此詞條書證首舉《左傳・昭公十三年》：「寡君聞命矣。」第二例是歐陽修《治平二年與富彥國書》：「雖承誨勤，未敢聞命也。」書證時間跨度過大，當補。「善哉善哉！聞命矣。」「今真人何故言聞命乎？」「然，行善正，則得天心而生；行惡，失天心，則凶死。此死生即命所屬也。故言聞命也。」（卷 91 ／拘校三古文法／ p354～355）「可駭乎！善哉善哉！愚生已聞命矣。」（卷 96 ／忍辱象天地至誠與神相應大戒／ p428）「善哉善哉！愚生重聞命乎！」（卷 119 ／道祐三人訣／ p682）

第三章　《太平經》中的口語詞

　　蔣禮鴻認為：「所謂『中古漢語』，和前漢以上的『上古漢語』有其不同的地方，那就是它的語彙的口語化。」〔註1〕蔣紹愚在談到專書詞彙性質劃分問題時也曾說：「從漢語詞彙史研究的角度看，我們首先關心的是專書中的反映這個時期詞彙新面貌的口語詞彙。」〔註2〕可見，若想真正發現中古漢語的奧妙所在，必須花大力氣去研究其中的口語詞，也只有這樣，才能洞悉中古漢語詞彙系統發展的真實面目。

　　中古漢語是文言向白話轉變的過渡階段，而中古時期純粹的口語文獻較少，大多文白夾雜，正如羅傑瑞（Jerry Norman）在《漢語概說》中所指出的：「唐朝以前，很少看到完全是白話的文獻，人們所能看到的都是以文言文為基礎，夾雜某些口語成分的文獻，這種白話的成分，因人而異、因著作而異，沒有人能指出哪個著作是確鑿無疑的純粹白話問題。所有的著作都表現了不同程度的文言和白話的混合。這種情況使研究漢語句法和詞彙歷史的學者都感到難辦。」〔註3〕所以，從這些紛繁複雜的典籍中發現那些最有價值的口語詞，是詞彙史研究者的一大任務。

〔註1〕蔣禮鴻《中古漢語語詞例釋・序言》，王雲路、方一新著，1頁。
〔註2〕蔣紹愚《〈入唐求法巡禮行記〉詞彙研究・序》，董志翹著，中國社會科學出版社，2000年，1頁。
〔註3〕羅傑瑞（Jerry Norman）《漢語概說》，語文出版社，1990年，100頁。

對口語詞的關注與探討前人早已開始，但稱呼往往不一，古代曾有「通俗文」、「俗語」、「通俗語」、「流俗語」、「俗言」、「俗呼」、「常語」、「俗間常語」、「口語」、「俚言」、「俗人語」、「熟語」、「俗名」、「俗呼」、「習語」等多種稱法。「在二十世紀以前，人們通常使用的術語是『俗語』、『俚語』等。這些概念大致和『口語詞』相當。但以前因為沒有『詞』的概念，所以『俗語』、『俚語』有時指的不僅是口語中的詞或詞組，而且包括一些諺語之類的句子。」〔註4〕徐時儀指出：「近、現代，出於學術交流的需要，人們開始用了較為統一的名稱，如俗語、口語、習語、白話詞、口語詞、俗語詞、方言詞等。」〔註5〕

在這眾多名稱中，「俗語詞」比較常用，這與郭在貽的大力倡導是分不開的，他在所著《訓詁學》中指出：「訓詁學作為一種古代文獻語言學，它應該而且必須衝破為經學服務的樊籬，去擴大自己的研究範圍，開闢新的研究領域。這個新領域，主要指的是漢魏六朝以來方俗語詞的研究。」〔註6〕在《俗語詞研究概述》中他給「俗語詞」下了一個定義：「俗語詞指的是古代文獻中所記錄下來的古代的口語詞和方音詞之類（二者有時難以截然劃清界限）。」〔註7〕其後，黃征進一步指出：「漢語俗語詞是漢語詞彙史上各個時期流行於口語中的新產生的詞語和雖早有其詞但意義已有變化的詞語。」〔註8〕對於俗語詞研究的重要性，黃征認為：「俗語詞研究是當前漢語詞彙史研究的前沿陣地，因為俗語詞的實質就是口語語詞和口語性的語詞，是漢語史各個時期新變化、新發展的重要標誌。」〔註9〕

朱慶之認為：「口語詞與俗語詞本是兩個互有區別的概念：口語詞是相對於書面語詞而言的，主要指只用於日常口語（包括方言詞）而不用於書面語的那些詞；俗語詞是相對於雅語（文雅的）而言的，主要指口語中那些粗俗鄙俚

〔註4〕蔣紹愚《近代漢語研究概況》，北京大學出版社，1994年版，223～224頁。
〔註5〕徐時儀《古白話詞彙研究論稿》，上海教育出版社，2000年，23頁。
〔註6〕郭在貽《訓詁學》（修訂本），中華書局，2005年，100頁。
〔註7〕原載《語文導報》1985年第9、10期，後收入《郭在貽語言文學論稿》，浙江古籍出版社，1992年；又收入《郭在貽文集》第三卷，中華書局，2002年，362頁。
〔註8〕黃征《漢語俗語詞研究的幾個理論問題》，《杭州大學學報》1992年第2期。
〔註9〕黃征《徐復先生對漢語俗語詞研究的貢獻》，《文教資料》，1995年第6期。又載於黃征《敦煌語言文字學研究》，甘肅教育出版社，2002年12月，396頁。

難登大雅之堂的詞。」〔註 10〕蔣紹愚指出：「口語詞彙指的是一般很少在書面語和正式談話中使用，而通常只在日常談話中使用的詞彙。」〔註 11〕

總體看來，稱呼雖然不一，但研究的對象是一致的，只是著眼點不同，「以現代語言學的通常看法而論，俗語詞就是古白話系統中的白話詞，也就是口語詞。」〔註 12〕「通俗語」、「俗語詞」、「口語詞」等等，都是指實際使用於口頭語言中的詞，從今天的角度看來則有些「字面生澀而義晦」，有些「字面普通而義別」，有些則一直是漢語中的常用詞，意義與用法改變不大，都值得一一研究。

本文還是採用「口語詞」的稱法。因為「口語」的概念較為清晰，這是一個明確的詞彙單位；而「俗語」概念則不太統一，如有的學者將成語、諺語、慣用語、歇後語等都納入俗語範疇，使用起來容易有歧義。〔註 13〕

馮利華博士認為：「佛教為了擴大影響，在傳播經文時常採用通俗語言和故事以符合社會民眾的文化層次。而道教在早期也不例外，《太平經》《抱朴子內篇》《神仙傳》等經典都是運用俚言俗語和淺顯的故事來作宣傳。」〔註 14〕張婷等進一步指出：「道教典籍是道教思想傳承的工具，需要有一定的口語性才能為廣大民眾接受。因此，道教典籍中出現了豐富的口語詞，是辭書編纂的重要語料。雖然不少詞語已被辭書收錄，但是還有很多詞語失收，或是雖載而釋義未備。」〔註 15〕

「漢代的道教文獻，有一些採用了古注的方式闡述道教思想，如《周易參同契》、《老子河上公注》、《老子想爾注》，這些文獻的行文，受體裁的影響，比較古雅，《太平經》則是一種對話體的文獻，全書基本不引用古代思想或文獻，通過當時人的口氣，闡述了他們的人生觀和對社會的看法。用語平易，較多地反映了當時的口語實際。」〔註 16〕東漢時期的《太平經》，非常接近生活，用詞

〔註 10〕朱慶之《佛典與中古漢語詞彙研究》，臺北文津出版社，1992 年，58 頁。

〔註 11〕蔣紹愚《近代漢語研究概況》，北京大學出版社，1994 年，223 頁。

〔註 12〕徐時儀《古白話詞彙研究論稿》，26 頁。

〔註 13〕參考胡曉華《郭璞註釋語言詞彙研究》，浙江大學 2005 年博士學位論文，89 頁。

〔註 14〕馮利華《中古道書語言研究》，浙江大學 2003 年博士論文，86 頁。

〔註 15〕張婷、曾昭聰、曹小雲《十年來道教典籍詞彙研究綜述》，《滁州學院學報》2005 年第 4 期。

〔註 16〕俞理明《漢魏六朝佛道文獻詞彙新成分的描寫設想》，第四屆中古漢語國際學術研討會論文（2004 年 10 月，南京大學、南京師範大學）。

生動、平實、淺顯，客觀記錄了不少當時的方俗俚語，且出現了一些特殊的詞語表達方式。

　　分析、判定口語詞〔註17〕，既是中古漢語研究的重點所在，也是難點所在。縱觀漢語詞彙發展的歷史，口語詞一直是詞彙系統中最為生動與寶貴的組成部分，值得我們更為深入、更為系統地研究。本章擬對《太平經》中的口語詞進行考察〔註18〕。

第一節　源自東漢道經的口語成分

　　道教文獻在當前的漢語史研究中，尚未引起足夠重視，但其重要性卻是不言而喻的。俞理明認為：「萌生於中國傳統文化的道教，在兩千年的中華民族精神生活中，產生過重要的影響，成為中華傳統文化的重要組成部分。道教在發展過程中，積累了大量的文獻典籍，這些典籍成為中華文化遺產的重要組成部分，它們不僅記錄了中華民族思想上的變遷，也在不同程度上反映了歷代漢語的發展變化，以及道教用語對全民用語的影響，是漢語歷史研究中不可忽視的材料。」〔註19〕關於道教典籍中的口語詞，有學者指出：「道教產生於東漢時期，正是漢語從上古到中古轉變的重要時期，因而保留了當時相當數量的口語詞彙，反映了文言與白話分離的重要歷史特徵，為我們研究漢語詞彙史提供了難得的語料，同時也為現代語言詞書的編纂提供了豐富的文獻例證。另外，道教的興盛發展，經歷了漫長的歷史階段，道教典籍的詞彙也必然具有各個階段的語言特色，反映各歷史階段的方俗語詞，能準確反映漢語各個轉型時期的重要特徵，對漢語詞彙史的研究有重要的學術價值。」〔註20〕

〔註17〕黃征先生認為區別俗語詞和非俗語詞的辦法主要有：1. 搜尋舊注；2. 後人對前代俗語詞的考證成果；3. 大量閱讀口語性文獻；4. 以典範文言作為辨別俗語詞的參照系。（黃征《漢語俗語詞研究的幾個理論問題》，《杭州大學學報》1992 年第 2 期。）

〔註18〕本章關於口語詞的分類參考了化振紅先生的《洛陽伽藍記詞彙研究》一書，謹致謝忱。

〔註19〕俞理明、周作明《論道教典籍語料在漢語詞彙歷史研究中的價值》，《綿陽師範學院學報》2005 年第 4 期。

〔註20〕張婷、曾昭聰、曹小雲《十年來道教典籍詞彙研究綜述》，《滁州學院學報》2005 年第 4 期。

「本經行文淺白，但在詞彙、語法和修辭方面也有不少一般文言或古白話文獻中罕有的用例。」〔註21〕「保存了許多東漢口語，更有大量為《太平經》所獨具的特色語詞」〔註22〕，這些俚俗口語，不僅直接影響了魏晉六朝語言，而且有些還直接成為現代漢語的源頭，從中可以追溯很多現代漢語習用的口語詞的來源，《太平經》在漢語史研究中具有極高的語料價值，那些「為《太平經》所獨具的特色語詞」尤其值得注意。下面略陳數例較早見於《太平經》的口語詞：

【反還】

「故賢父常思安其子，子常思安樂其父，二人並力同心，家無不成者；如不並力同心，家道亂矣。失其職事，空虛貧極，因爭鬥分別而去，反還相賊害，親父子分身血氣而生，肢體相屬如此，況聚天下異姓之士為君師父乎？」（卷56～64／闕題／p216～217）「真人欲知是惡民臣之審也，比若家人父母，共生數子，子共欺其父母，行為惡；父母默坐家一室中，安而知之，已行為凶惡盜劫，人反還共罪其父母。」（卷96／守一入室知神戒／p418）「夫父母生子，皆樂其賢且善，何時樂汝行為惡哉？反還罪其父母，是為大逆不孝子也。」（卷96／守一入室知神戒／p418）

反還，同義連文複合詞，謂反過來；反而〔註23〕。「還」可表示轉折，相當於「卻」、「反而」。《漢書·刑法志》：「〔秦〕窮武極詐，士民不附，卒隸之徒，還為敵仇，猋起雲合，果共軋之。」唐徐夤《輦下贈屯田何員外》詩：「廚非寒食還無火，菊待重陽擬泛茶。」本經「還」單用亦有此義，如「見漿不飲，渴猶不可救，此者非能愁他人也，還自害，可不詳哉？」（卷55／力行博學訣／p208）「無得是非，他人還自直也。」（卷112／不忘誡長得福訣／p582）

其他用例如西晉竺法護譯《生經》卷1：「此比丘尼，棄家遠業，為佛弟子。既不能暢歎譽如來無極功德，反還懷妒，誹謗大聖乎。」（3／76b）東晉鳩摩羅什譯《成實論》卷7：「如說若人以惡業，令主心歡喜，主若生厭心，反還疑此人。」（32／293c）隋闍那崛多譯《佛本行集經》卷37：「我能讀解此之

〔註21〕俞理明《〈太平經〉正讀·例言》，巴蜀書社，2001年，3頁。
〔註22〕王雲路《〈太平經〉釋詞》，《古漢語研究》1995年第1期。
〔註23〕葛佳才認為，「反還」表示語氣轉折，東漢始見。（葛佳才《東漢副詞系統研究》，嶽麓書社，2005年，18頁。）

二偈，及至龍邊，讀偈不得，又不解義。或復有人，讀此偈已，反還問彼二龍王言：『此偈何也？』復問此偈其義云何。」（3／826c）

亦作「還反」，義同。「然，夫好學而不得衣食之者，其學必懈而道止也，而得衣食焉，則賢者學而不止也。當使各有所利，不當使其還反相愁窮也。」（卷35／分別貧富法／p35）「天之格法，則生後宮多訴，此非後宮之過也，此乃名為治失天讖，失其大部界，反使災還反相覆也。」（卷69／天讖支干相配法／p270）「故使人觸防禁，得誅死焉。復數試人以玉女，使人與其共遊，已者共笑人賤，還反害人之軀。」（卷71／致善除邪令人受道戒文／p288）《大詞典》漏收此義項。

【反更】

「帝王其治不和，水旱無常，盜賊數起，反更急其刑罰，或增之重益紛紛，連結不解，民皆上呼天，縣官治乖亂，失節無常，萬物失傷，上感動蒼天，三光勃亂多變，列星亂行。」（卷92／解承負訣／p23）「中古以來，多失治之綱紀，遂相承負，後生者遂得其流災尤劇，實由君臣民失計，不知深思念，善相愛相通，並力同心，反更相愁苦。」（卷48／三合相通訣／p151）「教導之以道與德，乃當使有知自重自惜自愛自治。今反開之以刑法，使其視死忽然，尚勇力自輕，令使傳相治，因而相困，反更相尅賊，迭相愁苦，故天下人無相愛者，大咎在此。」（卷49／急學真法／p164）「六子雖日學，無益也，反更大愚，略類無知之人，何哉？夫天地之為法，萬物興衰反隨人故。」（卷92／興衰由人訣／p232）

反更，反而，反倒，同義連文〔註24〕。方一新、王雲路曾論及，舉西晉竺法護譯《佛說鱉獼猴經》和《搜神後記》例〔註25〕。茲補《太平經》例，可將其出現時代提前至東漢。再如南朝梁沈約《宋書·列傳第十三》：「今之枉直，明白灼然，而睿王令王，反更不悟，令賈誼、劉向重生，豈不慷慨流涕於聖世邪！」

【反復】

即反而。經中用例頗多，「是天與人君獨深厚，比若父子之恩則相教，愚

〔註24〕「更」本義為「更改，改變」，有所改變，就意味着與此前不一樣，「更」也就由此引申出表行為、狀況的逆轉，《助字辨略》卷四：「更，改圖也。與前義違，故得為反也。」先秦兩漢多見。（萬佳才《東漢副詞系統研究》，115頁。）

〔註25〕方一新、王雲路《中古漢語讀本》（修訂本），34～35頁。

者見是，不以時報其君，反復蔽匿，斷絕天路，天復益忿忿，後復承負之，增劇不可移。」（卷 37／試文書大信法／p56）「有變怪，反乃他所長吏來行之。比近各為其部界長吏諱不言，共匿之，因使天地辭語斷絕，不得上通達其帝王，為害甚深，令天悒悒，災為之復增益，咎在此也。他所長吏來考事，安知民間素所苦者乎？或相與厚善，反復相與共隱匿之；或得素有所不比之家，反復增加災，妄增益其事故之也，共匿之。」（卷 86／來善集三道文書訣／p324～325）「故多凶年不絕，絕者復起，不知天甚怨惡之。人不深自責，反言天時運也。古者為有如此者。天道非人，反以其太過上歸天，下愚不自思過失，反復上共責歸過於帝王。天乃名此為大反逆之民，過在下傳欺其上，以惡為善，以善為惡，共致此災，反以上歸天。」（卷 96／守一入室知神戒／p418）「真人欲知是惡民臣之審也，比若家人父母，共生數子，子共欺其父母，行為惡；父母默坐家一室中，安而知之，已行為兇惡盜劫，人反還共罪其父母。父母惡，故生我惡也。縣官吏得之，不直殺其惡子，反復還罪其父母。」（卷 96／守一入室知神戒／p418）「其罪過彰彰，下可覆蓋，皆上見於日月三光也。故天地甚疾之惡之，使其短命而早死也。不自深十問過罪重，反復哭而行也。言天酷，何一冤也！汝乃自冤，何時天冤汝哉？」（卷 96／忍辱象天地至誠與神相應大戒／p427～428）《大詞典》漏收此義項。

葛佳才認為：「《說文·又部》：『反，覆也。』本義為『翻轉，顛倒』，由此引申，就有了『卻，反而』的意思。」〔註26〕「反復」表轉折，蓋源於此。

【價數】

「右平道德價數貴賤解通愚人心。」（卷46／道無價却夷狄法／p130）「勿輕惡言，以為談首，動作進退，輒有殃咎。」（卷 112／七十二色死尸誡／p568）「齋家所有，皆有價數，乃為解之。」（卷 114／不承天書言病當解讁誡／p622）

價數，價值；價格。《大詞典》失收。此詞中古譯經多見，三國吳支謙譯《撰集百緣經》卷 1：「乃於今日，為此一花。共償價數，乃至百千兩金。」（4／206a）

隋闍那崛多譯《佛本行集經》卷 3：「金三叉拒、金瓶金缽、上下舍勒，價數各直百千兩金、五百金錢、一千牸牛。」（3／665b）又卷 18：「我今與汝，

〔註26〕葛佳才《東漢副詞系統研究》，嶽麓書社，2005 年，118 頁。

實不吝惜。是時化人，即與菩薩袈裟之衣，從菩薩取迦尸迦衣，價數直於百千金者。」（3／738a）又卷42：「爾時彼等三大商主及諸商人，相共欲往海內治生，堪入海貨。莊嚴已訖，其物價數，足直三百千萬金錢。一百千萬擬自食糧，一百千萬擬餘商人。」（3／851c）

近代漢語中仍可見到，如《寒山詩》：「掘得一寶藏，純是水精珠。大有碧眼胡，密擬買將去。余即報渠言，此珠無價數。」唐釋道世《法苑珠林》卷第三十：「時有一人為子納婦，當須好乳以贍賓客，至市欲買。時賣乳者多索價數，是人答言：『汝乳多水不直爾許。』」唐王建《同于汝錫賞白牡丹》詩：「價數千金貴，形相兩眼疼。自知顏色好，愁被彩光淩。」北宋宋祁、歐陽修等《新唐書·列傳·第一百三十九》：「初，大將李萬江者，本退渾部，李抱玉送回紇，道太原，舉帳從至潞州，牧津梁寺，地美水草，馬如鴨而健，世所謂津梁種者，歲入馬價數百萬。」宋張君房《雲笈七籤》卷十二《經·下部經第三》：「玉堂之陽，一神之都市，知萬物之價數也。」

【輕言】

「惟古今世間，皆多不副人意。苟欲自可，不忠任事。所言所道，樂無奇異，見人為善，含笑而言，何益於事？輕言易口，父子相欺。」（卷114／不孝不可久生誡／p597）「故使自思，知其苦樂，樂獨何人，苦亦何人，亦宜自念，勿有怨辭，勿妄輕言出氣。」（卷114／見誡不觸惡訣／p602）

輕言，說話輕率、不慎重。輕，輕率；不慎重。《韓非子·亡徵》：「主多怨而好用兵，簡本教而輕戰攻者，可亡也。」《大詞典》書證為《顏氏家訓·序致》：「頗為凡人之所陶染，肆欲輕言，不脩邊幅。」實則東漢時期已經出現該詞，再如班固《漢書·淮南衡山濟北王傳》：「日夜奉法度，修貢職，以稱皇帝之厚德，今乃輕言恣行，以負謗於天下，甚非計也。」

中古文獻多見，南朝梁蕭子顯《南齊書·列傳第十七》：「祥少好文學，性韻剛疏，輕言肆行，不避高下。」南朝梁劉勰《文心雕龍·知音》：「於是桓譚之徒，相顧嗤笑，彼實博徒，輕言負誚。」近代漢語仍有使用，唐李延壽《北史·列傳第二十九》：「深慎之。又列人事，亦何容易，縱被嗔責，勿輕言。」宋張君房《雲笈七籤》卷十三《三洞經教部·太清中黃真經并釋題》：「學道修行，大忌輕言泄事。縱得玉籙金章，終不成道。」又同篇：「凡是秘密天籙，

不可妄開爾，當有滅門之禍。輕言泄事，陰神為慢易玄科，天奪人志。」

《太平經》亦見「輕語」，義同。如「凡不急之事，不敢與焉，有知而為此行，到老無知乃已。雖實若虛，口不輕語，故能致珍物畜積，因以成人也。」（卷 98 / 為道敗成戒 / p443）中古譯經中也可見到，如後秦鳩摩羅什共羅什譯《十誦律》卷 11：「爾時有下座年少比丘尼，不深樂持戒，共六群比丘調戲，輕語大笑，更相字名種種不清淨事。」（23 / 80c）

【輕口】

「中會有不安而言之者，或有不肖，或有輕口不能匿，或有老人，壽在旦暮，不復忌諱，或有婦女小兒行言，不能隱匿，共為姦也。故其事會泄，故無姦悉得真也，得真則天地心調。」（卷 86 / 來善集三道文書 / p327）「人用心意不專純，又易喜易怒，易驚易惑，又易事輕口清辯慧，常欲語善惡，無可能隱匿。」（卷 98 / 神司人守本陰祐訣 / p439～440）「有疏記之者，解人怨仇，多施酒脯，甘美自恣。當時為可，後為人所語，輕口罵詈，咒詛不道，詐偽誹謗，盜人婦女，日夜司候。」（卷 112 / 衣履欲好誡 / p580）「神靈聞知，亦占其所為動作，其心知其惡，不能久善，還語天神。言中和有輕口易語之人，不能久善，須臾之間，惡言復見，無有信效。」（卷 114 / 不孝不可久生誡 / p597）

輕口，說話輕率、輕浮，不慎重。本經共 4 見。《大詞典》失收該義。後世用例如《雲笈七籤》卷四十《說戒·說百病》：「毀人：毀人自譽是一病。擅變自可是一病。輕口：輕口喜言是一病。快意逐非是一病。」失譯《大愛道比丘尼經》卷 2：「女人輕口喜罵詈，疾快遂非，是二十九態。女人喜歡縱擴非他，自是為三十態。」（24 / 954b）

【淺劣】

「深覩皇天明禁，下乃背而加之，學問淺劣，復不信天禁，故難移矣，失而早亡矣。」（卷 102 / 經文部數所應訣 / p465）

淺劣，猶低下。《太平經》僅一見。中古用例較少，如《三國志·吳書·陸凱傳》：「臣闇於大理，文不及義，智惠淺劣。」唐代開始用例漸多，唐韋應物《答劉西曹》詩：「淺劣見推許，恐為識者尤。」唐釋地婆訶羅譯《方廣大莊嚴經》卷 9：「汝愚小智慧淺劣，未曾見我神通道力，導師復言。」（3 / 593b）宋法賢譯《金剛薩埵說頻那夜迦天成就儀軌經》卷 4：「若人不依儀軌受持我

法，自非了知而生謗毀。非是上法得不成就，此是愚癡寡學，根器淺劣，非法器者。」（21／321b）《王守仁全集》卷十《與黃勉之（甲申）》：「所示《格物說》、《修道注》，誠荷不鄙之盛，切深慚悚，然非淺劣之所敢望於足下者也。」

【頃時】

「出入表裏，慎無誤失，詳諦所受，被天奉使，不可自在，當輒承命，不得留久，輒有責問，不頃時矣。」（卷112／寫書不用徒自苦誡571）

頃時，一段時間；一會儿。《太平經》僅一見。《藝文類聚》卷七一引晉曹毗《杜蘭香別傳》：「〔張碩〕遙往造香（杜蘭香），見香悲喜，香亦有悅色，言語頃時。」隋達摩笈多譯《起世因本經》卷4：「其阿毘脂大地獄中，於一切時，無有須臾得暫受樂，乃至如一彈指頃時。」（1／383b）隋闍那崛多譯《佛本行集經》卷34：「經一念頃時上諸天，各各相告，其聲遍滿如是，乃至大梵天所。」（3／812a）唐釋道世《法苑珠林》卷93：「元寶不復見其門術，但見高崖對水淥波。頃時唯見一童子，可年十五，新溺死，鼻中血出，方知所飲酒乃是血也。」宋沈括《夢溪筆談‧神奇》：「〔尹師魯〕與炎談論頃時，遂隱几而卒。」

近代漢語中，「頃時」還有「昔時，以前」義，如宋趙令時《侯鯖錄》卷二：「吳興守滕子京，席上見小妓兆娘，子京賞其佳色。後十年，再見於京口，絕非頃時之容態。」

【形身】

「男者，天也。女者，地也。衣者依也。天地父母所以依養人形身也。」（卷36／守三實法／p44）「形身長大，展轉相養，陰陽接會，男女成形，老小相次，稟命於天數。」（卷111／善仁人自貴年在壽曹訣／p552）「夫音，非空也，以致真事，以虛致實，以無形身召有形身之法也。」（太平經鈔壬部／p708）

形，形體；身體。《易‧繫辭上》：「在天成象，在地成形，變化見矣。」《韓非子‧楊權》：「夫香美脆味，厚酒肥肉，甘口而病形。」形身，身體，同義連文。共4見。《大詞典》失收。其他用例如：姚秦佛陀耶舍共竺佛念等譯《四分律》卷2：「畜生不能變形者身相觸突吉羅，若與男子身相觸突吉羅，與二形身相觸者偷蘭遮。」（22／581a）唐玄奘、菩提流志譯《大寶積經》卷

110:「生有形身，有形身中求識不得，離有形身亦無有識。」（11／616b）《雲笈七籤》卷五十一《祕要訣法行持事要・太上曲素五行秘符》:「召以制魄，魂魄長存，真神總歸宮宅，備守形身，便得反於自知。」

【算】

「天且報子功，子乃為皇天后土除病，為帝王除災毒承負之厄會，子明自當增算，吾言不敢欺真人也，慎之。」（卷 88／作來善宅法／p334）「年竟算盡，此比若日出自有入也。」（卷 90／冤流災求奇方訣／p341）「此人生各得天算，有常法，今多不能盡其算者。天算積無訾，故人有善得增算，皆此餘算增之。」（卷 102／經文部數所應訣／p464）「然，治當長，反為其短；年當多，反為其少；舉事逢凶，無益於身，天地不悅，除算減年，故天上名為短命之符也。」（卷 109／四吉四凶訣／p523）「上名命曹上對，算盡當入土，愆流後生，是非惡所致邪？」（卷 110／大功益年書出歲月戒／p526）「故使相主，移轉相問，壽算增減，轉相付授。故言四時五行日月星宿皆持命，善者增加，惡者自退去，計過大小，自有法常。」（卷 111／善仁人自貴年在壽曹訣／p552）

算，又作「筭」，壽命，壽數。郭在貽已發之〔註27〕，但尚可向上追溯，它是漢代出現的一個口語詞。東漢時的《太平經》中多有用例，還出現了不少由「算」構成的語詞，如「壽算」、「天算」、「算盡」、「除算」、「增算」、「益算」等。

後世道經多見，《太上三天正法經》:「不得露頭……犯此之禁，奪算，削退陟真之爵。」（28／409b）《伏魔經壇謝恩醮儀》「俱入正真之道，修佩靈文，祈醮真官，回壽益筭，解厄延年。」（34／443a）《洞真太上八素真經精耀三景妙訣》:「一犯此過，減筭七年，格事七年，責己思愆，立功補過，有殊於先，伏誓三通，然後啟復先位，計功續命，道不負人。」（33／469c）《洞真太上八素真經修習功業妙訣》:「唯晨夕齋直，積功補過，仰希玄澤，停年住考爾。如此延續性命，還其年筭，與之更始，功過相補。」（33／471c）又:「不知改忏，違科犯忌，司命隨事糾奏，減奪壽筭。」（33／471c）《洞真太上太霄琅書》:「不依古典，脫失言句，皆減筭十紀，失行，考屬右官，見世風刀，求死莫

〔註27〕郭在貽《魏晉南北朝史書語詞瑣記》，《郭在貽文集》第三卷，中華書局，2002 年，43 頁。

度。」（33／655c）《雲笈七籤》卷八十一《庚申部‧制六欲神法》:「《道書》曰:勿與爭曲直,當減人壽算也,爭尚如此,其況大者!淪於世務,非達者之莫棄。」又卷九十二《仙籍語論要記‧眾真語錄》:「行善益算,行惡奪算。賞善罰惡,各有職司。」

【交頭】

「衒賣所有,更為主賓,酒家箕踞,調戲談笑,歌舞作聲,自以為健,交頭耳語,講說是非,財物各盡,更無以自給;相結為非,遂為惡人,不可拘絆,自棄惡中,何有善半日之間邪?」（卷 114／不孝不可久生誡／p597）「天地之語言,以此為效,不與人交頭言也。」（卷 116／某訣／p638）

交頭,頭挨着頭。後代用例不多,唐韓愈《叉魚招張功曹》詩:「交頭疑湊餌,駢首類同條。」唐釋阿地瞿多譯《陀羅尼集經》卷 9:「皆不得共傍人戲笑、交頭亂語。」（18／866b）〔註28〕清沈三白《浮生六記》卷二《閒情記趣》:「主考出五七言各一句,刻香為限,行立構思,不准交頭私語,對就後投入一匣,方許就座。」又卷三《坎坷記愁》:「四鄰婦人孺子哄然入室,將芸環視,有相問訊者,有相憐惜者,交頭接耳,滿室啾啾。」

【汝曹】

「富貴壽老,天在上為,不能分別好醜,使無知人得氣揚聲,言我與汝曹等耳。」（卷 110／大功益年書出歲月戒／p525）

汝曹,你們。朱慶之認為:「漢語的人稱代詞在上古時期採用同一形式表示單複數。到了漢代,文獻裏開始出現了『我屬』『汝曹』的說法。由於用例很有限,而且『屬』『曹』之類還保留了一定的意義,語法學家大都傾向不把『曹』『屬』等看成人稱代詞的複數形式。」〔註29〕「晉代以後大凡在該用複數人稱代詞的地方,譯文都用『～等』,有時也用『～曹』等。」〔註30〕〔註31〕據《太平經》可補充東漢時期的道經用例。

中古文獻多見,《後漢書‧宦者列傳》:「帝因怒詰讓等曰:『汝曹常言黨人

〔註28〕此例轉引自王紹峰《初唐佛典詞彙研究》,安徽教育出版社,2004 年,127 頁。

〔註29〕朱慶之《漢譯佛典語文中的原典影響初探》,《中國語文》1993 年第 5 期,381 頁。

〔註30〕朱慶之《漢譯佛典語文中的原典影響初探》,《中國語文》1993 年第 5 期,381 頁。

〔註31〕（日）太田辰夫著,江藍生、白維國譯《漢語史通考》,重慶出版社,1991 年,14 頁。

欲為不軌，皆令禁錮，或有伏誅。今黨人更為國用，汝曹反與張角通，為可斬未？』《顏氏家訓·序致》：「吾望此書為汝曹之所信，猶賢於傅婢寡妻耳。」《顏氏家訓·音辭》：「醫方之事，取妙極難，不勸汝曹以自命也。」《魏書·列傳第二十三·崔浩》：「吾與汝曹遊行四境，伐叛柔服，可得志於天下矣。」

【無復】

「邪偽畢去，天地大病悉除，流災都滅亡，人民萬物迺各得居其所矣，無復殃苦也。」（卷 41／件古文名書訣／p86）「故行欲正，從陽者多得善，從陰者多得惡，從和者這浮平也，其吉凶無常者，行無復法度。」（卷 42／四行本末訣／p94）「天下之人好善而悅人者，莫善於好女也，得之迺與其共生子，合為一心，誠好善可愛，無復雙也。」（卷 46／道無價却夷狄法／p127）「學以平平之德，已入邪偽德矣；學以邪偽德，愚人已無復數矣。無有真德，恣心而行，此純君子之賊。力學以上仁，纔得成中仁耳；力學以中仁，其行纔平平，無有仁也；學以不仁，愚人已成盜賊矣。不自知殺傷無復數。」（卷 49／急學真法／p162）

無復，沒有。吳金華認為：「『無復』在意義和用法上相當於『無』，『復』是構成雙音詞的附加成分。」〔註32〕其他中古文獻用例如：「時寒且旱，二百里無復水，軍又乏食。」（《三國志》卷一《魏書武帝紀》注引《曹瞞傳》）「欲封曇首、王華等，因拊御床曰：『此坐非卿兄弟，無復今日。』」（《宋書》六三《王曇首傳》）〔註33〕西晉竺法護譯《生經》卷 5：「我等集會，平等正覺，適興於世。諸外異學便沒不現，忽然幽冥，無復光曜。」（3／104c）東晉瞿曇僧伽提婆譯《增壹阿含經》卷 24：「爾時，便能除去憂畏之刺，脫生老病死，無復災患苦惱之法。」（2／680a）後秦佛陀耶舍共竺佛念譯《長阿含經》卷 10：「我今聞佛所說，迷惑悉除，無復疑也。」（1／64b）該詞《大詞典》失收，當補。

【訾念】

「人由親而生，得長巨焉。見親死去，迺無復還期，其心不能須臾忘。生時日相見，受教勑，出入有可反報；到死不復得相覩，訾念其悒悒，故事之當

〔註32〕 吳金華《世說新語考釋》，安徽教育出版社，1994 年 8 月第一版，148 頁。
〔註33〕 此二例轉引自吳金華《世說新語考釋》，148 頁。

過其生時也。」（卷 36 / 事死不得過生法 / p49）

訾念，思念，同義連文。《禮記・少儀》：「不疑在躬，不度民械，不願於大家，不訾重器。」鄭玄注：「訾，思也。」《韓非子・亡徵》：「變褊而心急，輕疾而易動發，心悁忿而不訾前後者，可亡也。」陳奇猷集釋：「訾，思也。」本經亦見「訾」單用表「思」之用法，如「今訾子惛惛，已舉承負端首，天下之事相承負皆如此，豈知之耶？」（卷 37 / 五事解承負法 / p61）「天地開闢以來，凡人先矇後開，何訾理乎？」（卷 67 / 六罪十治訣 / p241）「然為人師者多難，今訾子惛惛，為子更明之。」（卷 93 / 國不可勝數訣 / p395）《大詞典》失收該詞，其他文獻未見。

【無訾】

「夫南山有大木，廣縱覆地數百步，其本莖一也。上有無訾之枝葉實，其下根不堅持地，而為大風雨所傷，其上億億枝葉實悉傷死亡，此即萬物草木之承負大過也。」（卷 37 / 五事解承負法 / p58～59）「古者聖人時運未得及其道之，遂使人民妄為，謂地不疾痛也，地內獨疾痛無訾，乃上感天，而人不得知之，愁困其子不能制，上愬人於父，愬之積久，復久積數，故父怒不止，災變怪萬端並起。」（卷 45 / 起土出書訣 / p114）「行假令正，共說一甲字也，是一事也。正投眾賢明前，是宜天下文書，眾人之辭，各有言說，此一且無訾之文，無訾之言，取中善者，合眾人心第一解者集之，以相徵明，而起合於人心者，即合於天地心矣。」（卷 91 / 拘校三古文法 / p354）「天君聞之，大神戒聖人相對辭語，為有知之人，宜勿忽解。命可至無訾之壽，各還就所部，見善當進之大神。」（卷 110 / 大功益年書出歲月戒 / p532）

訾，衡量；計量。《商君書・境內》：「其獄法：高爵訾下爵級。」蔣禮鴻錐指：「訾亦量也。量其罪，貶其爵。」《資治通鑑・魏紀五》：「處處為害，所傷不訾」胡三省注：「不訾，言不可計量也。」

無訾，謂不可數計，極言其多。「無訾」文獻中少見，如《列子・說符》：「虞氏者，梁之富人也。家充殷盛，錢帛無量，財貨無訾。」

「訾」通「貲」，傳世文獻中多見「無貲」，如《淮南子・人間訓》：「虞氏，梁之大富人也。家充盈殷富，金錢無量，財貨無貲。」《後漢書・馬融列傳》：「今以曲俗咫尺之羞，滅無貲之軀，殆非老莊所謂也。」《魏書・志第十五・

食貨六》：「靈太后曾令公卿已下任力負物而取之，又數賚禁內左右，所費無貲，而不能一弓百姓也。」牛尚鵬發現敦煌本《洞淵神咒經》中還可作「無觜」。〔註34〕

【患毒】

「諸家患毒，親屬中外皆遠去矣。」（卷 114／大壽誠／p617）「錢財小故，不自努力周進，治生有利，而反賣舌於人，相陷罪名，是正惡，何復久生。長吏所疾，令不得生，是誰之過乎？皆從惡弊人出，父母愁毒，宗家患毒，為行如此，亦何所望，而欲得久視息哉？」（卷114／不承天書言病當解讁誡／p622）

患毒，謂憎恨。〔註35〕患，憎惡。《廣雅·釋詁三》：「患，惡也。」《國語·晉語五》：「公患之」韋昭注：「患，疾也。」《後漢書·袁術傳》：「（術）而不修法度，以鈔掠為資，奢恣無厭，百姓患之。」

毒，怨恨，憎恨。《廣雅·釋詁三》「毒，惡也」王念孫疏證：「凡相憎惡亦謂之毒。《緇衣》云『唯君子能好其正，小人毒其正』是也。」《後漢書·袁紹傳》：「每念靈帝，令人憤毒。」李賢注：「毒，恨也。」《大詞典》「患毒」條始見書證為《宋書·五行志四》：「自太子登以下，咸患毒之，而壹反獲封侯寵異。」據《太平經》可提前。

其他用例如北齊魏收《魏書·列傳第六十三》：「度律雖在軍戎，聚斂無厭，所至之處，為百姓患毒。」梁沈約《宋書·蕭思話傳》：「思話年十許歲，未知書，以博誕遊遨為事，好騎屋棟，打細腰鼓，侵暴鄰曲，莫不患毒之。」唐釋道世《法苑珠林》卷第四十六：「臣便家家發求覓針，如是人民兩兩三三相逢求針，使諸郡縣處處擾亂，百姓所在之處患毒無聊。」

【愁毒】

《大詞典》釋作愁苦怨恨，楊會永認為《大詞典》解釋不確，「愁毒」在《大詞典》中應釋為①悲傷；痛苦。②怨恨〔註36〕。

〔註34〕牛尚鵬《道經字詞考釋》，中國社會科學出版社，2017 年，191～192 頁。
〔註35〕劉傳鴻（2014）指出，「患毒」同義複合，在漢代即有用例，所舉正是《太平經》例。「患毒」還有倒序詞「毒患」，只是用例極少，如《魏書·鄭義傳》：「貴賓異母弟大倪、小倪，皆粗險薄行，好為劫盜，侵暴鄉里，百姓毒患之。」（劉傳鴻《「毒」非後綴考辨》，《語言研究》2014 年第 2 期，33 頁）
〔註36〕楊會永《〈佛本行集經〉詞彙研究》，浙江大學 2005 年博士學位論文，39 頁。

　　《太平經》中共 6 見，表「悲傷；痛苦」義共 3 見，如：「生俗多過負，了無有解已。愁毒而行，不知所止。」（卷 111／善仁人自貴年在壽曹訣／p550）〔註37〕「長生求活，可無自苦愁毒。」（卷 112／七十二色死尸誡／p568）「復有憂氣結不解，日夜愁毒大息，念在錢財散亡，恐不得久保。」（卷 114／大壽誡／p617）後世用例如宋玉《九辨五首》王逸注：「後黨失輩，惆愁毒也。」北宋郭茂倩編《樂府詩集》卷四十六《清商曲辭三・華山畿二十五首》：「腹中如亂絲，憒憒適得去，愁毒已復來。」

　　表「怨恨」義〔註38〕共 3 見，如：「衒賣所有，更為主賓，酒家箕踞，調戲談笑，歌舞作聲，自以為健，交頭耳語，講說是非，財物各盡，更無以自給；相結為非，遂為惡人，不可拘絆，自棄惡中，何有善半日之間邪？無益家用，愁毒父母，兄弟婦兒，輒當憂之，無有解已。」（卷 114／不孝不可久生誡／p597～598）「長吏所疾，令不得生，是誰之過乎？皆從惡弊人出，父母愁毒，宗家患毒，為行如此，亦何所望，而欲得久視息哉？」（卷 114／不承天書言病當解謫誡／p622）〔註39〕「宜各自明其計，勿自逐非，沒命不足塞責。殃禍所歸者多，怨憎何有止時？不密，但空言，無益世間之用，愁毒於人，復何用相明，使有和順乎？」（卷 114／不承天書言病當解謫誡／p623）〔註40〕後世用例如范曄《後漢書・楊秉傳》：「而今枝葉賓客布列職署，或年少庸人，典據守宰，上下忿患，四方愁毒。」北宋歐陽修《新唐書・南蠻傳中・南詔下》：「〔蔡京〕褊忮貪克，峻條令，為炮熏剮斮法，下愁毒，為軍中所逐，走藤州。」

　　劉傳鴻認為，「X 毒」的口語性較強，這從漢代王逸注文使用了很多「X 毒」組合可大致看出。〔註41〕

〔註37〕此例標點據《正讀》。

〔註38〕劉傳鴻（2014）指出，「愁」與「毒」均有怨恨義，因此二者組合，亦可表怨恨。《大詞典》解作「愁苦怨恨」，從語境看，似不如解作怨恨好。「愁毒」亦有同義倒序詞「毒愁」，只是用例極少，晉王羲之《阮光祿帖》：「昨旦與書，疾，故示毒愁，當增其疾。」《大詞典》收此詞，釋為極度憂愁，誤解了「毒」之義。（劉傳鴻《「毒」非後綴考辨》，《語言研究》2014 年第 2 期，33 頁）

〔註39〕俞理明、顧滿林（2013）將「愁毒」解作「憂愁焦慮」、「使⋯⋯憂愁焦慮」（《東漢佛道文獻詞彙新質研究》，商務印書館，2013 年，213、215 頁），從此例來看，句中「愁毒」「患毒」對文，意義當相近，而「憂愁焦慮」與「痛恨憎惡」表義明顯不同，似釋作「怨恨」更妥帖。

〔註40〕標點據《正讀》。此句中，前言「怨憎何有止時」，下文又說「愁毒於人」，也可輔證筆者觀點。

〔註41〕劉傳鴻《「毒」非後綴考辨》，35 頁。

【了不】

「年在寅中，命亦復長，三寅合生，乃可久長。申為其衝，了不相亡，多惡畏夜，但能緣木上下，所畏眾多。」（卷 111 / 有德人祿命訣 / p548）「今世俗人，了不可曉，視其壽書，而不用其言，以為書不可信用也。」（卷 114 / 不承天書言病當解謫誡 / p623）

了不，絕不；全不。江藍生指出：「『了』字有全無義，但此義是從它的『完結、終了』義引申而來，『了』字單獨使用並不能表示否定，只有和否定詞『無、不』結合，才能表示一種徹底的否定意義。『了』與否定詞『無、不』連用，作副詞，意思相當於『毫無、毫不、全無、全不』。」〔註42〕《大詞典》始見書證為陶潛《晉故征西大將軍長史孟府君傳》：「君歸，見嘲笑而請筆作答，了不容思，文辭超卓，四座歎之。」嫌晚。「傳統語文學以東漢以前經傳諸子為主要訓釋對象，『了』在否定詞前加強語氣的用法，東漢剛剛萌芽，加之是一個口語詞，基本上不見於高文典冊。」〔註43〕作為一個剛剛萌芽的口語詞，「了不」多見於口語性較強的宗教文獻，如《中本起經》、《五十校計經》、《太平經》等。「早期『了』一般用於『不』、『無』前，魏晉六朝以下，『了無』、『了不』習見於各種文獻，還出現了『了』與『非』、『未』連用的例子。」〔註44〕

中古文獻習見，《抱朴子外篇·自敘》：「不喜星書及算術、九宮、三棋、太一、飛符之屬，了不從焉，由其苦人而少氣味也。」《抱朴子內篇·仙藥》：「有吳延稚者，志欲服玉，得玉經方不具，了不知其節度禁忌，乃招合得璋環璧，及校劍所用甚多，欲餌治服之，後余為說此不中用，乃歎息曰：『事不可不精，不但無益，乃幾作禍也。』」晉干寶《搜神記》：「不見人體，見盆水中有一大鱉。遂開戶，大小悉入，了不與人相承。嘗先著銀釵，猶在頭上。相與守之。」《梁書·庾肩吾傳》：「梁簡文與湘東王書：『了不相似，……了無篇什之美。』」

【端首】

「今眥子悒悒，已舉承負端首，天下之事相承負皆如此，豈知之耶？」「唯

〔註42〕江藍生《魏晉南北朝小說詞語匯釋》，語文出版社，1988 年，126～127 頁。
〔註43〕萬佳才《東漢副詞系統研究》，嶽麓書社，2005 年，32 頁。
〔註44〕萬佳才《東漢副詞系統研究》，212 頁。

唯。今天師都舉端首，愚生心結已解。」（卷 37／五事解承負法／p61）「小人之言，不若耆老之覩道，端首之明也。」（卷 40／樂生得天心法／p82）「今尚但為真人舉其端首，其惡不可勝記，難為財用，真人寧覺知之耶？真人自慎。」（卷 67／六罪十治訣／p249）「但為真人舉道其大綱，見其端首，使賢明深見吾文，自精詳隨而察之，必已知矣。」（卷 98／神司人守本陰祐訣／p440）「故但為子舉其端首，不復盡悉言之也。」（卷 115～116／某訣／p632）「故當財示其端首，使其自思之耳。」（卷 115～116／某訣／p632）

端首，謂頭緒；要領。《大詞典》失收此義。其他文獻罕見，筆者僅檢示到一例義近之用法，孔穎達《周易正義》：「先儒以《易》之舊題，分自此以上三十卦為《上經》，已下三十四卦為《下經》，《序卦》至此又別起端首。」

「端首」有「首要；根本」義，如「故易初九子，為潛龍勿用，未可以王持事也，故勿用也。此者，但以元氣之端首耳。」（卷 69／天讖支干相配法／p272）「今吾所言，正天下人君所當按之以為治法也。子之所問，正氣之端首也。今真人見吾言，或疑也，為諸真人具說天地八界。」（卷 69／天讖支干相配法／p272）「生之端首，萬事之長，古今聖賢所得之長。」（卷 117／天咎四人辱道誡／p654）嚴可均輯《全後漢文》卷四十二《讓東郡太守疏》「又惟機密端首，至為尊要，復非臣香所當久奉。」唐劉知幾《史通・雜說上》：「大聖之德，具美者眾，不可以一介標末，持為百行端首。」由「首要；根本」義引申，眾多繁雜之事中的「端首」即「頭緒；要領」，故而有此義。

【奴使】

「是皆怨天咎地，言惡當別，不可雜廁，清濁分離，如君與奴使。」（卷 112／衣履欲好誡／p581）「時以行客，賃作富家，為其奴使。」（卷 114／大壽誡／p618）

奴使，即奴僕。早期漢譯佛經中多有使用，三國吳康僧會譯《六度集經》卷 6：「人道難遇，厥命惟重。大夫投危，濟吾重命，恩喻二儀，終始弗忘，願為奴使供給所乏。」（3／33a）又同經卷 7：「遏絕明善之心，消去五蓋，諸善即強。猶若貧人舉債治生，獲利還彼，餘財修居。日有利入，其人心喜。又如奴使免為良民，困病獲瘳，九族日興。」（3／39c）前秦曇摩難提譯《中阿含經》卷 6：「至王舍城，寄宿一長者家。時彼長者明當飯佛及比丘眾，時彼長

者過夜向曉，教敕兒孫、奴使、眷屬：『汝等早起，當共嚴辦，彼各受教，共設廚宰。』」（1／459c）

《大詞典》僅收動詞義「役使如奴」，始見書證舉清唐甄《潛書·賤奴》：「兒畜公卿，奴使百司，狗奔將帥，天子孤矣。」過晚，且失收名詞義。

【事人】

「家長大人，無所依止，貧無自給，使行事人。隨夫行客，未有還期。」（卷114／大壽誡／p617）

事人，嫁人，此指改嫁。《敦煌變文集》卷六《醜女緣起》：「金剛醜女年成長，爭忍令交不事人。」〔註45〕明瞿佑《歸田詩話·沈園感舊》：「劉克莊《續詩話》，謂翁（陸游）初婚某氏，伉儷相得，而失意於舅姑，竟出之，某氏改事人。」明楊慎《丹鉛續錄·荳蔻》：「杜牧之詩：『婷婷嫋嫋十三餘，荳蔻梢頭二月初』……本詠娼女，言其美而且少，未經事人，如荳蔻花之未開耳。」

【考掠】

「如過負輒白司官，司官白於太陰。太陰之吏取召家先，去人考掠治之。」（卷114／不承天書言病當解謫誡／p624）

考掠，謂拷打。《禮記·月令》：「〔仲春之月〕命有司省囹圄，去桎梏，毋肆掠，止獄訟。」鄭玄注：「掠，謂捶治人。」中古佛經多見，東漢安玄共嚴佛調譯《法鏡經》卷1：「縣官牢獄考掠、搒笞罵詈，數勉至於死焉，皆為由彼。」（12／17b）三國吳支謙譯《撰集百緣經》卷10：「佛告諸比丘：『欲知彼時向彼國王讒其長者、考掠搒笞者，今呻號比丘是。』」（4／253b）西晉竺法護譯《修行道地經》卷5：「吾等不歷勤勞之苦而致寶物，以是之故當忍考掠，令不失財使他人得。」（15／214a）西晉法炬共法立譯《法句譬喻經》卷2：「五百壽終，墮地獄中，考掠萬毒，罪滅復出。」（4／591c）《後漢書·獨行傳·戴就》：「〔薛安〕收就於錢塘縣獄，幽囚考掠，五毒參至。」近代文獻中仍可見到，唐姚思廉《梁書·傅岐傳》：「死家訴郡，郡錄其仇人，考掠備至，終不引咎。」宋洪邁《夷堅丁志·漢陰石榴》：「鄰家誣婦置毒，訴於官，婦不勝考掠，服其辜。」

〔註45〕此例轉自龍晦等主編《太平經全譯》，貴州人民出版社，1999年，1253頁。

【施】

「父母未生子之時，愚者或但投其施於野，便著土而生草木，亦不自知當為人也；洞洞之施，亦安能言哉？」（卷40／分解本末法／p78）「一合生物，陰止陽起，受施於亥，懷姙於壬，藩滋於子。」（卷89／八卦還精念文／p338）「今學道者純當象天為法，反多純無後，共滅消天統。其貞者，尚天性也，氣有不及。其不貞者，彊為之壅塞，陰陽無道，種其施於四野，或反棄殺，窮其妻子而去者，是皆大毀失道之人也。」（卷117／天咎四人辱道誡／p658）

施，動詞用作名詞，指男子所施的精液。《廣雅·釋詁三》：「施，予也。」《太平經》中多見男子施精於女子的描述，如「夫貞男乃不施，貞女乃不化也。陰陽不交，乃出絕滅無世類也。」〔註46〕（卷35／一男二女法／p37）「今女之姙子，陰本空虛，但陽往施化實於陰中，而陰卑賤畏陽，順而養之，不敢去也。」（卷93／陽尊陰卑訣／p387）「今陰陽始起，何不於天上而正於地中乎？」「善哉，子之難問也。然，地為母，父施於母，故於陰中也，其施陽精，同始發於天耳。陽者，其化始氣也微難覩，入陰中成形，乃著可見，故記其陰中，不記其陽也。」（卷119／三者為一家陽火數五訣／p679）以上三例，「施」都是作為動詞，後來逐漸引申，「施」可單獨用作名詞，指代男子所施的精液。卿希泰先生曾講道：「房中術不僅要求節欲，更要求慎施，即不任意施洩精液。」〔註47〕

東漢文獻亦見「施生」，謂生育萬物。班固《白虎通·五行》：「水木可食，金火土不可食，何？木者陽，陽者施生，故可食。」可為輔証。

【實】

「然，夫天名陰陽男女者，本元氣之所始起，陰陽之門戶也。人所受命生處，是其本也。故男所以受命者，盈滿而有餘，其下左右，尚各有一實。上者盈滿而有餘，尚常施與下陰，有餘積聚而常有實。上施者應太陽天行也，無不能生，無不能成。下有積聚，應太陰，應地，而有文理應阡陌。左實者應人，右實者應萬物。實者，核實也，則仁好施，又有核實也，故陽得稱尊而貴也。」

〔註46〕此例中「施」字，《今譯》93頁釋作「施生，指性行為」。楊琳《訓詁方法新探》一書將此例之「施」解作「男施女受之施，謂男子御女。」句中「施」「化」對舉，「化」指女子生育。（商務印書館，2011年，36頁）

〔註47〕卿希泰主編《中國道教》（第三卷），東方出版中心，1994年，301頁。

（卷 93 / 陽尊陰卑訣 / p386）

實，果實，此指男性睪丸〔註48〕。「實」本為果實、子實。《詩經·周南·桃夭》:「桃之夭夭，有蕡其實。」《後漢書·馬援傳》:「援在交阯，常餌薏苡實。」唐韓愈《奏汴州得嘉禾嘉瓜狀》:「或延蔓敷榮，異實共蔕。」因其形狀有相似之處，《太平經》中對其予以抽象引申，喻指男子的睪丸。本經中還可作「精液」講，如「今女之姙子，陰本空虛，但陽往施化實於陰中，而陰卑賤畏陽，順而養之，不敢去也。」（卷 93 / 陽尊陰卑訣 / p387）

【動起】

「犯四大凶，貢非其人也，乃使帝王愁苦，治雲亂。凡害氣動起，不可禁止，前後不理，更相承負。」（卷 109 / 四吉四凶訣 / p522）

動起，活動。《太平經》僅一見。《大詞典》失收。其他中古用例如《抱朴子內篇·釋滯》:「善用俾者，噓水，水為之逆流數步；噓火，火為之滅；噓虎狼，虎狼伏而不得動起；噓蛇虺，蛇虺蟠而不能去。」西晉竺法護譯《修行道地經》卷 4:「其不解空有我想，志則動起如樹搖。」（15 / 205b）又同經卷 6:「觀萬物動起，念之悉當過。愛欲之所縛，一切皆無常。」（15 / 220b）東晉帛尸梨蜜多羅譯《佛說灌頂經》卷 10:「僻俏好罵詈，動起驚四鄰，墮落於水中，魂魄隨流浪。」（21 / 526c）

【推排】

「得，當用日為之，天聽假，期至不為，不中謝天，下地取召形骸入土，魂神於天獄考，更相推排，死亡相次。」〔註49〕（卷 114 / 不可不祠訣 / p605～606）

推排，審訊追究。《大詞典》失收此義。其他文獻罕見，《舊唐書·列傳第一百三》:「敬宗怒謂宰相曰:『陳岵不因僧得郡，諫官安得此言，須推排頭首來。』寬夫奏曰:『昨論陳岵之時，不記發言前後，唯握筆草狀，即是微臣。今論事不當，臣合當罪。若尋究推排，恐傷事體。』」

【小私】

「天上地下，相承如表裏，復置諸神並相使。故言天君敕命曹，各各相移，

〔註48〕《合校》386 頁用例，《今譯》902 頁、《注譯》667 頁、《全譯》778 頁皆作如是解。
〔註49〕此句標點據《正讀》。

更為直符，不得小私，從上占下，何得有失。」（卷 111／善仁人自貴年在壽曹訣／p552）「大神比如國家忠臣，治輔公位，名為大神。大神有小私，天君聞知復退矣。故不敢懈怠。小神者安得自在。」（太平經佚文／道要靈祇神鬼品經）

小私，私心。2 見。《大詞典》失收。其他文獻罕見，《舊唐書·列傳第四十二》：「以公器為私用，則公議不行，而勞人解體；以小私而妨至公，則私謁門開，而正言路絕。」

【中謝】

「誠復受恩，出入上下，時小相戒，是大神之恩，不可中謝；但心意戀慕，常在心中，不敢解止。」（卷 110／大功益年書出歲月戒／p538）「久逋不祠祀，神官所負，不肯中謝，所解所負解之。常以春三月，得除日解之。三解可使文書省減，神官亦不樂重責人也。」（卷 114／不可不祠訣／p605）「得，當用日為之，天聽假，期至不為，不中謝天，下地取召形骸入土，魂神於天獄考，更相推排，死亡相次。」〔註50〕（卷 114／不可不祠訣／p605～606）

謝，認錯。《戰國策·秦策一》：「嫂蛇行匍伏，四拜，自跪而謝。」《隋書·李密傳》：「請斬謝眾，方可安輯。」中謝，悔過謝罪。《大詞典》失收，其他文獻未見此用法。

【生口】

「所為皆觸犯不當，如故為之，是為自索，不欲見天地日月星宿人民生口之屬耳。」（卷 114／不可不祠訣／p603～604）

生口，俘虜、奴隸。《太平經》僅一見。再如《三國志·魏書·王昶傳》「吾友之善之，願兒子遵之」裴松之注引《任嘏別傳》：「〔任嘏〕又與人共買生口，各雇八匹。」《古今小說·木綿庵鄭虎臣報冤》：「〔賈涉〕央王小四在村中另顧個生口，馱那婦人一路往臨安去。」

田啟濤研究指出，「生口」一詞，最早見於漢代文獻，主要用在史書之中，用以指「俘虜」和「奴隸」。從元代開始，「生口」可指稱「牲畜」，而此義項後來多用「牲口」記錄。利用《漢籍全文檢索系統》查檢漢代至南北朝的其他

〔註50〕此句標點據《正讀》。

文獻，在長達六七百年的時間裏，「生口」的所有用例，無一指向「牲畜」。「生口」和「牲口」是古代文獻中比較常見的兩個詞語，二者語義關係密切，出現語境也非常相似，若不明察，極易致誤。〔註51〕

第二節　沿自前代典籍的口語成分

有些上古漢語文獻，相對來說，具有一定的口語色彩，如《韓非子》、《史記》等。《太平經》從前代典籍中沿用了一些代代相傳的已定型了的口語詞，也有一些詞到了《太平經》中進一步定型，行用開來，應用漸多，這也可以算作《太平經》口語詞的一部分。

【影響】

「夫樂者致樂，刑者致刑，猶影響之驗，不失銖分也。」（卷113 / 樂怒吉凶訣 / p588）「順政者得天力，逆令者得天賊。得天力者致壽，得天賊者致凶咎。所以然者，天之為政猶影響，不奪人所安。樂善得善，樂惡得惡，是復何言。」（卷116 / 某訣 / p642）「天之應人如影響，安得行惡而得善者乎？」（卷117 / 天咎四人辱道誡 / p656）

江藍生指出：「『影響』在六朝時期的文獻裏，經常用於比喻善惡、福禍報應之不虛，如影之隨形、響之應聲。」〔註52〕「以影之隨形、響之應聲比喻某些事物之間相隨相應的關係，多指因果感應的必然性。」〔註53〕朱慶之則認為此義源於印度佛教原典語言的影響：「作為對譯詞的『影響』就『意外』地有了印度佛教語言『影響』所特有的比喻義，一是『報應』」〔註54〕，竊以為江先生的觀點更勝，因為「影響」作為一個詞語先秦典籍中已經多有所見，義即影子和回聲，多用以形容感應迅捷。如《書·大禹謨》：「惠迪吉，從逆凶，惟影響。」孔傳：「吉凶之報，若影之隨形，響之應聲，言不虛。」可見在中土文獻中由本義引申出「報應」義，是比較容易的，這種用法先秦文獻中已然。沒有必要再往印度佛教語言上靠攏，朱先生的觀點略顯迂曲。董志翹曾指出：「雖然說漢譯佛典面廣量大，有其不小的研究價值，但本人認為：在中古、近

〔註51〕田啟濤《莫把「生口」當「牲口」》，《中國語文》2016年第6期。
〔註52〕江藍生《魏晉南北朝小說詞語彙釋》，語文出版社，1988年，250頁。
〔註53〕江藍生《「影響」釋義》，《中國語文》1985年第2期。
〔註54〕朱慶之《「影響」今義的來源》，《文史知識》1992年第4期。

代漢語詞彙研究中，還是要以中土傳世的口語性文獻為主要對象，漢譯佛典主要是作為旁證材料。」〔註55〕此話所言極是，對我們的研究很有啓發意義。

【不然】

「復為真人說一事：夫太中古以來，聖人作縣官，城郭深池，所以備不然，其時默平平無他也。及有不然，小人欲汙亂，君子乃後使民作城郭深池，亦豈及急邪？……今軍師兵，不祥之器也，君子本不當有也，下之惡之。故當置於鞘中，堅治藏之，必不貴有之也，不貴用之也。但備不然，有急乃後使工師擊治石，求其中鐵，燒治之使成水，乃後使良工萬鍛之，乃成莫耶，可以戰鬭，御急者亦豈及事邪？」（卷 72 / 不用大言無效訣 / p296）「是故益聚道術士者，為有不然，輒當除之，不疾除之，則生之矣。」（卷 72 / 不用大言無效訣 / p298）

不然，不虞；意外。此詞上古漢語中開始萌芽，《墨子・辭過》：「府庫實滿，足以待不然。」孫詒讓間詁：「不然，謂非常之變也。」《漢書・司馬相如傳下》：「發巴蜀之士各五百人以奉幣，衛使者不然。」顏師古注引張揖曰：「不然之變也。」《讀書雜志・漢書第五・五行志》「如有不然」王念孫按：「不然，謂非常之變也。」

【不任】

「但取作害者以自給，牛馬騾驢不任用者，以給天下。至地祇有餘，集共享食。勿殺任用者、少齒者，是天所行，神靈所仰也。」（卷 112 / 不忘誡長得福訣 / p581）「復以六畜不任用者，使得食之，肥美甘脆之屬皆使食。」（卷 114 / 大壽誡 / p616）

不任，不堪，不可以。《中古漢語讀本》指出「不任」為六朝習用語，又作「無任」〔註56〕。《中古漢語讀本》把該詞上溯至《史記》，可見西漢已經萌芽，但未舉東漢時期用例，以上二例可補。中古文獻如《齊民要術》、《生經》、王羲之《雜帖》、《三國志》、《宋書》多見，其他中古譯經亦見，如東晉法顯譯《大般涅槃經》卷 12：「臨老險岸，死風既至，勢不得住，復次迦葉，如車軸折，不

〔註55〕 《21 世紀中古、近代漢語詞彙研究隨想》，原載《21 世紀的中國語言研究》（一），商務印書館，2004 年。又收入其所著《中古近代漢語探微》，中華書局，2007 年 12 月第 1 版，4 頁。

〔註56〕 方一新、王雲路《中古漢語讀本》（修訂本），311～312、314 頁。

任重載。」（12／436c）元魏慧覺等譯《賢愚經》卷 4：「我有病苦，不任起往，佛告阿難。」（4／375c）又同經卷 12：「汝等兄弟，念相承奉，合心並力，慎勿分居。所以然者，譬如一絲，不任繫象，合集多絲，乃能制象。譬如一葦，不能獨燃，合捉一把，燃不可滅。」（4／434c）

【不意】

「故人來悔易勢，當時鋒通，以為命可再得也。不意天遣大神，占之尤惡。先入土，用是自慰，隱忍不敢當惡。」（卷 110／大功益年書出歲月戒／p535）「是惡之人何獨劇，自以為可久與同命。不意天神促之，使下入土；入土之後，何時復生出乎？」（卷 114／見誡不觸惡訣／p600）「念下愚之人，不念受天大分，得為人，自以當常得久也。亦不意有巫靈之神者，當止勿犯非也。」（卷 114／見誡不觸惡訣／p602～603）「愚生暗昧，以為天上行疾人為惡，而禁刑殺傷也；不意乃天地人在懷妊之氣，更始之本元也。」（卷 119／三者為一家陽火數五訣／p677）

不意，沒料到，想不到，乃漢魏常語。董志翹曾論及該詞，但未注意到東漢《太平經》之用例〔註57〕。此詞最早可追溯至《史記・范雎蔡澤列傳》：「須賈頓首言死罪，曰：『賈不意君能自致青雲之上。』」《史記・汲鄭列傳》：「臣自以為填溝壑，不復見陛下，不意陛下復收用之。」中古以降文獻多見，《漢書・淮陽憲王劉欽傳》：「博自以棄捐，不意大王還意反義，結以朱顏，願殺身報德。」《三國志・蜀書・李嚴傳》：「然謂平情在於榮利而已，不意平心顛倒乃爾。」《後漢書・臧宮傳》：「岑不意漢軍卒至，登山望之，大震恐。」近代仍然沿用，唐郎士元《長安逢故人》詩：「數年音訊斷，不意在長安。」

【恩愛】

「今天師既加恩愛，乃憐帝王在位，用心愁苦，不得天意，為其每具開說，可以致上皇太平之路。」（卷 35／分別貧富法／p33）「仁者，乃能恩愛，無不包及，但樂施與無窮極之名字。」（卷 49／急學真法／p157～158）「見之，會當有可以賜之者，不賜則恩愛不下加民臣，令赤子無所誦道，當奈何哉？」（卷 65／王者賜下法／p228）「愚賤生緣天師常待之以赤子之分，恩愛洽著，倉皇得旦夕

〔註57〕董志翹《中華版〈高僧傳〉校點商補》，原載《四川師大學報》2005 年第 6 期，又收入其所著《中古近代漢語探微》，中華書局，2007 年 12 月第 1 版，207 頁。

進見，天功至大，不可謝。」（卷 69／天讖支干相配法／p261）「眾賢共案力行之，令使君治，乃與天相似，象天為行，恩愛下及草木蚊蚋之屬，皆得其所。」（卷 96／六極六竟孝順忠訣／p409）

恩愛，仁愛；憐愛〔註58〕。與今義有別，此義最早見於《韓非子·六非》：「明主知之，故不養恩愛之心，而增威嚴之勢。」再如《漢書·王貢兩龔鮑傳》：「恩愛行義孅介有不具者，於以上聞，非饗國之福也。」《後漢書·第五鍾離宋寒列傳》：「陛下至孝烝烝，恩愛隆深，以濟南王康、中山王焉先帝昆弟，特蒙禮寵，聖情戀戀，不忍遠離，比年朝見，久留京師，崇以叔父之尊，同之家人之禮。」

「恩愛」之「情愛」義蓋始見於漢蘇武《詩》之二：「結髮為夫妻，恩愛兩不疑。」再如《搜神記》卷十六：「恩愛從此別，斷腸傷肝脾。」《敦煌變文集·伍子胥變文》：「其妻既見殷懃，遂乃開門納受，恩愛還同昔日，相命即歸。」

【最甚】

「天甚疾人為惡，猾吏民背天逆地，共欺其上，獨陰伏為奸積久，如蟲食人也，天毒惡之。故使子反覆問之。然蟲食人，所謂蟲而治人也。其為災最甚劇，逆氣亂正者也。」（卷 92／洞極上平氣無蟲重複字訣／p378）

最甚，程度副詞，表至極。它是詞彙化的產物。「最甚」初為狀中式偏正短語，表示程度或情況最嚴重、最厲害。諸如西漢劉向《列女傳》卷六：「死，不復重陳，然願戒大王，群臣為邪，破胡最甚。」《史記·留侯世家》：「留侯曰：『上平生所憎，群臣所共知，誰最甚者？』」《史記·匈奴列傳》：「匈奴日已驕，歲入邊，殺略人民畜產甚多，雲中、遼東最甚，至代郡萬餘人。」東漢班固《漢書·高帝紀》：「取上素所不快，計群臣所共知最甚者一人，先封以示群臣。」東漢班固《白虎通·禮樂篇》：「殷紂為惡日久，其惡最甚，斮涉剚胎，殘賊天下。」此種用法後代沿用不絕，如唐房玄齡等《晉書·列傳第十七》：「臣以為胡夷獸心，不與華同，鮮卑最甚。」

「最甚」由短語結構凝固為一個詞語，最早見於西漢董仲舒《春秋繁露》卷第十四：「郊禮者，人所最甚重也，廢聖人所最甚重，而吉凶利害在於冥冥不可得見之中，雖已多受其病，何從知之！」再如南朝宋功德直譯《菩薩念佛

〔註58〕方一新、王雲路《中古漢語讀本》（修訂本），351 頁。

三昧經》卷二：「雖復能如此，不足以為難。未學令得學，是則最甚難。」（13
／806b）〔註59〕南宋賾藏主《古尊宿語錄》卷第四十五：「瑕銷成白玉，礦盡
得黃金。無比不思議，靈源最甚深。」

【敢（不）】

「今天師使之，敢不言，每言不中天師法。」（卷 35／興善止惡法／p39）
「今每與天師對會，常言弟子乃為天問疑事，故敢不詳也。」（卷 37／五事解承
負法／p57）「勿者，敢也，未也，先見文者，未知行也。」（卷 39／解師策書訣
／p66）純稽首敬拜：「有過甚大，負於明師神人之言，內慚流汗；但愚小德薄
至賤，學日雖多，心頓不能究達明師之言，故敢不反復問之，甚大不謙，久為
師憂。」（卷 44／案書明刑德法／p108）「真人深思其意，即得天心矣，吾敬
受是於天心矣，而下為德君解災除諸害，吾畏天威，敢不悉其言，天且怒。」
（卷 47／上善臣子弟子為君父師得仙方訣／p134）「今不及天明師訣問之，恐
後遂無從得知之，故敢不具問之也。」（卷 48／三合相通訣／p146）「天道致
重，師敕致嚴，故敢不一二問之也。」（卷 66／三五優劣訣／p239）「今良平
氣俱至，不喜人為嫉賊，吾知天上有此言，今敢不下道之，不言恐為嫉賊，害
在吾身。」（卷 118／天神考過拘校三合訣／p672～673）

《書·多士》：「肆予敢求爾與天邑商」孫星衍今古文注疏：「敢，猶言不
敢也。」《國語·晉語八》：「臣敢忘其死而忘其君」韋昭注：「敢，不敢也。」
《左傳·昭公二年》「辭曰：『寡君臣來繼舊好，好合使成，臣之祿也。敢辱大
館？』」杜預注：「敢，不敢也。」《左傳·定公五年》：「不能如辭」孔穎達疏：
「敢為不敢，如為不如，古人之語然也。」「早在上古，當『敢』用於反詰句
時，就相當於『豈敢』……『敢』為『安敢』『豈敢』義，這種用法一直延續
到漢魏六朝……『敢』用作反詰副詞，唐五代仍見其例。」〔註60〕

「敢」義為「豈敢，不敢」，這是古人的一種習慣用法，實際上，直到近代
漢語中還有出現，如蘇軾《上神宗皇帝書》：「物議既允，臣敢有詞？」清代孔
尚任《桃花扇·設朝》：「蒙恩攜帶，得有今日，敢不遵諭？」清代張雲璈《選

〔註59〕此例轉引自陳秀蘭《魏晉南北朝文與漢文佛典的極度副詞研究》，《語言科學》2004
年第 2 期。

〔註60〕劉堅、曹廣順、吳福祥《論誘發漢語詞彙語法化的若干因素》，《中國語文》1995 年
第 3 期。

學膠言》之一二知豈知條釋樂府「枯桑知天風，海水知天寒」句云：「五臣注，知猶言豈知也。枯桑無枝則不知天風，海水不凍則不知天寒」，「此猶豈不之言不，勿如之言如，不敢之言敢，古人語往往如是。」〔註61〕

張誼生認為「不敢」義是一種句式義，脫離了反詰句就會隨之消失。然而，由於帶「敢」的反詰句十分常用，久而久之，這種句式義也就被「敢」吸收了，成了「敢」的一個義項〔註62〕。《太平經》中這種現象多有所見，然而《注譯》和《今譯》都沒有認識到這種情況，有很多地方誤認為「敢」即今天的「敢於」，筆者所列諸例二書都釋作「敢（於）」。

《太平經》中的「敢不」一詞，《正讀》釋為「哪敢不」，《注譯》和《全譯》釋作「不得不」，比較而言，《正讀》之釋義更勝，《大詞典》中「敢不」一詞失收「哪敢不，不敢不」這一義項，當補。

【不置】

「是故邪氣日多，還攻害其主也，習得食隨生人行不置也。」（卷36／事死不得過生法／p52）「一者，其道要正當以守一始起也，守一不置，其人日明乎，大迷解矣。」（卷 39／解師策書訣／p64）「精明人者，心也。念而不置者，意也，脾也。」（卷96／忍辱象天地至誠與神相應大戒／p426）「故後世讀吾文書，從上到下，盡覩其要意義而行者，萬不失一也。守之不置，自然畢也。專心善意，乃與神交結也。」（卷98 神司人守本陰祐訣／p440）「天使人為善，故生之，而反為惡。故使主惡之鬼久隨之不解，有解不止，餘鬼上之，輒生其事，故使隨人不置也。」（卷110 大功益年書出歲月戒／p526）

不置，不止。方一新、王雲路已揭之〔註63〕，該詞最早可上溯至《晏子春秋》卷六：「嬰非有異於人也，常為而不置，常行而不休者，故難及也。」後世用例如三國魏嵇康《與山巨源絕交書》：「足下若嬲之不置，不過欲為官得人，以益時用耳。」《新唐書·狄仁傑傳》：「為兒時，門人有被害者，吏就詰，眾爭辨對，仁傑誦書不置。」

〔註61〕轉引自周一良《魏晉南北朝史札記·〈三國志〉札記》，中華書局，1985 年，17 頁。
〔註62〕張誼生《論與漢語副詞相關的虛化機制——兼論現代漢語副詞的分類、性質與範圍》，《中國語文》2000 年第 1 期。
〔註63〕王雲路、方一新《中古漢語語詞例釋》，71～72 頁；又見於《中古漢語讀本》（修訂本），354 頁。

【過差】

「凡天下之事，各從其類，毛髮之間，無有過差。」（卷 101／西壁圖／p458）「故復思念，不失我心，切怛恐怖，不敢自安。舍氣而行，常自戀慕，貪與天地四時五行共承統而行，不敢有小過差。」（卷 110／大功益年書出歲月戒／p529）

過差，謬誤，過失。同義複詞，習見於漢魏六朝史書及其他雜書，郭在貽已發之，舉《三國志》、《後漢書》、《抱朴子內篇》例〔註64〕。本經共 2 見。實則此詞最早可追溯至戰國楚宋玉《登徒子好色賦》：「目欲其顏，心顧其義，揚詩守禮，終不過差，故足稱也。」後世沿用，《陳書・陸山才傳》：「坐侍宴與蔡景歷言語過差，為有司所奏，免官。」宋司馬光《進士策問》之二：「夫唐堯聖人之盛者，舉事興為，豈容過差，顧後之學者不能辨明耳。」

【甲（乙丙丁）】

「人大忿忿怒，乃忿甲善人，不避之，反賊害乙丙丁。今乙丙丁何過邪。」（卷 92／万二千国始火始气訣／P370）

甲乙丙丁，代詞，是一種寓名，指代失傳、虛構或不欲明言的人名。「『甲乙』用來稱代不實指者，猶今言『張三李四』。多分言『甲』、『乙』或『某甲』。」〔註65〕郭在貽進一步指出：「用干支字作為寓名，漢時已見之，如《漢書》卷五十二《竇田灌韓傳第二十二》：『獄吏田甲辱安國』楊樹達曰：『不知其名，故云甲，與五十九卷《張湯傳》田甲同。』下至唐代，此種用法尤為多見，如敦煌變文中常見之『某甲』『某乙』『乙』等，即是其例。」〔註66〕

這種用法其實還可向上追溯，睡虎地秦墓竹簡《封診式・告子》：「某里士五（伍）甲告曰：『甲親子同里士五（伍）丙不孝，謁殺，敢告。』」再比如《韓非子・用人》：「罪生甲，禍歸乙，伏怨乃結。」《史記・萬石張叔列傳》：「奮長子建，次子甲，次子乙，次子慶，皆以馴行孝謹，官皆至二千石。」張守節正義引顏師古曰：「史失其名，故云甲、乙耳，非其名也。」三國魏嵇康《聲無哀樂論》：「以甲賢而心愛，以乙愚而情憎。」

〔註64〕郭在貽《魏晉南北朝史書語詞札記》，《郭在貽文集》第三卷，中華書局，2002 年，31 頁。

〔註65〕王雲路、方一新《中古漢語語詞例釋》，213 頁。

〔註66〕郭在貽《魏晉南北朝史書詞語瑣記》，《郭在貽文集》第三卷，47 頁。

　　據馮利華博士考察，道經常用「王甲」稱代不實指之人，猶言某某，如「某郡縣鄉里正一弟子王甲年若干歲。」（《正一法文傳都功版儀》28／490b）且「王甲」常出現在奉請、上章等詣辭中。「某國號某年太歲某月朔日子王甲稽首奉辭詣某姓法師門下。」（《正一法文傳都功版儀》28／491a）「右據王甲墨辭及某洞男女官保舉，詣臣求受都功版署職，某既奉道勤誠，有心於法，請依科給授，謹狀。」（《正一法文傳都功版儀》28／491a）〔註67〕

　　「某甲」一詞，代指不確定人的姓名，也可自稱，學界已多有探討。〔註68〕其實，「某乙」在道書裡的用法，也值得關注。《上清黃書過度儀》使用尤為頻繁，遠遠高於其他中古道經，共 8 見，如：「臣妾今從師某乙乞丐，更相過度，共奉行道德，願為臣妾解除三官考逮，解脫羅網，徹除死籍，著名長生玉曆，過度九厄，乞為後世種民。」（32／737a）又：「次謝生相叉向寅言，甲寅道父十師言，向有男女生某甲，從臣某乙乞丐過度。弟子言，臣妾從師某乙乞丐更相過度。」（32／742a）

　　再如，《無上祕要》卷四十一《策杖品》：「某乙幸緣宿福，慶充後代，蒙真師成就，得受上經，謹奏金簡，記名青宮，乞賜編錄，掌付玉郎。」（25／138b）《赤松子章曆》卷五：「謹有某官某乙，年若干歲，某月日生，貫某州縣鄉里，某為戶頭，即日叩頭，稽首自列詞狀，素以胎誕，千生慶幸，得奉大道，荷恩資育，得見今日。」（11／219a）卷六：「謹按文書，某乙素以下官子孫，運會有年，遭逢大化，操信制屬，以自保治，蒙恩覆蓋，大小慶慰。」（11／226a）《老君音誦誡經》：「男官甲乙，今日時燒香，願言上啟。便以手捻香著爐中，口並言：願甲乙以年七以來過罪得除，長生延年。復上香，願言：某乙三宗五祖、七世父母、前亡後死，免離苦難，得在安樂之處。」（18／214a）《正一法文修真旨要》：「男女生某乙，年若干歲，某月日時生，今身患某疾病，請臣救治。」（32／578b）《正一法文傳都功版儀》：「某國號某年太歲，某月日，於某郡縣鄉里，觀中白板係天師若干世某乙，非天師子孫云某治某乙。」（28／490c）

〔註67〕馮利華《中古道書語言研究》，25～26 頁。

〔註68〕周作明、俞理明《東晉南北朝道經名物詞新質研究》，中國社會科學出版社，2015年，60 頁。又，陳曉強《敦煌契約文書語言研究》，人民出版社，2012 年，125頁。

【掠治】

「惡人早死，地下掠治，責其所不當為。」（卷 114 / 不孝不可久生誡 / p598〜599）「精魂拘閉，問生時所為，辭語不同，復見掠治，魂神苦極，是誰之過乎？」（卷 114 / 不用書言命不全訣 / p615）「君得賤書，默召其主，為置證左，使不得扺。罪定送獄，掠治首臧。人復言之，並加其罪。」（卷 114 / 不承天書言病當解謫誡 / p622）

掠治，拷打訊問。掠，拷打；拷問。《禮記·月令》：「〔仲春之月〕命有司省囹圄，去桎梏，毋肆掠，止獄訟。」鄭玄注：「掠，謂捶治人。」《後漢書·章帝紀》：「《律》云：『掠者唯得榜、笞立。』」李賢注引《蒼頡篇》：「掠，問也。」宋洪邁《夷堅甲志·太山府君》：「首錄置獄中，數日掠死，其家乞收葬，不許。」清俞樾《茶香室三鈔·劉僧遇》：「直杖李俊，執杖不敢決。既而輕拂掠之，皮亦不傷。」

「掠治」西漢已肇其端，《史記·酷吏列傳》：「還而鼠盜肉，其父怒，笞湯。湯掘窟得盜鼠及餘肉，劾鼠掠治。」後代行用，《漢書·陳咸傳》：「於是石顯微伺知之，白奏咸漏泄省中語，下獄掠治。」宋葉適《鄭仲酉墓誌銘》：「茅告趙，謂為謀殺之也，掠治不勝痛，自誣服，將抵死。」

【一二】

「吾但見真人常樂助有德之君，欲報天重功，故一二言之耳。」（卷 48 / 三合相通訣 / p152）「不敢不詳，天道致重，師敕致嚴，故敢不一二問之也。」（卷 66 / 三五優劣訣 / p239）「天上地下，絕洞八極及星宿羅列，悉一二說，周流天道微妙，或人反眩，不知所之，後令真道絕不用，無以解古汙災，復令上愁焉。」（卷 69 / 天讖支干相配法 / p273）「子安坐詳聽之，為子一二分別道其至意。」（卷 116 / 某訣 / p635）「欲為真人分別一二而陳道之，真人會不而知之耳。」（卷 117 / 天樂得善人文付火君訣 / p654）

一二，一一，逐一。《中古漢語語詞例釋》指出：「『一二』為中古習語，辭書亦收，然所引漢魏六朝用例甚少。」〔註69〕《太平經》用例可為補。該詞源頭可上溯至西漢桓寬《鹽鉄論》：「車馬衣服之用，妻子僕養之費，量入為出，儉節以居之，奉祿賞賜，一二籌策之，積浸以致富成業。」

〔註69〕王雲路、方一新《中古漢語語詞例釋》，434 頁。

【報施】

「以是益復感傷憂心，不敢自解，而望報施之意。」（卷110／大功益年書出歲月戒／p537）「宜復各修身正行，無忘天之所施。宜置心念，報施大恩，乃為易行改志。」（卷114／見誠不觸惡訣／p602）「惟世俗之人，各不順孝，反叛為逆，競行為不忠無信之行，而反無報施之義，自以成人，久在地上也。」（卷114／不可不祠訣／p603）「是布恩施惠民，非乎？奈何天所施而不求報乎？天何時當求報施乎？但平民受大恩而不歸相謝，故求之耳。」（卷114／大壽誡／p616）

「報施」，語出《左傳·僖公二十四年》：「報者倦矣，施者未厭。」杜預注：「施，功勞也，有勞則望報過甚。」後以「報施」謂報答；賜予。其他文獻用例如《史記·伯夷列傳》：「天之報施善人，其何如哉？」《後漢書·西南夷傳·筰都》：「蠻夷貧薄，無所報嗣。願主長壽，子孫昌熾。」唐柳宗元《睢陽廟碑》：「恩加而感，則報施之常道。」《明史·貴州土司傳·貴陽》：「自是每歲貢獻不絕，報施之隆，亦非他土司所敢望也。」

第三節　出自現實語言的口語成分

《太平經》中有一些詞語，其意義或用法在較早的前代典籍中沒有用例，但是在同時代或時間上略早的文獻，尤其是口語色彩比較濃厚的文獻中，却可以找到用例，這部分詞語我們可以斷定與現實口語基本一致，亦即這些詞語是當時的口語詞。

【不安】

「日夜羸劣，飯食復少，不能消盡穀，五臟不安，脾為不磨，是正在不全之部。短氣，飯食不下，家室視之，名為難活。」[註70]（卷114／大壽誡／p617）

不安，不適，不舒服，有病。方一新、王雲路將該詞語源追溯至《禮記·文王世子》：「文王之為世子，朝於王季日三。雞初鳴而衣服，至於寢門外，問內豎之御者曰：『今日安否何如？』內豎曰：『安。』文王乃喜。乃日中又至，

〔註70〕此句標點從《正讀》。

亦如之；及莫又至，亦如之。其有不安節，則內豎以告文王。」〔註71〕。其他東漢用例如《漢書・外戚傳》：「光欲皇后擅寵有子，帝時體不安，左右及醫皆阿意，言宜禁內，雖宮人使令皆為窮褲，多其帶，後宮莫有進者。」《東觀漢記・馬皇后傳》：「後嘗有不安，時在敬法殿東廂，上令太夫人及兄弟得入見。」後世沿用，唐元結《與瀼溪鄰里》詩：「我嘗有不安，鄰里能相存。」宋王讜《唐語林・棲逸》：「〔和尚〕常恐尊體有所不安，中夜思之，實懷憂戀。」

【不大】

「真人知心痛，將且生活矣。若忽然不大覺悟，子死不久也。」（卷67 / 六罪十治訣 / p252）「子或懷狐疑，以吾言不大誠信者，吾文但以試為真。」（卷67 / 六罪十治訣 / p255）「是故治邪法，道人病不大多。」（卷72 齋戒思神救死訣 / p294）「諸神皆懷懼而言，本素不知此人來，恐不大精實。且各消息其意，不知天君聞之。」（卷114 / 有功天君勑進訣 / p611）

不大，猶「不太」，不很，不甚。「不大」是現代漢語口語中一個極其常用的口語詞，東漢時期開始出現。再如支婁迦讖譯《道行般若經》卷2：「譬如比丘得禪，從禪覺軟，心不大思食，自軟美飽，如是拘翼。善男子善女人，覺已不大思食，自想身軟美飽。」（8 / 435b）又同經卷8：「菩薩離薩芸若遠離遠，亦不大遠。」（8 / 464b）支婁迦讖譯《般舟三昧經》卷2：「不惜軀命，不望人有所得者，有人稱譽者不用喜，不大貪缽震越，無所愛慕，常無所欲。」（13 / 909c）

後世多見，如《南史・王敬則傳》：「敬則雖不大識書，而性甚警黠。」《中古漢語語詞例釋》論之甚詳，可參〔註72〕。

【不及】

「今意極訖，不知所當復問。唯天師更開示其所不及也。」（卷35 / 分別貧富法 / p29）「凡人所不及也，事無大小，不可強知也，及之無難，不及無易也。」（卷36 / 守三實法 / p42～43）「子尚自言不及，何言俗夫之人失計哉？其不及乎是也。」（卷36 / 三急吉凶法 / p47）「響不及天師力問，不得知之也。」（卷88 / 作來善宅法 / p335）「今不及天師力問諸疑，恐終古蒙昧，不

〔註71〕方一新、王雲路《中古漢語讀本》（修訂本），7頁。
〔註72〕王雲路、方一新《中古漢語語詞例釋》，52～53頁。

復開通，無以得知之也。」（卷 98／神司人守本陰祐訣／p439）

不及，不知道，不理解。吳金華〔註73〕、王雲路〔註74〕、胡敕瑞〔註75〕都曾先後論及該詞，它是一個東漢新興的口語詞，《論衡》與東漢佛典皆見，魏晉口語也多有用例，是中古時期比較活躍的俗語詞，具有濃鬱的時代特色。《後漢書》卷四十五《袁張韓周列傳》：「臣實愚惷，不及大體，以為竇氏雖伏厥辜，而罪刑未著，後世不見其事，但聞其誅，非所以垂示國典，貽之將來。」用例頗多，茲不贅述。

「不安」、「不大」、「不及」都是口語色彩濃厚的詞語，這種結構在上古漢語中並不多見，相反，作為一部帶有較強口語色彩的道教經籍，《太平經》中有很多這種反面擴充而成的詞語，另外還有「不解」、「不悅」、「不樂」、「不直」、「無異」、「無訾」等。

關於這種現象，胡敕瑞在研究《論衡》與佛典詞語時也發現了類似狀況，他指出，《論衡》與佛典狀中型偏正式新興雙音詞數量不多，但兩者有一個共同特點就是用「不～」、「無～」、「非～」等構成的詞增多，如「不滿」、「不世」、「不偶（不幸）」、「不雙」、「不須」、「不嗇」、「不審」、「無為」、「無比」、「非一」、「非凡」等。佛典不同於《論衡》的地方是出現了更多「不～」結構的詞語，如「不大」即「小」，「不好」即坏或惡，「不少」即「多」，「不小」即「多」，這些詞語帶有很濃的口語色彩，在先秦是不多見的。〔註76〕

【不磨】

「日夜羸劣，飯食復少，不能消盡穀，五臟不安，脾為不磨，是正在不全之部。短氣，飯食不下，家室視之，名為難活。」〔註77〕（卷 114／大壽誡／p617）

〔註73〕吳金華《世說新語考釋》，220 頁。
〔註74〕王雲路《〈太平經〉語詞詮釋》，《語言研究》1995 年第 1 期。
〔註75〕胡敕瑞《〈論衡〉與東漢佛典詞語比較研究》，139 頁。
〔註76〕參見胡敕瑞《〈論衡〉與東漢佛典詞語比較研究》，50 頁。另外，書中還以「不世」為例詳細分析了這類詞語產生並被接受的動因，即「『不世』之所以能凝固成詞，可能與東漢時代反面擴充詞語大量產生有關。由於『非一』、『不同』、『不少』、『無數』等否定性詞語的大量出現，使『不世』的形式易於接受。一大批由否定詞構成的虛詞如『不必』、『未必』、『不須』、『未曾』等也在這一個時期形成或定型。」（詳見該書 132 頁。）
〔註77〕標點從《正讀》。

不磨，脾的一種病症，特指脾不能磨碎食物，導致不消化。《呂氏春秋·誠廉》：「丹可磨也」高誘注：「磨，猶化也。」東漢張仲景《金匱要略·嘔吐噦下利病脈證並治第十七》：「趺陽脈浮而濇，浮則為虛，濇則傷脾，脾傷則不磨，朝食暮吐，暮食朝吐，宿穀不化，名曰胃反，脈緊而濇，其病難治。」西晉王叔和《脈經》卷第四《平雜病脈第二》：「浮滑而疾者，食不消，脾不磨。」

磨，本為一種用兩個圓石盤做成的可用來弄碎糧食的工具，而人的脾臟，其功能猶如磨一樣，也是來磨碎人吃的東西，幫助消化，故而脾臟不能正常運行，不能磨碎食物可稱之為「不磨」。唐丘光庭《兼明書》卷五「脾磨」條論之甚詳：「世上醫人見人病不能飲食，即云『脾不磨』者。明曰：『按鳧、鶩、鵝、雞之類，口無牙齒，不能噍嚼，須脾磨之，然後能消，故其脾皮悉皆堅厚。若人則異畜獸，既有齒牙能嚼食物，故脾皆虛軟，惟用氣化耳。病人脾胃氣弱，即不能化食，非不磨也。《家語》云：『齕吞者八竅而卵生，齟齬者九竅而胎生』。胎卵既殊，脾胃亦別。而醫人不喻斯理，一概而言，歷代雖多，曾無悟者。』」後世醫書多有記載，元朱丹溪《局方發揮》：「其有胃熱易饑，急於得食，脾傷不磨，鬱積成痛。」《素問·氣厥論篇第三十七》明張志聰注曰：「太陰濕土主氣不能制水，而反受濕熱相乘，脾氣虛傷則不能磨運水穀，而為腸澼下利，穀氣已絕，故為不治之死證。」明李梴編撰《醫學入門》：「經曰：二陽之病發心脾，有不得隱曲，女子不月，原因心事不足，以致脾不磨食，故肺金失養而氣滯不行，腎水不旺而血益日枯。」

後世道經中亦見，如宋張君房《雲笈七籤》卷十一《三洞經教部·脾部章第十三》：「脾為五臟之樞，脾磨食消，性氣乃全。」《雲笈七籤》卷十四《三洞經教部·脾臟圖》：「脾合乎太陰，脾連胃，上主於口，消穀之腑，如磨之轉，化生而入熟也。食不消者，脾不轉也，食堅硬之物，磨之不化也。」

【丁寧】

「愚生蒙恩，已大解，今問無足時，唯天師丁寧重戒之。」（卷37／試文書大信法／p56）「今子得書，何不詳結心意，丁寧思之，幽室閑處。」（卷44／案書明刑德法／p109）「雖然可知矣，見明師比言，大迷惑已解，唯加不得已，願復丁寧之。」（卷55／力行博學訣／p208）「治樂欲無事，慎無失此，此以繩

正賢者。今重丁寧以曉子。」（卷 68 / 戒六子訣 / p258）「今故風諸真人，教其丁寧，勅此行書之事。」（卷 86 / 來善集三道文書訣 / p316）「天欲使真人丁寧此事，故以此氣動感真人也。」（卷 86 / 來善集三道文書訣 / p317）

丁寧，囑咐，告誡。為東漢新產生的口語用法。《詩・小雅・采薇》「曰歸曰歸，歲亦莫止」漢鄭玄箋：「丁寧歸期，定其心也。」《漢書・谷永傳》：「二者（日食、地震）同日俱發，以丁寧陛下，厥咎不遠，宜厚求諸身。」顏師古注：「丁寧，謂再三告示也。」東漢碑刻亦見使用，「繆君性清儉醇，□□□捨，棺賕掩身，衣服因故，□□□□之物，亦不得葬，丁寧夫人，勿（有）□□，瓦為藏器，不飾雕文，遂令順□，安郭無珍。」（繆紆墓誌）〔註78〕後代仍見，如宋陳與義《遙碧軒作呈使君少隱時欲赴召》詩：「丁寧雲雨莫作厄，明日青山當逐客。」清納蘭性德《為友人賦》之五：「皚皚自許人如雪，何必丁寧繫臂紗。」

【及以】

「醫巫神家，但欲得人錢，為言可愈，多徵肥美及以酒脯，呼召大神，從其寄精神，致當脫汝死。」（卷 114 / 病歸天有費訣 / p620）

及以，猶以及。同義並列複詞。趙誠指出，「以」在甲骨文中就可作並列連詞用。在先秦典籍中，「以」作並列連詞是其常見用法之一〔註79〕。曾良《敦煌文獻字義通釋》論證「以」有「與」義時舉《莊子・秋水》例〔註80〕。

《大詞典》始見例為《百喻經・治鞭瘡喻》：「我欲觀於五色，及以五欲，未見不淨，反為女色之所惑亂。」蔣禮鴻認為「及以」是個與類連詞，義同與〔註81〕；《中古漢語語詞例釋》〔註82〕、《中古漢語讀本》〔註83〕指出：「及以：以及，和，連詞。」上述三書所舉例子都是三國魏晉時期的；《中古虛詞語法例

〔註78〕 此例轉引自劉志生《東漢碑刻複音詞研究》，華東師範大學 2005 年博士學位論文，188～189 頁。
〔註79〕 趙誠《甲骨文虛詞探索》，收入《古代文字音韻論文集》，中華書局，1991 年，166 頁。
〔註80〕 《莊子・秋水》：「井蛙不可以語於海者，拘於虛也；夏蟲不可以語於冰者，篤於時也；曲士不可以語於道者，束於教也。今爾出於崖涘，觀於大海，乃知爾醜，爾將可與語大理矣。」（曾良《敦煌文獻字義通釋》，廈門大學出版社，2001 年，63 頁。）
〔註81〕 蔣禮鴻《敦煌變文字義通釋》（增補定本），上海古籍出版社，1997 年新 3 版，440 頁。
〔註82〕 王雲路、方一新《中古漢語語詞例釋》，205～206 頁。
〔註83〕 方一新、王雲路《中古漢語讀本》（修訂本），100 頁。

釋》〔註84〕所舉例證皆出自魏晉南北朝譯經，諸書例證皆嫌晚。其實「及以」東漢時期已經萌芽，是一個口語性色彩較強的新詞，不過用例還比較少。《太平經》僅一見，東漢譯經亦見，如安玄譯《法鏡經》卷1：「斯經法名為居家去家之變奉持之，亦名為內性德之變奉持之，亦名為甚所問奉持之，及以聞此經法者，阿難為周滿法精進殊強。」（12／22b）三國魏晉譯經中多有所見。曾曉潔指出，在隋以前漢譯佛經中「以」跟「及」同義複合成一對同素逆構成詞「以及」和「及以」。「以及」只出現了2次，均表示所連接的事物可以分為兩類，如「佛以及非佛」、「作以及不作」。「及以」出現的次數卻極多，並可連接三個被連接項，作多合連詞用〔註85〕。

【可意】

「視其試書，不用其言，自快可意而行，是為人非乎？」（卷114／見誠不觸惡訣／p601）「所說所道，未曾有小善，有惡之辭，而反常懷無恩貸之施，自盜可意而行，不念語後有患苦哉？此子不是在世間，無宜少信，彊愚自以得人心意。其念出言，不可採取，難以為師法，無所畏忌，而功犯非歷邪，自以可意，不計其命，不見久全。」（卷114／不可不祠訣／p603）「令世俗人亦自薄恩，復少義理。當前可意，各不惜其壽。」（卷114／不承天書言病當解謫誡／p624）

可意，合意；如意。本經共4見，是一個東漢已降的新興口語詞。中古史書習見，如《漢書・陳湯傳》：「武帝時，工楊光以所作數可意，自致將作大匠。」《三國志・魏書・司馬芝傳》：「芝性亮直，不矜廉隅。與賓客談論，有不可意，便面折其短，退無異言。」《宋書・范曄傳》：「本未關史書，政恆覺其不可解耳。既造《後漢》，轉得統緒，詳觀古今著述及評論，殆少可意者。」近代漢語襲用，唐釋道世《法苑珠林》卷九十七：「彼於爾時便自聞有寂靜美妙可意音聲。」

【何所】

「請問重復之字何所主，主導正，導正開神為思之也。」（卷92／洞極上

〔註84〕董志翹、蔡鏡浩《中古虛詞語法例釋》，262～263頁。
〔註85〕曾曉潔《隋以前漢譯佛經中的複音連詞研究》，湖南師範大學2003年碩士學位論文，5頁。

平氣無蟲重複字訣／p380）「上有占人，具知是非，何所隱匿，何所有不信者也？」（卷110／大功益年書出歲月戒／p524）「人何為不欲生乎？人無所照見乃如是，何所怨咎乎？」（卷110／大功益年書出歲月戒／p526）「大神所道乃如是，何敢有懈慢之意乎？是為活生之意，蒙寵如是，不知何所用報大神恩也。」（卷110／大功益年書出歲月戒／p540）

「何所」即什麼；為何，怎麼。《太平經》中多見，「『何所』來源於固定詞組『何所……』，二字本來不是同一語法層次上的成分，因長期連用，遂成一詞，在句中意義與何相當。由於來源的關係，『何所』作賓語以前置為常。」〔註86〕「『何所』的上述用法，與漢代常用的『何等』完全一致。」〔註87〕盧烈紅認為：「『何等』、『何所』、『云何』都是西漢新產生的疑問代詞，但當時用例不多……東漢的《漢書》、《論衡》兩部中土文獻中，這三個詞用例仍偏少。」〔註88〕盧文沒有統計《太平經》這部重要的中土文獻，其實該書中此詞用例頗多。

【何等】

「今民間時相謂為富家，何等也？是者但俗人妄語耳，富之為言者，迺悉備足也。」（卷35／分別貧富法／p32）「愚生受書眾多，大眩童蒙，不知當復問何等哉？唯天明師，悉具陳列其誠。」（卷35／分別貧富法／p33）「人生於天地之間，其本與生時異事，不知其所職者何等也？」（卷36／事死不得過生法／p53）「行，今疾言之，吾發已有日矣，所問何等事也？」（卷46／道無價却夷狄法／p126）「故聖人文前後為天談語，為天言事也。言談皆何等事也？」（卷53／分別四治法／p200）「當此之時，耳目為之眩瞑無覩，俱怪而相從議之，不知其為何等大駭驚怖，唯天師為愚生說之。」（卷86／來善集三道文書訣／p316）「今六真人俱歸慕思，惟天師使長吏民間，共記災異變怪，皆當共記何等者哉？」（卷86／來善集三道文書訣／p323）「當冤何等人哉？皆當冤之何也？」（卷90／冤流災求奇方訣／p340）「願聞之，然天上當於何極，上復有何等而中得止極乎？地下當於何極，下復有何等，於何得中止而言極乎？」（卷93／國不可勝

〔註86〕俞理明《佛經文獻語言》，巴蜀書社，1993年，145頁。
〔註87〕俞理明《佛經文獻語言》，147頁。
〔註88〕盧烈紅《佛教文獻中「何」係疑問代詞的興替演變》，《語言學論叢》（第三十一輯），商務印書館，2005年，244頁。

數訣／p395）「請問瑞者，何等之名字也？」（卷108／瑞議訓訣／p512）「請問六洞八方之事，最何等者為吉善，最何等者為凶惡？」（卷116／某訣／p636）

何等，謂什麼。漢魏六朝習用語，是一個漢代始見的口語詞。本經中極為常見，多作「什麼」講〔註89〕，亦有個別意義微別者，如：「事陰過陽，事下過上，此過之大者也。極於此，何等迺言微乎？」（卷36／事死不得過生法／p49）此例中「何等」表反問，義為怎麼〔註90〕。再如「今一家有何等富哉？真人其好隨俗人妄言邪？」（卷35／分別貧富法／p32）此例中「何等」詢問程度，義為多麼。

「『何等』本是一個詞組，『何』是疑問代詞，『等』有『等類』的意思，『何等』就是『何類』、『哪一類』之義，後來，『等』的『等類』義虛化，遂凝固成一個疑問代詞，這一現象，在漢代即已出現。」〔註91〕對於如此常用的一個口語詞，大型辭書認識卻有偏誤。汪維輝曾指出：「『何等』在唐前的主要意義是『什麼』，徐震堮先生說『何等』與『何』同，至確。而《大詞典》卻釋作『什麼樣的』，細分為三種用法：『（1）用於表示疑問。（2）用以指不確定的事物。（3）表示不滿或鄙視。』其實從所舉的例證來看，這三種用法的『何等』都相當於今天的『什麼』，而不是『什麼樣的』……就筆者所接觸到的材料看，漢魏六朝隋唐時期的『何等』作『什麼』講的是常義。」〔註92〕俞理明認為「何等」又略作「等」，如本經「其罪過不可名字也，真人乃言何一重者，等也？」（卷67／六罪十治訣／p257）「今當名天師所作道德書字為等哉？」（卷41／件古文名書訣／p87）〔註93〕

中古以降文獻中多見，《論衡·道虛》：「所謂尸解者，何等也？謂身死精神

〔註89〕王敏紅（2007）指出：「『何等』有32例，表示「什麼樣的」，是漢代產生的新詞；『云何』有39例，表示『怎麼樣』，是漢代產生的新義。『何等』、『云何』都是六朝時的常用語。」（《〈太平經〉疑問句研究》，《古漢語研究》2007年第3期）王文觀點似可商，參見下文汪維輝先生的意見。

〔註90〕方一新、王雲路（2006）把此例釋為「怎麼，表反問。」（見《中古漢語讀本》（修訂本），349頁）甚是。另，其他文獻中表「怎麼」義的如《史記·三王世家》：「王夫人曰：『陛下在，妾又何等可言者？』」（轉引自董志翹、蔡鏡浩《中古虛詞語法例釋》，228頁。）

〔註91〕董志翹、蔡鏡浩《中古虛詞語法例釋》，228頁。

〔註92〕汪維輝《〈漢語大詞典〉一、二、三卷讀後》，原載《中國語文》1991年第4期，又收入其所著《漢語詞彙史新探》，上海人民出版社，2007年，80頁。

〔註93〕俞理明《漢魏六朝的疑問代詞「那」及其他》，《古漢語研究》1989年第3期。

去乎，謂身不死得免去皮膚也。」漢荀悅《漢紀·成帝紀三》：「或問溫室中樹皆何等木？光默然不應。」《三國志·魏書·呂布傳》「布欲降」裴松之注引三國吳袁曄《獻帝春秋》：「〔布〕曰：『卿曹無相困，我當自首明公。』陳宮曰：『逆賊曹操，何等明公！今日降之，若卵投石，豈可得全也！』」《後漢書·宦者傳·孫程》：「鎮即下車，持節詔之。景曰：『何等詔！』因斫鎮，不中。」

【慎勿】

「行去，名此為真券，慎勿遺，無投於下方，以為訣策書章。」（卷 39／真券訣／p71）「德君明師告之，以威為嚴，所告悉愈為有，所覩見神靈，慎勿道之。」（卷 92／洞極上平氣無蟲重複字訣／p381）「愛之慎之念之，慎勿加所不當為而枉人，侵剋非有。」（卷 112／有過死謫作河梁誡／p576）「各為身計，行宜人人有知，無有過負於天，錄籍所宜，慎勿彊索，索之無益。」（卷 112／有過死謫作河梁誡／p577）

慎勿，切勿，千萬不要。經中內容多為六方真人向天師請教問題，天師告訴六方真人什麼事情可以做，什麼事情絕對不可以做，故用「慎勿」表示嚴正的告誡。本經共 6 見，《大詞典》失收。周俊勳認為「慎勿」是一個跨層結構的組合，屬於不規則構詞的一種〔註 94〕。

中古文獻習見，《三國志·魏書·明帝紀第三》：「卿來相就，當明孤意，慎勿令家人繽紛道路，以親駭篤也。」北齊魏收《魏書·列傳第四十六·楊播》：「又列人事，亦何容易，縱被瞋責，慎勿輕言。」梁蕭子顯《南齊書·本紀第三·武帝》：「我靈上慎勿以牲為祭，唯設餅、茶飲、乾飯、酒脯而已。」

近代漢語繼續行用，唐房玄齡等《晉書·列傳第六十五》：「將行，謂其妹曰：『此行也，死自吾分，後慎勿紛紜。』」白居易《井底引銀瓶》：「寄言癡小人家女，慎勿將身輕許人。」宋張君房《雲笈七籤》卷三十六《雜修攝·攝生月令》：「夫人食，慎勿慍怒，勿臨食上說不祥之事，勿吞咽忽逐，必須調理安詳而後食。」又，卷四十四《存思·太一帝君太丹隱書一名〈太一別訣〉》：「子若思存，念之慎勿忘，可以辟死求生，上超十方。」《太平廣記》卷第十三《神仙十三》「尹軌」條：「與之，告曰：『吾念汝貧困，不能營葬，故以拯救。慎勿多言也。』」該詞經常出現在對話中，是一個東漢開始出現的口語詞。

〔註 94〕周俊勳《魏晉南北朝志怪小說詞彙研究》，巴蜀書社，2006 年，203 頁。

【消息】

「從今以來,當詳消息,善惡分別,念中何行者,自從便安,天不逆人所為也。念之復念,不順作逆,而求久生。」(卷 114／見誠不觸惡訣／p601)「諸神皆懷懼而言,本素不知此人來,恐不大精實。且各消息其意,不知天君聞之。」(卷 114／有功天君勑進訣／p611)「春秋節臘,輒奉天報恩,既不解,努力為善,自得其福。行慎所言,復自消息。天神常在人邊,不可狂言。」(卷 114／大壽誠／p618～619)

消息,仔細斟酌,仔細考慮。乃東漢新生口語詞,後代沿用不絕,如《齊民要術》卷七《笨麴並酒》:「大率用水多少,酘米之節,略準春酒,而須以意消息之。」《水經注》卷 13:「此水炎熱,倍甚諸湯,下足便爛。人體療疾者,要須別引,消息用之耳。」上面所舉卷 114《不可不祠訣》中的「消息」,《今譯》1379 頁和《注譯》993 頁都釋作「揣摩進退」,不甚妥帖。還沒有完全擺脫「消息」之「進退消長」義的干擾影響,其實釋作「揣摩」,義已足。

「消息」在《太平經》中還有一個義項,即音信,信息。如「家少財物,賕恭溫柔而已,數問消息,知其安危,是善之善也。隣里近親,盡愛象之,成善之行。」(卷 114／為父母不易訣／p626)「音信,消息」義是東漢時期的新義,再如漢蔡琰《悲憤詩》:「迎問其消息,輒復非鄉里。」唐代仍見使用,如劉餗《隋唐嘉話》卷上:「人言陛下欲幸山南,在外悉裝了,而竟不行,因何有此消息?」

【咒(呪)詛】

「後為人所語,輕口罵詈,咒詛不道,詐偽誹謗,盜人婦女,日夜司候。」(卷 112／衣履欲好誡／p580)「見比隣老人,犯倨不起;閉人婦女,議相刑,別其醜好。此為惡人,無所事作。端仰成事,口罵呪詛,以地無神,更相案舉,自可而行。」(卷 114／不承天書言病當解謫誡／p623～624)「如過負輒白司官,司官白於太陰。太陰之吏取召家先,去人考掠治之。令歸家言,咒詛逋負,被過行作,無有休止,故遣病人。」(卷 114／不承天書言病當解謫誡／p624)

「『呪』與『咒』同,移易部件而已,今用『咒』而古行『呪』。」[註95]咒

〔註95〕黃征《敦煌願文續雜考》,載郝春文主編《敦煌文獻論集:紀念敦煌藏經洞發現一

詛，原指祈禱鬼神加禍於所恨的人，《宋書·列傳第五十九》：「上驚惋，即遣收鸚鵡，封籍其家，得劭、濬書數百紙，皆咒詛巫蠱之言，得所埋上形像于宮內。」《宋書·志第十六》：「三十年，太子巫蠱咒詛事覺，遂殺害朝臣。」《魏書·列傳第八十五》：「是年，義隆太子劭及始興王休明令女巫嚴道育咒詛義隆，事發，義隆憤愧自失，廢於政事。」

後泛指咒罵，是「詛咒」的同素異序形式。本經共 3 見。中古文獻習見，《宋書·列傳第十四》：「故毆傷咒詛，法所不原，罰之致盡，則理無可宥。」《魏書·列傳第三十四》：「興光初，瑾女婿鬱林公司馬彌陀以選尚臨涇公主，瑾教彌陀辭託，有誹謗咒詛之言，與彌陀同誅。」唐釋道宣《廣弘明集》卷第十二《辯惑篇第二之八》：「罵詈極其醜氣，咒詛窮其惡言，誹謗弗忌殃疣，譏毀甯計罪福。」《太平廣記》卷第一百九《報應八（法華經）》「趙泰」條：「此人咒詛罵詈，奪人財物，假傷良善。」《大詞典》此詞失收。

【自分】

生言：「自分不知所奉上，雖自天有珍奇可好者，思復上之，見勅發憤想念，是為可誠受，是言非口辭相報有文也，誠日夜惟思，不敢有解。」（卷 110／大功益年書出歲月戒／p530）生言：「自分當戒也，法律雖同，而用心少得其意也，天心難知其訣。」（卷 110／大功益年書出歲月戒／p538）生言：「自分不知戒文也。而被大神恩貸，教之乃如是，何敢自息，而不進所知所言乎？唯大神錄前不耳。」（卷 111／有知人思慕與大神相見訣／p559）

分，意料；料想。晉袁宏《後漢紀·順帝紀》：「嬰雖為大賊起於狂暴，自分必及禍。」唐張漸《朗月行》：「去歲草始榮，與君新相知；今年花未落，誰分生別離。」宋張元幹《春光好》詞：「疏雨洗，細風吹，淡黃時。不分小亭芳草綠，映簷低。」

自分，自己料想；自己認為。該詞是東漢時期的新興口語詞，《漢書·蘇武傳》：「自分已死久矣，王必欲降武，請畢今日之歡，效死於前」。《風俗通義·十反·趙相汝南李統》：「久抱重疾，氣力羸露，耳聾目眩，守虛隕越，自分奄忽填壑，猥得承望闕廷，親見御座，不勝其喜。」〔註96〕六朝文獻多有使用，如

百週年國際學術研討會論文集》，遼寧人民出版社，2001 年。又載於其所著《敦煌語言文字學研究》，207 頁。

〔註96〕此二例轉引自王雲路、方一新《中古漢語語詞例釋》，489 頁。

劉宋傅亮《光世音應驗記》「呂竦」條：「自說其父嘗行溪中，去家十許里，日向暮，天忽風雨，晦冥如柒，不復知東西。自分覆溺，唯歸心光世音，且誦且念。」蕭齊陸杲《繫觀世音應驗記》「李儒」條：「儒因下，向燒澤，忽得見賊過。有一叢，入中隱藏，自分必死，存念益至。」

【擁護】

「見行有歲數，上竟榮簿有生名，可太上之意，能說其功行，助其不及，是亦神當所擁護也。」（卷 114 /九君太上親訣 / p596）

擁護，保護佑助。中古其他口語文獻亦見，《漢書・匈奴傳下》：「郅支單于自以道遠，又怨漢擁護呼韓邪，遣使上書求侍子。」《樂府詩集・相和歌辭九・清調曲二・董逃行五解》：「言五嶽之上，皆以黃金為宮闕，而多靈獸仙草，可以求長生不死之術，今天神擁護君上以壽考也。」《宋書・志第十一》：「陛下長生老壽，四面肅肅稽首，天神擁護左右，陛下長與天相保守。」

近代漢語中繼續使用，唐司空圖《障車文》：「教你喜氣揚揚，更叩頭神佛，擁護門戶吉昌。」《法苑珠林》卷第六十四：「彼摩訶薩擁護商客安隱度海，自還所住。」《雲笈七籤》卷四十三《老君存思圖十八篇并敍・坐朝存思第十》：「三業既定，眾災自消，人鬼敬伏，擁護去來，出入動靜，必保貞吉。」

【困】

「其次疾病多而不得常平平，忿然往學，可以止之者，勤能得復其故，已小困於病，病乃學，想能禁止之，已大病矣。其次大病劇，乃求索道術，可以自救者已死矣。」（卷 49 /急學真法 / p161）

困，病重〔註97〕。此用法最早萌芽於《史記・龜策列傳》：「今某病困。死，首上開，內外交駭，身節折；不死，首仰足肣。」西漢文獻罕見。中古以降口語文獻才開始多見，王充《論衡・解除》：「病人困篤，見鬼之至，性猛剛者，挺劍操杖，與鬼戰鬥。」《論衡・氣壽》：「虛居困劣，短氣而死。」《漢書・劉屈氂傳》：「太子既誅充發兵，宣言帝在甘泉病困，疑有變，奸臣欲作亂。」《三國志・魏書・管輅傳》：「廣平劉奉林婦病困，已買棺器。」《後漢書・衛颯傳》：

〔註97〕汪維輝（2006）指出「困」字在漢魏六朝唐宋時期有一個常用義位——「（病）重；（病）危」。除單用外，困又常跟劇、篤、危、重等字構成同義複詞困劇、困篤、困危、困重等。（汪維輝《論詞的時代性和地域性》，原載《語言研究》2006 年第 2 期，又收入《漢語詞彙史新探》，上海人民出版社，2007 年，49 頁。）

「載病詣闕，自陳困篤。」

【扶將】

「唯蒙扶將，使得視息，復生望，傾側在心。」（卷110／大功益年書出歲月戒／p532）

扶將，攙扶；扶持。該詞萌芽於西漢，但用例極少，僅見《春秋繁露・深察名號第三十五》：「民之號，取之瞑也，使性而已善，則何故以瞑為號？以覺者言，弗扶將，則顛陷倡狂，安能善。」東漢開始行用漸廣，《漢書・外戚傳上・孝景王皇后》：「家人驚恐，女逃匿，扶將出拜。」《三國志・魏書・華佗傳》：「行數里，昕卒頭眩墮車，人扶將還，載歸家，中宿死。」〔註98〕唐釋道世《法苑珠林》卷三十三：「賢者好布施，天神自扶將。施一得萬倍，安樂壽命長。」宋張君房《雲笈七籤》卷四十二《胎中白氣君》：「天生八氣，回合帝鄉，五神奉符，司命扶將。」又卷四十四《太一帝君太丹隱書》：「混合三五，遊息天京，呼引日月，變化雄雌，攝兆符籍，胞胎之囊，死生之命，太一扶將。」

【接會】

「形身長大，展轉相養，陰陽接會，男女成形，老小相次，稟命於天數。」（卷111／善仁人自貴年在壽曹訣／p552）

接會，交合。乃同義複合詞。《大戴禮記・哀公問孔子》「不廢其會節」孔廣森補注引王肅曰：「會，謂男女之會。」接，亦有交合義，如明馮夢龍《古今譚概・口碑・晉帝奕》：「晉帝奕夙有痿疾，便左右向龍與內侍接，生子，以為己子。」《太平經》「接會」僅一見。傳世文獻罕見，如東漢王充《論衡・奇怪》：「今堯、高祖之母不以道接會，何故二帝賢聖，與褒姒異乎？」

本章探討了近60條口語詞的使用情況。時過境遷，我們不可能知道當時真正的口語是什麼樣子的，因而我們所界定的「口語詞」具有一定的主觀性，只是根據其他同時代語料及某些相關研究成果得出一個大概的認識。

在這60條口語詞中，按照來源區分，源自東漢道經（主要是指《太平經》）的數量最多，達31條，佔到了一半多。它們首見於《太平經》，在後代其他

〔註98〕 此例有誤解者，吳金華先生指出：「『扶將』是雙音詞，不能分。但是《漢語大詞典》在單音詞『將』的下面引用此例。」（吳金華《三國志叢考》，上海古籍出版社，2000年，307頁。）

文獻中繼續沿用。《太平經》成為這些口語詞的源頭，不僅直接影響了魏晉六朝語言，而且有些還直接成為現代漢語的源頭，從中可以追溯很多現代漢語習用的口語詞的來源，在漢語史研究中具有極高的語言價值。源自《太平經》的這些口語詞有的是本經所獨具的「特色語詞」，如「施」、「實」、「還反」等，這些「特色語詞」尤其值得注意，它們的意義和用法，為同期或後代文獻所罕見。

　　還有 12 條是沿用自前代典籍的，如《韓非子》、《史記》等，這些典籍在上古漢語中口語性相對高一些，發源於此的一些口語詞彙被《太平經》繼續沿用，這反映了《太平經》語言的繼承性和穩定性。

　　還有一些出自現實語言，在時代相當的其他口語性較強的文獻如《論衡》、《三國志》、東漢譯經中也有使用，這些詞基本上可以認定為東漢時期的現實口語，比較真實地體現出當時的實際語言。

第四章 《太平經》中的道教語詞

　　葛兆光對道教語言曾有以下論述:「我總覺得道教語言文字和詞彙的研究,現在還沒有特別得到關注。大家讀道教的書可以發現,道教的語言相當特殊,他們有很多怪詞,常常用一些隱語,好像暗號似的,讓你不那麼容易明白,像什麼『黃赤』、『五老』、『姹女』等等,特別是在煉丹術和內丹語言上,尤其神秘得很。他們有意把語言說得彆扭和生澀,顯得很古雅。」〔註1〕「我以前寫過一篇文章叫《青銅鼎與錯金壺》,是從文學角度分析的,說道教語言就像古代的鼎一樣,總是有綠銹的,看起來斑駁古奧,也像錯金壺一樣,總是有意弄得很繁複,裝飾性很強,可是現在還沒有進一步的研究。」〔註2〕從葛先生的兩段話中,我們可以發現,道教語言一方面古奧深澀,另一方面瑰麗神秘,而學術界現在對道教語言關注還不夠。

　　道教創造了很多富有自身特色的語詞。葉貴良以敦煌道經為研究對象,對其進行了詳細分析,「從敦煌道經來看,道教的特色語詞可分為十五類:一、有關天堂仙境的語詞;二、有關大神地祇的語詞;三、有關宮觀樓臺的語詞;四、有關符籙圖讖的語詞;五、有關法術咒祝的語詞;六、有關齋戒儀式的語詞;七、有關法器服飾的語詞;八、有關長生仙化的語詞;九、有關體位身神

〔註1〕葛兆光《屈服史及其他:六朝隋唐道教的思想史研究》,生活‧讀書‧新知三聯書店,2003 年,164 頁。
〔註2〕葛兆光《屈服史及其他:六朝隋唐道教的思想史研究》,165 頁。

的語詞；十、有關福佑禍害的語詞；十一、有關服食煉養的語詞；十二、有關受授告盟的語詞；十三、有關經書簡牘的語詞；十四、有關道派法位的語詞；十五、有關道教史地的語詞。」〔註3〕不僅如此，葉著還指出了道教特色語詞的研究方法：「語言是社會性的，因此，研究道教語言必須結合社會發展的歷史來進行。只有把詞彙與社會生活的各個方面聯繫起來加以考察，辯證地注意到詞彙的繼承和發展，考其源，溯其流，探索語詞的得義緣由，對研究漢語詞彙史是大有裨益的，也只有這樣才能對道教詞彙系統有比較清楚和全面的認識。道教還與民俗關係密切，通過研究道教語言可以窺見我國各地民風民俗的歷史淵源。」〔註4〕

在展開論述之前，有必要對本文所研究的研究對象——「道教詞語」作幾點說明：

首先，應該明確行業用語（或曰專門用語、專用詞語、社會方言）與全民語言的關係：任何行業用語都不可能離開其全民語言的根基。趙振鐸云：「大多數專門用語來自當時的全民語言，有時賦予它們以新的涵義，有時利用全民語言的材料組成新詞，它的語法規則仍與全民語言一致。」〔註5〕具體到道教語言，「（道教）它的用語在反映當時用語面貌的同時，也有自己的創造，形成了一批道教特有的詞彙。從詞彙史的角度看，這些用語也是漢語歷史詞彙的組成部分，它反映了歷史上的某個社會方言的詞彙面貌，並通過道教的傳佈影響漢語全民用語，是漢語歷史詞彙描寫中應該涉及的一部分，對它的研究不僅有助於解決古代文化研究中有關文獻閱讀的難點，也可為某些受道教用語影響的漢語詞語的考源提供線索，應該加以重視。」〔註6〕

其次，如何界定「行業用語」的範圍。張顯成研究「醫學用語」時曾有如下論述：「任何學科的誕生都有一個自然過程，當醫學還未發展成為一門獨立的學科時，醫事活動實際上就是人民生活的一部分，這時候，那些常見疾病和常見症候的名稱、常見生理現象的名稱、常用藥物的名稱、言語中常用的人體部位的名稱等等，實際上就是全民用語的一部分。但是，當醫學發展成為一門

〔註3〕葉貴良《敦煌道經詞彙研究》，239頁。
〔註4〕葉貴良《敦煌道經詞彙研究》，279頁。
〔註5〕趙振鐸《論先秦兩漢漢語》，《古漢語研究》1994年第3期。
〔註6〕周作明《東晉南朝上清經中的幾個道教用詞》，《漢語史研究集刊》第六輯，巴蜀書社，2003年，419頁。

獨立的學科而這些名稱被用於醫學方面時，它們也就自然成為了醫學用語而表示醫學概念了。」〔註7〕「在醫籍中的詞語，只要具有『醫學意義的屬性』，就應該視為醫學用語。也就是說，是否具有『醫學意義的屬性』，是本書確定醫學用語的原則。」〔註8〕張先生的這番話對我們很有啟發。

再次，關於《太平經》的背景。《太平經》成書於東漢安帝、順帝年間，這是中國道教的發軔階段，《太平經》是中國道教初創時期的經典，道教思想剛剛開始逐步建立，還遠遠談不上成熟。同時，「王明先生指出：『《太平經》汲取傳統的陰陽五行之說及黃老、神仙、讖緯、方技等思想，內容龐雜。』」〔註9〕可見，《太平經》思想駁雜，用語繁複。在這種情況下，我們不可能把《太平經》中的「道教詞語」與其他非道教詞語完全截然分開，其實行業用語與全民用語本來就是兩個相對的概念，不是絕對地對立。葉貴良《敦煌道經詞彙研究》所談「道教的特色語詞」大部分是具有非常明顯的道教特徵的詞語，諸如「六齋十直」、「肉人」、「泥丸」、「三災」，當然，也有一些詞語在全民語言中亦見使用，道教特徵不甚明顯，如「角巾」（男子束髮之頭巾）、「浮景」（乘日光，即飛行）等。

綜上所述，本文所論「道教詞語」並非絕對意義上的「專用詞語」〔註10〕，而是指與道教教義或道教文化有直接或間接關係的詞語，即使有的詞語在全民語言中也有出現，只要它們被用來表示「道教意義」（可以是道教教義，也可以是道教文化），可以直接相關，少數也可間接相關，那麼我們就稱其為「道教詞語」。葉著對研究《太平經》道教詞語具有很好的指導意義，我們參考其分類，並結合《太平經》中道教詞語的具體特點，對本經道教詞語進行了分類，大致

〔註7〕 張顯成《先秦兩漢醫學用語研究》，巴蜀書社，2000年，10頁。
〔註8〕 張顯成《先秦兩漢醫學用語研究》，11頁。
〔註9〕 見楊寄林《太平經今注今譯‧太平經綜論》，18頁。
〔註10〕劉曉然曾從基本詞彙面貌角度論及《太平經》專用詞語，認為：「從基本詞彙面貌也可看出，《太平經》雖是道教元典，但真正專用於『道教』領域的語詞是非常稀少的，絕大多數都屬於社會通用詞彙。名副其實的道教『專有詞彙』只有『承負』、『拘校』兩例；『神靈』、『分別』（分辨理解義）、『中和』（世間及世間萬物）、『書文』、『文書』（『書』指太平本經，『文』指太平複文）、『真人』、『天師』等7個詞例儘管也有較強的『道教』色彩，但它們在道教之外的其他語境同樣也非常活躍。」（劉曉然《雙音短語的詞彙化：以〈太平經〉為例》，四川大學2007年博士學位論文，5頁）其觀點有些過於絕對，因為語言中沒有絕對意義上的「專用詞語」與「非專用詞語」之分。

分為如下八種：一、有關天神地祇的語詞；二、有關符籙圖讖的語詞；三、有關法術咒祝的語詞；四、有關長生仙化的語詞；五、有關佑護佐助的語詞；六、有關經書簡牘的語詞；七、有關五行術數的語詞；八、有關制度名物的語詞。

第一節　有關天神地祇的語詞

「神仙信仰是道教的核心信仰，是道教不同於其他宗教的最顯著之點。」〔註 11〕中國的道教源遠流長，到東漢時期已基本形成自己完備的體系，包括對人和神的等級體系。

《太平經》的神仙系統在道書中出現得最早，由上而下可分為六等：「一為神人，二為真人，三為仙人，四為道人，五為聖人，六為賢人」。任繼愈認為：「《太平經》中就有了兩個神學系統：一個是天地陰陽系統，這與漢儒說法相同；一個是神仙系統，這是它獨自的創造。這兩個系統最後都歸到元氣或委氣神人上面去，而兩者是平行對應關係。」〔註 12〕在這個等級系統中，神人、真人、仙人、道人是超脫世俗、解天知地、有不同程度道行的教中人，其餘則是塵俗中人。其中聖人、賢人是社會的最高統治者和統治階級的其他分子，凡民（也稱善人，即平民）和奴婢屬被統治者〔註 13〕。

東漢以後，神仙信仰在道教的旗幟下得到了空前的發展，而且成為道教最具特色且貫徹始終的教義。神仙信仰對中國哲學、大眾心理、社會風尚及語言文學都有很深的影響，研究漢語不能忽視對道教神仙信仰的考察。

崇拜天神、地祇、鬼魂，這本是原始宗教信仰中所固有的，道教充分吸收了這一方面的大量內容。《太平經》中涉及天神地祇的詞語有不少，諸如：

【神人】

「大頑頓日益暗昧之生再拜，今更有疑，乞問天師上皇神人。」（卷 37／試文書大信法／p54）「今若九人，上極為委氣神人，下極奴婢。」（卷 43／四行本末訣／p96）「今得神人言，大覺悟，思盡死以自效於明天，以解大病，而安地理，固以興帝王，令使萬物各得其所，想以是報塞天重功，今不知其能與不哉？」

〔註 11〕任繼愈主編《中國道教史》，中國社會科學出版社，2001 年版，11 頁。
〔註 12〕任繼愈主編《中國道教史》，23 頁。
〔註 13〕俞理明《從〈太平經〉看道教稱謂對佛教稱謂的影響》，《四川大學學報》1994 年第 2 期。

（卷 51／校文邪正法／p190）「神人語真人言，古始學道之時，神遊守柔以自全，積德不止道致仙，乘雲駕龍行天門，隨天轉易若循環。」（卷 94〜95／闕題／p403）

神人，猶神仙。古代道教和方士理想中所謂修真得道而長生不死的人。《史記‧封禪書》：「乃益發船，令言海中神山者數千人求蓬萊神人。」漢揚雄《長楊賦》：「聽廟中之雍雍，受神人之福祜。」唐杜甫《遣興》詩之一：「頓轡海徒湧，神人身更長。」《雲笈七籤》卷七七《方藥‧螢火丸方》：「〔劉子南〕獨為寇所圍，矢下如雨，未至子南馬數尺，矢輒墮地，終不能中傷，虜以為神人也，乃解圍而去。」泠虛子《洞玄靈寶定觀經註》：「六者，鍊氣成神，名曰神人；真氣通神，陰陽不測，故曰神人。」（6／499a）

神人亦指神奇非凡的人，謂其姿容、行止、技藝等非常人所及。漢桓譚《新論》：「天下神人五：一曰神仙，二曰隱淪，三曰使鬼物，四曰先知，五曰鑄凝。」晉王嘉《拾遺記‧周靈王》：「〔西施、鄭旦〕二人當軒並坐，理鏡靚妝於珠幌之內，竊窺者莫不動心驚魄，謂之神人。」《初刻拍案驚奇》卷四：「二女童運劍為彼此互刺之狀……只見兩條白練，半空飛遶，並不看見有人。有頓飯時候，然後下來，氣不喘，色不變。程元玉嘆道：『真神人也！』」

【真人】

「大下凡人行，有幾何者大急？有幾何者小急？有幾何者日益禍凶而不急乎？真人宜自精，具言之。」（卷 36／守三實法／p42）「善乎！夫戊巳者，五干也，地之陽也，位屬天，故不並也。真人知之耶？」「唯唯。」（卷 69／天讖支干相配法／p274）「夫天地比若影響，隨人可為不脫也。真人幸有善意，努力卒之。」（卷 48／三合相通訣／p154）「噫！真人愚哉！吾聞前已有言矣。」「下賤闇之生，積愚固固，不能察察知之。」（卷 91／拘校三古文法／p350）

真人，道家稱存養本性或修真得道的人，亦泛稱「成仙」之人。《莊子‧大宗師》：「古之真人，其寢不夢，其覺無憂，其食不甘，其息深深……古之真人，不知說生，不知惡死，其出不訢，其入不距；翛然而往，翛然而來而已矣。」《淮南子‧本經訓》：「莫死莫生，莫虛莫盈，是謂真人。」王逸《九思‧守志》：「隨真人兮翱翔，食元氣兮長存。」北周《無上秘要》卷八十四《得太清道人名品》：「司命元君定錄紫臺真人，監山真人，定氣真人，景雲真人，此

四真人號並有姓名。」《舊唐書·玄宗紀下》：「天寶元年……莊子號為南華真人，文子號為通玄真人，列子號為沖虛真人，庚桑子號為洞虛真人。」宋蘇軾《甲子日雨》詩：「賴有真人不飢渴，閉門卻埽但焚香。」

《太平經合校·附錄》對本經中「真人」等稱呼的使用有詳細說明，《太平經》裏每見「神人」、「真人」、「天師」、「弟子」等名稱。又本書述真人和神人問答，時常看到「真人問」、「神人言」，或「神人言」、「真人唯唯」。按神人就是天師，真人就是弟子。真人直接稱呼神人多為「天師」，經中用第三者的語氣說天師則為「神人」。真人對天師自稱曰「弟子」或曰「生」，經中以第三者敘述神人的弟子，就用「真人」之名。天師稱真人多用「子」，或用「真人」〔註14〕。

【仙人】

「大神人職在理天；真人職在理地；仙人職在理四時」（卷42／拘校三古文法／p88）「天上積仙不死之藥多少，比若太倉之積粟也；仙衣多少，比若太官之積布白也；眾仙人之第舍多少，比若縣官之室宅也。」（卷47／拘校三古文法／p138）「然神人者像天，天者動照無不知。真人者像地，地者直至誠不欺天，但順人所種不易也。仙人者像四時，四時者，變化凡物，無常形容，或盛或衰。（卷56～64／闕題／p221）「然，六人生各自有命，一為神人，二為真人，三為仙人，四為道人，五為聖人，六為賢人，此皆助天治也。神人主天，真人主地，仙人主風雨，道人主教化吉凶，聖人主治百姓，賢人輔助聖人，理萬民錄也，給助六合之不足也。」（卷71／致善除邪令人受道戒文／p289）

仙人，神話傳說中長生不老、有種種神通的人。《文選·古詩〈生年不滿百〉》：「仙人王子喬，難可與等期。」李善注引《列仙傳》：「王子喬者，太子晉也。道人浮丘公接以上嵩高山。」《史記·秦始皇本紀》：「於是遣徐巿發童男女數千人，入海求僊人。」《新唐書·方技傳·姜撫》：「自言通僊人不死術，隱居不出。」宋陸游《老學庵筆記》卷二：「唐道士侯道華喜讀書，每語人曰：『天上無凡俗仙人。』此妙語也。」泠虛子《洞玄靈寶定觀經註》：「長生不死，延數萬歲，名編仙籙，故曰仙人。」（6／499a）

〔註14〕王明《太平經合校·附錄》，757頁。

【道人】

「然神人者像天，天者動照無不知。真人者像地，地者直至誠不欺天，但順人所種不易也。仙人者像四時，四時者，變化凡物，無常形容，或盛或衰。道人者像五行，五行可以卜占吉凶，長於安危。聖人者像陰陽，陰陽者像天地以治事，合和萬物，聖人亦當和合萬物，成天心，順陰陽而行。」（卷 56～64 / 闕題 / p221～222）「然，六人生各自有命，一為神人，二為真人，三為仙人，四為道人，五為聖人，六為賢人，此皆助天治也。神人主天，真人主地，仙人主風雨，道人主教化吉凶，聖人主治百姓，賢人輔助聖人，理萬民錄也，給助六合之不足也。」（卷 71 / 致善除邪令人受道戒文 / p289）

道人，煉丹服藥、修道求仙之士。《漢書‧京房傳》：「法曰：『道人始去，寒，湧水為災。』」顏師古注：「道人，有道術之人也。」《太平御覽》卷八一二引漢桓譚《新論》：「淮南王之子娉迎道人作為金銀。」

後來可代指道教徒；道士。《三國志‧魏書‧董卓傳》「催使公卿詣汜請和，汜皆執之，相攻擊連月，死者萬數」裴松之注引《獻帝起居注》：「催性喜鬼怪左道之術，常有道人及女巫歌謳擊鼓下神，祠祭六丁，符劾厭勝之具，無所不為。」《宋史‧吳元辰傳》：「乃集道人設壇，潔齋三日，百拜祈禱。」

道人亦可指佛教徒；和尚〔註 15〕。如漢牟融《理惑論》：「僕嘗遊於闐之國，數與沙門道士相見。」南朝宋劉義慶《世說新語‧言語》：「支道林常養數匹馬，或言道人畜馬不韻，支曰：『貧道重其神駿。』」同上：「竺法蘭在簡文坐，劉尹問：『道人何以在朱門？』」宋葉夢得《避暑錄話》卷下：「晉宋間佛學初行，其徒猶未有僧稱，通曰道人，其姓則皆從所授學。」清錢大昕《十駕齋養新錄》卷十九《道人道士之別》條曰：「六朝以道人為沙門之稱，不通於羽士。」〔註 16〕

【太上】

「太上之君見其孝行無輩，著其親近內外，神益敬重之。」（卷 114 / 某訣 / p594）「惟太上之君有法度，開明洞照，可知無所不通，豫知未然之事。」

〔註 15〕江藍生《魏晉南北朝小說詞語匯釋》（語文出版社，1988 年，40～42 頁）對此有詳細論述，可參。

〔註 16〕錢大昕著、楊勇軍整理《十駕齋養新錄》，上海書店出版社，2011 年，383 頁。

（卷 114／九君太上親訣／p594）「家人大小之象，更相拘留，不隨其人言，但得生道，進見太上，盡忠孝之心，無所顧於下，是為可成。」（卷 114／九君太上親訣／p595）「功有大小，更相薦舉，其人當使天愛重之，內為得太上腹心。」（卷 114／九君太上親訣／p596）「見行有歲數，上竟榮簿有生名，可太上之意，能說其功行，助其不及，是亦神當所擁護也。」（卷 114／九君太上親訣／p596）「故自克念過負，恐不解除，復為眾神所疏記，而有簿文聞太上也。」（卷 114／有功天君勑進訣／p610）

道教最高最尊之神的名前常冠以「太上」二字，以示尊崇。後世道經多見，南朝梁周子良、陶弘景《周氏冥通記》卷三：「惟周太玄因業樹茲，刻名仙簡，為保晨司。此韓侯刻紫玉之簡，赤金為文，以上言太上也。」（5／534a）陶弘景《真誥》卷四《運象篇第四》：「然其身中自宿有陰罪未了處，已日就補復，解謝太上，行當受書署者也。」（20／514a）《真誥》卷五《甄命授第一》：「君曰：太上者，道之子孫，審道之本，洞道之根，是以為上清真人，為老君之師。此即謂太上高聖玉晨大道君也，為太極左真人、中央黃老君之師。」（20／516a）《雲笈七籤》卷九《經釋·釋〈太上上皇民籍定真玉籙〉》：「太上曰：『心有神識，識道可尊。』」（22／53a）

【天君】

「惟上古之道，修身正己，不敢犯神靈之所記，迺敢求生索活於天君，不敢自恣，恐不全。」（卷 110／大功益年書出歲月戒／p524）天君遣大神下言：「此人有自責悔過，不犯所禁，假之假之；後有不善，取之未晚。」（卷 110／大功益年書出歲月戒／p528）「事皆天君出，不得留止。俗人難化，化之以漸，無有卒暴。」（卷 110／大功益年書出歲月戒／p542）「天君日夜預知，天上地下中和之間，大小乙密事，悉自知之。」（卷 111／大聖上章訣／p544）「天上諸神聞知言此人自責自悔，不避晝夜，積有歲數，其人可原，白之天君。」（卷 111／大聖上章訣／p546）

天君，天神。東漢出現的早期道教，並未形成以「三清」（即玉清元始天尊、上清靈寶天尊、太清道德天尊）為最高天神的神團系統，襲用儒家宗教思想以「天」為最高神靈的觀念，《太平經》中便是尊「天君」為至高之神。能差遣諸神的只有天君，掌握世人「簿疏善惡之籍」的是天君，決定世人生

死存亡的是天君〔註17〕。中古道經多見，《正一法文經章官品》卷二：「魄天君五人，官將一百二十人，主治男女病關節令差。」（28／546a）又：「北天君官將一百二十人，治主室，收天下自稱五帝飲食之鬼。」（28／548c）《大詞典》始見書證為《兒女英雄傳》，據《太平經》可提前該義項書證。

【天師】

「今天師不復為其說也，以為已足，復見天師言，迺知其有不足也。今意極訖，不知所當復問。唯天師更開示其所不及也。」（卷 35／分別貧富法／p29）「愚生大負，唯天師原之耳！」（卷 36／事死不得過生法／p51）「大頑頓日益暗昧之生再拜，今更有疑，乞問天師上皇神人。」（卷 37／試文書大信法／p54）

天師，古代對有道術者的尊稱。「天師」一詞，始見於《莊子・徐無鬼》：「黃帝再拜稽首，稱天師而退。」發展到東漢《太平經》時，「天師」已成為道教的專用名詞，「天師」在本經中即「師」的尊稱。「天師」的內涵在道經中有過一些變化，「『天師』本是一泛稱，後演變為一種創教者或有身份的傳教者的稱謂。」〔註18〕唐王懸河《三洞珠囊》卷五《坐忘精思品》：「張天師周流五嶽，精思積感，真降道成，號曰天師。」（25／321c）

此稱謂之由來似可追溯至原始神祇信仰中的皇天觀念。古代社會，人們對「天」始終秉持一種敬畏和崇拜的心態，經過不斷地神化形成天帝信仰。天帝作為鬼神之宗，擁有絕對權威。由於神聖與世俗之間必須架設一個溝通的橋梁，便不斷湧現出天帝之代言者〔註19〕。張勛燎研究指出：「代表天帝和鬼神打交道傳達符命的人則稱為『天帝神師』或『天帝使者』，『天師』即是『天帝神師』的簡化稱呼。」〔註20〕李申也認為：「天師，乃是天命之師，他負有傳達天意的責任，是人神的中介。其任務是協助帝王進行統治。有時也說天師是天人之師。」〔註21〕

〔註17〕李養正《論道教與儒家的關係》，收入其所著《道教經史論稿》，329 頁。
〔註18〕趙益《六朝南方神仙道教與文學》，上海古籍出版社，2006 年，337 頁。
〔註19〕姜守誠《〈太平經〉研究——以生命為中心的綜合考察》，68～69 頁。
〔註20〕張勛燎《東漢墓葬出土的解注器材料和天師道的起源》，載陳鼓應主編《道家文化研究》第 9 輯，上海古籍出版社，1996 年，262 頁。
〔註21〕李申《道教本論》，上海文化出版社，2001 年第一版，82 頁。

【玉女】

「復數試人以玉女，使人與其共遊，已者共笑人賤，還反害人之軀。」（卷 71／致善除邪令人受道戒文／p288）「或賜與美人玉女之像，為其作色便利之，志意不傾。」（卷 114／九君太上親訣／p595）「是故樂而得大角上角之音者，青帝大喜，則仁道德出，凡物樂生，青帝出遊，肝氣為其無病，肝神精出見東方之類。其惡者悉除去，善者悉前助化，青衣玉女持奇方來賜人，是其明效也。……赤氣悉喜，赤神來遊，心為其無病。心神出見，候迎赤衣玉女來，賜人奇方，是其大效也。」（卷 113／樂怒吉凶訣／p587）「氣則搖少陽，音則搖木行，神則搖鉤芒，禽則動蒼龍，位則引青帝，神則致青衣玉女。上洞下達，莫不以類來朝，樂其樂聲也。」（卷 116 某訣／p633～634）

玉女，仙女。《神異經·東荒經》：「〔東王公〕恒與一玉女投壺。」《楚辭·賈誼〈惜誓〉》：「建日月以為蓋兮，載玉女於後車。」朱熹集注：「玉女，青要、乘弋等也。」《文選·張衡〈思玄賦〉》：「載太華之玉女兮，召洛浦之虙妃。」劉良注：「玉女，太華神女。」《上清道寶經》卷三《死生品第五》：「壬寅玉女，諱紛華，字蔚芝。癸卯玉女，諱曜英，字西安。」（33／718c）《太上元始天尊說北帝伏魔神咒妙經》卷八：「明鏡玉女一人，保命玉女一人，司命玉女一人，黃素玉女一人，青腰玉女一人。」（34／425a）

據姜守誠研究，「玉女」作為神祇專名而使用，似始於漢代。「玉女」是道門中人十分熟悉的房中女神〔註22〕。「玉女」可據功能劃分為兩類：1.「玉女」用於檢驗修煉程度，旨在考察修道者臨對色誘之定力。2.「玉女」乃是修道達到一定境界之表徵，屆時「玉女」將隨樂律而至、傳經授道。其後，「玉女」觀念一度常見於後世道經中，其職能不外乎《太平經》所載之兩類。……「玉女」作為房中女神在漢代至六朝時十分活躍，直至有唐之後才趨沉寂〔註23〕。

【心神】

「故人為至誠，心中正疾痛應。心神至聖，乃上白於日，日乃上白於天。」（卷 96／忍辱象天地至誠與神相應大戒／p426）「心神在人腹中，與天遙相見，音聲相聞，安得不知人民善惡乎？」（卷 111／大聖上章訣／p545）「心

〔註22〕姜守誠《〈太平經〉研究——以生命為中心的綜合考察》，200 頁。
〔註23〕姜守誠《〈太平經〉研究——以生命為中心的綜合考察》，202 頁。

神出見，候迎赤衣玉女來，賜人奇方，是其大效也。」（卷113 樂怒吉凶訣／p587）

心神，五臟神之一，《大詞典》失收此義項。《雲笈七籤》中此詞多見，卷十二《三洞經教部・推誦〈黃庭內景經〉法》：「畢，次思心神丹元字守靈形長九寸，丹錦飛裙。肺神皓華字虛成形長八寸，素錦衣黃帶。肝神龍煙字含明形長六寸，青錦披裳。腎神玄冥字育嬰形長三寸六分，蒼錦衣。脾神常在字魂停形長七寸三分，黃錦衣。膽神龍曜字威明形長三寸六分，九色錦衣綠花裙。」卷五十二《雜要圖訣法・回元行事訣》：「肝神名為青龍，字疊龍子方。心神名為豪丘，字陵陽子明。肺神名為方長宜，字子元。腎神名為雙以，字林子。脾神名為黃庭，字飛黃子。」卷八十六《尸解・洞生太帝君鎮生五藏訣》：「青帝公石，三素元君，太一司命，玄母理魂，固骨鎮肝，守養肝神，肝上生華，使肝永全。」

【肝神】

「是故樂而得大角上角之音者，青帝大喜，則仁道德出，凡物樂生，青帝出遊，肝氣為其無病，肝神精出見東方之類。」（卷113／樂怒吉凶訣／p587）

肝神，五臟神之一。《黃庭內景經・心神章第八》：「心神丹元字守靈，肺神皓華字虛成，肝神龍煙字含明，翳鬱導煙主濁清。」（5／909b）《史記・扁鵲倉公列傳》張守節正義：「肝者，幹也。於五行為木，其體狀有枝幹也。肝之神七人，老子名曰明堂宮，蘭臺府，從官三千六百人。又云肝神六：童子三，女子三。」唐孫思邈《千金翼方》卷二十八《鍼灸宜忌第十》：「三十日關元下至足（一云足趺上及頰膝頭，又云遍身）。右人神並須依之，吉。肝神丁卯，心神庚辰，肺神癸酉，腎神庚子，脾神戊巳。此五神之日，特須避之，餘日不假避諱也。」

【西王母】

「樂莫樂乎長安市，使人壽若西王母，比若四時周反始，九十字策傳方士。」（卷38／師策文／p62）「使人壽若西王母：使人者，使帝王有天德好行正文之人也。若者，順也，能大順行吾書，即天道也，得之者大吉，無有咎也。西者，人人棲存真道於胸心也。王者，謂帝王得案行天道者大興而王也，其治善，迺無上也。母者，老壽之證也，神之長也。」（卷39／解師策書訣／p68）

西王母，中國古代神話中的女仙人。舊時以之為長生不老的象徵。《山海

經·西山經》：「西王母，其狀如人，豹尾虎齒而善嘯。」《穆天子傳》卷三：
「乙丑，天子觴西王母於瑤池之上，西王母為天子謠。」葛兆光認為，西王母
的故事本來是楚文化圈中的神話，按照顧頡剛的說法，西王母是以昆侖山為中
心的神話中的一個主要角色，而昆侖山不僅有壯麗的宮闕，精美的園圃，奇花
異草，珍禽異獸，而且有「不死之藥」，神巫們可採集神奇的草木，用疏圃的
池水和四大川的神泉，將不當死而死的人救活，因此，昆侖山與西王母變成了
「長生不死」的象徵〔註24〕。

道經用例多有，《無上秘要》卷二十二《三界宮府品》：「紫翠丹房，右在崑
崙山，西王母治於其所。」（25／59a）又：「墉臺、墉宮、西瑤上臺，右在崑崙
山上，西王母所居。」（25／59a）《元始五老赤書玉篇真文天書經》卷中：「二
符，太上大道君受於元始天尊，以傳西王母。」（1／789b）《上清道寶經》卷三
《妓樂品第六》：「西王母各命侍女左抱客，韓龍賓吹鳳鸞之簫。」（33／723a）

【司命】

「天愛子可為已得增筭於天，司命易子籍矣。」（卷35／分別貧富法／p34）
「不施自成，天之所仰，當受其名，機衡所指，生死有期，司命奉籍，簿數通
書，不相應召。」（卷56～64／闕題／p213～214）「比若六畜，命屬人也，死生
但在人耳，人即是六畜之司命神也。」（卷93／方藥厭固相治訣／p383）「西北
為地之司命，故地壽得百歲。」（卷102／經文部數所應訣／p466）

司命，神名，掌管生命的神。司命觀念在先秦時已頗流行。《莊子·至樂》：
「吾使司命復生子形，為子骨肉肌膚。」晉葛洪《抱朴子內篇·金丹》：「服之
百日，肌骨強堅；千日，司命削去死籍，與天地相畢，日月相望。」（28／188b）

「司命」一詞，在《太平經》諸本（《經》殘卷、《鈔》、《秘旨》等）中共
計出現10次（含《鈔》甲部1次），均指對某人之品行施以稽查、並視情況而
增減其年命〔註25〕。至魏晉時期，司命說已趨成熟。如《抱朴子內篇》所描述
的司命神儼然就是位居天廷、執掌眾人之命籍的形象。又如六朝道經《赤松子
章曆》卷4：「為某上詣南宮中司命、司錄，轉贖弟子性命。」此時，「司命」
已成為天廷中職位不低的神祇，擔負著對人實施監察的任務，其職責是輔天行

〔註24〕葛兆光《道教與中國文化》，上海人民出版社，1987年第一版，70頁。
〔註25〕姜守誠《〈太平經〉研究——以生命為中心的綜合考察》，92頁。

化，誅惡護善，增年延壽，賜奪爵祿。無論就職責還是功能而言，這都與《太平經》相符合。稍有不同的是，這時「司命」不僅從人體中脫離、更將原來的監督任務交由「三尸蟲」完成〔註26〕。

【天神】

「是故古者聖人問事，初一卜占者，其吉凶是也，守其本也，迺天神下告之也。再卜占者，地神出告之也。三卜占者，人神出告之也。」（卷50／分解本末法／p76）「一日而治愈者方，使天神治之；二日而治愈者方，使地神治之；三日而治愈者方，使人鬼治之。」（卷50／草木方訣／p173）「今天師拘校諸方言，十十治愈者方，使天神治之也；十九治愈者方，使地神治之；十八治愈者方，使人精神治之。」（卷93／方藥厭固相治訣／p383）「言十中十者，法與天神相應；言十中九，與地神相應也；言十中八者，與人神相應也。」（卷96／方藥厭固相治訣／p413～414）

天神，指天上諸神，包括主宰宇宙之神及主司日月、星辰、風雨、生命等神。《太平經》中，「天神」、「地神」、「人鬼（或曰人神）」三者相對。《淮南子・天文訓》：「天神之貴者，莫貴於青龍。」後來引申泛指神仙。晉葛洪《抱朴子內篇・仙藥》：「上藥令人身安命延，昇為天神。」（28／208c）《道典論》卷三《耽酒》：「十四，醉便罵天神，脫衣狂走，逢人共鬬。十五，醉便輕盜取，不避親疏。」（24／846b）宋張君房《雲笈七籤》卷四十八《老君明照法敘事》：「上士為之，先見己形；次見宅中鬼神；次見天神也。」（22／337b）卷八十《五稱符二十四真圖》：「子欲存吾身，致天神，當得九宮紫房圖。」（22／574c）

【地神】

「是故古者聖人問事，初一卜占者，其吉凶是也，守其本也，迺天神下告之也。再卜占者，地神出告之也。三卜占者，人神出告之也。」（卷50／分解本末法／p76）「一日而治愈者方，使天神治之；二日而治愈者方，使地神治之；三日而治愈者方，使人鬼治之。」（卷50／草木方訣／p173）「今天師拘校諸方言，十十治愈者方，使天神治之也；十九治愈者方，使地神治之；十八治愈者方，使人精神治之。」（卷93／方藥厭固相治訣／p383）「言十中十者，法與天神相應；言十中九，與地神相應也；言十中八者，與人神相應也。」（卷

〔註26〕姜守誠《〈太平經〉研究——以生命為中心的綜合考察》，93～94頁。

96 / 方藥厭固相治訣 / p413～414）

地神，大地之神。《左傳‧昭公二十九年》「土正曰后土」孔穎達疏引隋劉炫曰：「天子祭地，祭大地之神也；諸侯不得祭地，使之祭社也；家又不得祭社，使祭中霤也。霤亦地神，所祭小，故變其名。」《周禮‧夏官‧校人》「凡將事於四海山川」唐賈公彥疏：「山川，地神。土色黃，故用黃駒也。」宋邱光庭《兼明書‧五行神》：「其祀當廣祀地神，即如《月令》所祀皇地祇者也。」

道教文獻例如《太上三洞神咒》卷六《斷瘟呪》：「天神行瘟，和瘟解釋。地神行瘟，天赦在前。邪魔行瘟，滅跡除煙。太上有敕，保人長生。急急如律令。」（24 / 92b）《天皇太一神律避穢經》：「地神驚奔不安，靜而後鳴，七日不得作藥，流入黃泉，化飛盡矣。」（32 / 562b）《洞玄靈寶道學科儀》卷下《醮請品》：「此六醮，並請地神，當修饌時，尤須潔淨果具，並令豐新，不得市諸火熟，非嚴整食，非潔淨食，非一心食，非救苦食，違者地神不降也。凡設天神、地神醮，諸設醮人及師，當先齋淨沐浴，然後始行法事。」（24 / 774b）《道法會元》卷一百六十八：「五雷使者，烏都赤帝。天靈地神，驅鬼捉魂。力士上卿，驅鬼現形。急急如律令。」（30 / 84c）

【人鬼】

「一日而治愈者方，使天神治之；二日而治愈者方，使地神治之；三日而治愈者方，使人鬼治之。」（卷 50 / 草木方訣 / p173）「復還止雲中，所部界皆有尸解仙人，主知人鬼者。」（卷 111 / 善仁人自貴年在壽曹訣 / p553）「得天應者，天神舉之。得地應者，地神養之。得中和應者，人鬼佑之。」（卷 112 / 七十二色死尸誡 / p567）

人鬼，死者的靈魂。古人以為人死後神靈依然存在，這種神靈就是「鬼」。《禮記‧仲尼燕居》：「鬼神得其饗，喪紀得其哀。」孔穎達疏：「鬼神得其饗者，謂天神人鬼各得其饗食也。」以鬼為人鬼。又《禮記‧表記》：「殷人尊神，率民以事神，先鬼而後禮。」這裏的神就是天神，鬼則是家族祖先神，即已死之祖先，也即人鬼。……周人所崇拜的鬼神，已形成天神、地祇、人鬼三個系統〔註27〕。

道書用例如唐李淳風《金鎖流珠引》卷一《三五步綱引》：「夫真人不受步

〔註27〕曾昭聰《古漢語神祇類同義詞研究》，中國文史出版社，2005 年第一版，177 頁。

蹻，受配衣於身上，用之甚驗，但以修長生人夜臥，存呼在左註：女在右肩上，令人神安穩，不畏一切人鬼為祟，彼心自伏。」（20／358b）前蜀杜光庭《太上正一閱籙儀》：「謹出太上正一百五十將軍籙，籙中左上仙，右上靈功曹將軍騎吏使者甲卒等，為臣闢斥四方不正人鬼，禍害永消。」（18／287b）元明《法海遺珠》卷四十二：「第四天之遊擊文曲星君夫人內妃，掌制伏人鬼，誅伐凶邪奏告。」（26／971a）《紫庭內秘訣修行法》：「亂世絕邊入山，令無憂患，以上元丁卯日，陰德之日時，可以隱淪。所謂白日陸沉，日月無光，人鬼不能見也。」（18／713a）

【皇靈】

「夫天至道大德盛仁時已到，皇靈樂人急行之，故天氣諷子之心，使子旦夕問，天法察察，吾甚怪之。」（卷48／三合相通訣／p146）「縣官長吏，不得推理，叩習呼天，感動皇靈，使陰陽四時五行之氣乖錯，復旱（《合校》：旱疑當作干）上皇太平之君之治，令太和氣逆行。」（卷56～64／闕題／p214）「六真人為皇靈共來問事，益精進天焉哉！」（卷86／來善集三道文書訣／p312）「好道者長壽，乃與陰陽同其優，順皇靈之行，天地之性，得其道理，故天祐之也。」（卷100／東壁圖／p456）

皇靈，指天帝。三國魏曹植《怨歌行》：「皇靈大動變，震雷風且寒。」晉陸雲《晉故散騎常侍陸府君誄》：「皇靈靡顧，大命奄臻。」晉葛洪《抱朴子內篇·明本》：「夫唯不足，故刑嚴而奸繁。黎庶怨於下，皇靈怒於上。洪波橫流，或亢陽赤地，或山谷易體，或冬雷夏雪，或流血飄櫓。」（28／206c）《正一法文法籙部儀》：「臣等從臣某乙，共上告皇靈，卜指地祇，冒黷以傳，受恩惟玄極映明真君，鐲明注焉，謹請無極自然神仙。」（32／204c）《太上混元真籙》：「欲傳吾《道德經》及節解者，當以甲子之日，以金錢九千、五綵各一匹，作四分出黃壇畝丹為約，上告皇靈。以天地為信，日月為盟。子傳吾文，勿妄示人。」（19／512a）

「皇靈」在道經中另有一義項，可作星名。例如南宋陳春榮《太上洞玄靈寶無量度人上品經法》：「斗中有四星，曰白標、高元、皇靈、巨威。」（2／492c）

【陰神】

「丹明耀者，天刻之文字也，可以救非禦邪。十十相應愈者，天上文書，

與真神吏相應，故事效也；十九愈者地文書，與陰神相和。」（卷 50 / 丹明耀禦邪訣 / p172）聖人言：「實有是從俗，成食從地，陰神出，安得不重乎？」（卷 110 / 大功益年書出歲月戒 / p531）

陰神，地神。《大詞典》書證為清代王韜《甕牖餘談·白頭教人》：「以陽神為善，而無始終，以陰神為惡，常與陽神相爭，必為所滅。」據《太平經》，可提前該義項書證。

其他道經用例如《北帝說豁落七元經》：「今以此六天宮名號相示，為六天魔王宮，主知萬鬼之師，執生人魂魄，閉縶重檻，為陰神所縶。」（34 / 443a）《靈寶領教濟度金書》：「振玉碧以召陰神。鳴碧時，存下界諸神祇，皆雲龍月駒，追風躡雲而過。交振鐘聲，以召中界神真仙靈。」（8 / 486b）《黃帝太一八門逆順生死訣》：「甲午旬，陰神丁酉，雞頭人身，掛甲緋衣，滅惡人。」（10 / 791a）

【黑帝】

「然，春也青帝神氣太平，夏也赤帝神氣太平，六月也黃帝神氣太平，秋也白帝神氣太平，冬也黑帝神氣太平。」（卷 93 / 敬事神十五年太平訣 / p398）「然，春物悉生，無一傷者，為青帝太平也。夏物悉長，無一傷者，為赤帝太平也。六月物悉見養，無一傷者，為黃帝太平也。秋物悉成實收，無一傷者，為白帝太平也。冬物悉藏無一傷者，為黑帝太平也。」（卷 93 / 敬事神十五年太平訣 / p399）

黑帝，五天帝之一。古指北方之神。《史記·天官書》：「黑帝行德，天關為之動。」《周禮·天官·大宰》「祀五帝」唐賈公彥疏：「五帝者，東方青帝靈威仰，南方赤帝赤熛怒，中央黃帝含樞紐，西方白帝白招拒，北方黑帝汁光紀。」

西漢中期，隨着中國以「道──陰陽──五行」的宇宙圖式的逐漸定型，「太一」作為蘊含了「道」與「陰陽」的萬神之神，手下又增設了比附五行、五色、五方的神祇。秦代的上帝祠原來是白帝、青帝、黃帝、赤帝的祭所，漢高祖劉邦便認為它不合五行之說，另添了黑帝，合成了五帝〔註28〕。

道經用例如《無上秘要》卷十九《天中真儀駕品》：「北方黑帝消魔大王，常以冬至之日，駕乘黑輪羽車，飛行雲中，遊宴五嶽。」（25 / 46c）又：「北方

〔註28〕葛兆光《道教與中國文化》，68 頁。

洞陰朔單鬱絕五靈玄老，號曰黑帝，駕玄龍，建皁旗。」（25／77b）《太上正一法文經》：「三者白帝神官，行白瘟、白疫、白毒、白蠱、白董、白吹，遭之者刀兵劫賊，虎狼蟲蛇，蜂蘆毒物，以相中害，傷損身形。四者黑帝神官，行黑瘟、黑疫、黑蠱、黑毒、黑董、黑吹，值之者江河山谷，水泉沉溺，漂流淹沒，淪蕩死亡。」（28／411b）

【北極真人】【北極天君】

「是諸神共知，延者有命，錄籍有真，未生豫著其人歲月日時在長壽之曹，年數且升，乃施名各通，在北極真人主之。」（卷110／大功益年書出歲月戒／p531）「當白日昇天之人，求生有籍，著文北極天君內簿，有數通。」（卷111／大聖上章訣／p546）

北極真人（或曰北極天君），是居住在北極崑崙山的仙人，掌管飛升事宜。所謂「北極真人」，其初始原型似可追溯到《山海經》〔註29〕。《山海經・大荒北經》：「大荒之中，有山名曰北極天櫃，海水北注焉。有神，九首人面鳥身，名曰九鳳。又有神銜蛇銜操蛇，其狀虎首人身，四蹄長肘，名曰強良。」「北極天櫃」是神山的名字，九鳳、強良是此山的執掌神，北極真人（或曰北極天君）與之相似，蓋來源於此。

後代道經亦見，《洞眞上清太微帝君步天綱飛地紀金簡玉字上經》：「行之十四年，北嶽君獻龍衣虎帶，北極真人命玄元地神眾丘靈山，送上清之服，鳳錦玄巾，蓮精紫冠。」（33／446b）《太上浩元經》：「下元之神名谷玄，北極真人道之先。」（11／434a）《一切道經音義妙門由起》：「大道布化，含養一切，生成萬物，安天置地，設日月星辰、山川嶽瀆，各立靈官、主司、真人、道士，攝化統理，天地相合，生化萬物，太一天尊主之，一切曹府，布化生育，總係北極太一天尊也，即，太平經云北極天君也。」（24／724a）

【土主】

「各有所白，不兩平相怨，同舉者有罰，更為賤矣。雖不時下，為大神所使，不可神意，便付土主，不得復上，故有空缺，身不處之，是上中下相參如一矣。」（卷112／寫書不用徒自苦誡／p572）

土主，猶閻王，是地府中的陰神。「土主」又稱「地下主」，可能就是「土

〔註29〕姜守誠《〈太平經〉研究——以生命為中心的綜合考察》，386頁。

伯」，是南方信仰中地府的主要神靈之一〔註30〕。《大詞典》失收此義項。

後代道經亦見，例如《道法會元》卷二八：「南斗六司，護魂童子，神府內藏丕部將吏，母天右府將兵，及所屬土主里域社令，司命土地等神，一合應時來降行壇，承符受命。」（28／832c～833a）又卷五三：「恭望天慈，允臣所奏，即賜恩命，降付省府，宣告九霄諸天臺館府閣，行下當境所屬城隍土主，里域社令土地神祠，咸令照應。」（29／115b）卷二二三：「謹請日之原，火之祖，結鐵為網，促金為罟。四邊火焰，八方發舉。上徹雲霄，下連土主。火捉火縛，火枷火考，擂揮火皷。敕差趙原，主捉立附。攝到邪祟，立便通吐。急急如律令。」（30／391c）出土文獻亦有使用，《邗江胡場 5 號漢墓告墓牘》：「卌七年十二月丙子朔辛卯，廣陵宮司空長前承□敢告土主：廣陵石里男子王奉世有獄事，已復。故郡鄉里遣，自致移詣穴。卌八年獄計承書，從事如律令。」

第二節　有關符錄圖讖的語詞

「讖」與「緯」常常聯繫起來，並稱「讖緯」。「讖」是神的預言，讖書是一種神學迷信的占驗書，它假托神的預言來示人以吉凶，主要內容是政治性的。《說文解字·言部》：「讖，驗也。有徵驗之書，河洛所出書曰讖。」《後漢書·光武帝紀上》：「宛人李通等以圖讖說光武云：『劉氏復起，李氏為輔。』」李賢注：「讖，符命之書。」

緯書是漢代依託儒家經義宣揚符籙瑞應占驗之書。相對於經書，故稱。緯書內容附會人事吉凶，預言治亂興廢，頗多怪誕之談；但對古代天文、曆法、地理等知識以及神話傳說之類，均有所記錄和保存。緯書興於西漢末年，盛行於東漢。

「（讖緯）因為有圖有書，又稱為『圖書』、『圖緯』、『圖讖』。讖緯的主要內容是符命、預言，故又叫『符命』、『讖記』，或稱『經讖』。」〔註31〕

中國古代的神仙方術為讖緯所吸收，讖緯產生於道教之前，讖緯中的一些內容，又為後來的道教所吸取。《太平經》卷六十九《天讖支干相配法》裏講到

〔註30〕劉屹《敬天與崇道——中古經教道教形成的思想史背景之一》，首都師範大學 2000 年博士論文，16 頁。
〔註31〕金春峰《漢代思想史》，中國社會科學出版社，1997 年，362 頁。

要「洞通天地之圖讖文」。這是道教經典直接談到圖讖的證明〔註32〕。《太平經》中有一些涉及符籙圖讖的詞語，諸如：

【符書】

「人所得各有厚薄，天神隨符書而命之，故言勿傳，其所思不可得不同也。」（卷92／洞極上平氣無蟲重複字訣／p381）

符書，符籙。《後漢書·劉焉傳》：「初，〔張魯〕祖父陵，順帝時，客於蜀，學道鶴鳴山中，造作符書，以惑百姓。」北齊顏之推《顏氏家訓·治家》：「吾家巫覡禱請，絕於言議，符書章醮亦無祈焉。」王明指出：「竊疑符之義有三變：初為符璽符節，兩器合同，剖而為二，係朝廷用以示信之具，上有印文書名，純為實物，絕無抽象之神秘性。次為符命，係人君受命之信號，尤為君主禪代之詭術……最後至道教之符書，純托神意，既能卻鬼治病，又能通靈長生，言其效至廣。」〔註33〕

中古道經用例尚不多，《北帝說豁落七元經》：「此七道符書了，啟請七真降位後，便下符閉炁，從一至七，不得雜類穢觸人見之矣。」（34／445c）《紫庭內秘訣修行法》：「欲求道，以天內日、天內時。劾鬼魅，施符書，以天禽日、天禽時。」（18／713a）近代道經多見，《道法會元》卷九七：「陰陽合同符書畢，隨事於上加號頭，再書紫微帝諱蓋之。符背書立應符。」（29／418a）又，卷一五五：「右符書畢，再念白蛇威焰呪，敕遣行用。」（29／821a）《上清靈寶大法》卷一九：「右符書鎮貼，避瘟氣。」（30／835a）又，卷二一：「右符書安旗鼓上，用兵捷。」（30／851c）

【仙籙】

「大神小神，自有所行，皆相畏敬，不敢有私。恣意見所從求，動搖有心之心，知其所為可成，以不惑迷其意，使其人各隨至意。言汝皆受於仙籙，壽得無極。」（卷114／九君太上親訣／p595）

仙籙，神仙秘笈或道教經典。《大詞典》書證為唐代錢起《幽居春暮書懷》

〔註32〕鍾肇鵬《讖緯神學與宗教及自然科學的關係》，收入《求是齋叢稿》（下），巴蜀書社，2001年，1116頁。

〔註33〕王明《論太平經鈔甲部之偽》，原載《國立中央研究院歷史語言研究所集刊》第十八本，1947年。又收在其所著《道家和道教思想研究》，中國社會科學出版社，1984年6月第一版，210頁。

詩:「仙籙滿牀閑不厭,《陰符》在篋老羞看。」實際上,早在《太平經》中已經出現。符籙是道士使用的一種文字或圖形,道士稱它們具有神力,可以遣神役鬼、鎮魔壓邪、治病求福等。符和籙尚有細微區別,符的主要內容是祈禳之詞,籙的主要內容是鬼神名字〔註34〕。它們被書寫在紙、絹、木片或建築物上,大部分文字似字非字,圖形也千奇百怪,均難以辨認〔註35〕。

後世文獻多見,北周《無上秘要》卷五十二《三元齋品》:「臣甲今歸命東嶽泰山青帝大神、飛仙真人、神仙諸靈官、名山大澤一切神靈,乞丐原臣受生以來所行罪負,上觸東嶽名山大神元惡之罪,並蒙赦宥,削除罪簡,名上仙籙,得與大神交友自然。」(25 / 192c)唐王懸河《三洞珠囊》卷六《立功禁忌品》:「道德丈人詣道德君,對校天下男女為功德者,記名左契。天帝丈人詣天帝君,對校天下男女為罪過者,著名右契。仙都丈人詣仙都君,對校天下男女應得仙者,上名仙籙。」(25 / 327a)《太上三洞神咒》卷十二:「流英妙府,靈真上神。瓊碧雲冠,飛光羽裙。青腰玉女,太上真人。保度仙籙,消魔卻氛。」(2 / 140a)

《雲笈七籤》中多有使用,卷十七《三洞經教部・洞玄靈寶定觀經》:「四者延數萬歲,名曰仙人長生不死,延數萬歲,名編仙籙,故曰仙人。」(22 / 131b)卷十八《老子中經上・第十三神仙》:「齋戒沐浴,靜臥三日勿出。日三呼之,三日九呼之,常如此,諸神不得逋亡,名上仙籙,定為真人。」(22 / 135b)卷三十七《齋戒部・陰陽雜齋日》:「其日修齋,五嶽真人,各遣五神營衛,記名仙籙。」(22 / 263b)

【天讖】

謂上天具有預示性質的圖籙或文字。如「帝王欲樂長安而吉者,宜按此天讖,急囚斷金兵武備,而急興用道與至德,以象天法,以稱皇天之心,以長厭絕諸姦猾不祥之屬也,立應不疑也。」(卷 69 / 天讖支干相配法 / p268)「真人欲知天讖審實,從天地開闢以來,諸縱令兵武備,使王縱酒,使王從女政,大從其言,使其王,少陰太陰與地屬西北。」(卷 69 / 天讖支干相配法 / p271)「又天讖格法,東南為天斗綱斗所指向,推四時,皆王受命。西北屬地,為斗

〔註34〕 朱越利《道教答問》,華文出版社,1989 年第 1 版,230 頁。
〔註35〕 朱越利《道教答問》,229 頁。

魁，所繫者死絕氣，故少陰太陰土使得王，勝其陽者，名為反天地，故多致亂也。」（卷 69 / 天讖支干相配法 / p272）「愚生數人，緣天師哀之，為其說天讖訣。」（卷 69 / 天讖支干相配法 / p272）「今吾所記天讖，乃記天大部，能王持天政氣，為天下綱紀者也。」（卷 69 / 天讖支干相配法 / p272）

其他文獻亦見，《全三國文》卷七十五《吳十三・闕名・天發神讖文》：「天璽元年柒，月己酉朔十四日壬□□□武中郎將丹陽□□□□□□□□□然發刻廣省□乃是天讖，廣多□未解，解者十二字。以柒月廿三日遣□□解文字。」〔註36〕唐楊炯《大唐益州大都督府新都縣學先聖廟堂碑文（并序）》：「五龍乘正，按天讖以希微；六羽提衡，驗星謠而汗漫。」〔註37〕

【圖讖】

「深眇哉，所問，迺求索洞通天地之圖讖文，一言迺萬世不可易也。」（卷 69 / 天讖支干相配法 / p261）「夫學之大害也，合於外章句者，日浮淺而致文而妄語也，入內文合於圖讖者，實不能深得其結要意，反誤言也。」（卷 70 / 學者得失訣 / p277）

圖讖，古代方士或儒生編造的關於帝王受命徵驗一類的書，多為隱語、預言。始於秦，盛於東漢。《漢書・王莽傳上》：「徵天下通一藝教授十一人以上，及有逸《禮》、古《書》、《毛詩》、《周官》、《爾雅》、天文、圖讖、鍾律、月令、兵法，《史篇》文字，通知其意者，皆詣公車。」《後漢書・光武帝紀上》：「宛人李通等以圖讖說光武云：劉氏復起，李氏為輔。」李賢注：「圖，河圖也；讖，符命之徵驗也。」

道書中此詞經見，前蜀杜光庭《廣成集》卷十四：「屯兵絡野，念富庶之未臻；暴骨盈川，固殺傷之不一。每思首謝，用贖愆尤。敢言圖讖之文，並屬庸虛之士。」（11 / 294b）宋賈嵩《華陽陶隱居內傳》卷中：「征東將軍蕭衍軍次石頭，東昏寶臺城義師頗懷猶豫。先生上觀天象，知時運之變，俯察人心，憫塗炭之苦，乃亟陳圖讖，貽書贊獎。」（5 / 504c）又：「及諸圖讖並稱梁字，為應運之符。泊將昭告，復令用四月丙寅。」（5 / 505a）元趙道一《歷世真仙體道通鑑》：「王遠者，字方平，東海人也。舉孝廉，除郎中，稍加至中散大

〔註36〕嚴可均輯，馬志偉審訂《全三國文》，商務印書館，1999 年 1 版，756 頁。
〔註37〕董誥等纂修《全唐文》卷一百九十二，中華書局影印本，1983 年第一版，1940 頁。

夫。博學五經，兼明天文圖讖、河洛之要，逆知天下盛衰之期，九州吉凶之事。」（5／132c）《高上玉皇本行集經》卷中：「今觀往昔之圖讖，則可驗也。是以經中之訓，俾國家值亂，則以斯而禳援。蓋所以請命上天，消天變而息地禍，非謂以斯經而止亂也。」（1／734c）

第三節　有關法術咒祝的語詞

道教的道術很多，如符籙、祈禳、禁咒、內丹、外丹、爐火黃白、辟穀、行氣、房中、仙藥、服氣等等。宋馬端臨《文獻通考》曾對道術扼要介紹，說：「蓋清靜一說也；煉養一說；服食又一說也；符籙又一說也；經典科教又一說也。」他說黃老列莊之書，所講是清淨無為，而略及煉養；赤松子、魏伯陽只言煉養而不言清淨；盧生、桃少君、欒大言服食而不言煉養；張道陵、寇謙之言符籙而不言煉養、服食；杜光庭以下只講經典科教。

《太平經》中關於法術咒祝的詞語，大致有如下數端：

【丹書】

「天符還精以丹書，書以入腹，當見腹中之文大吉，百邪去矣。」（卷87／長存符圖／p330）「欲除疾病而大開道者，取訣於丹書吞字也。」（卷108／要訣十九條／p512）

丹書，古代方士用以呪邪鎮鬼的朱文符書。其他用例如漢仲長統《昌言》：「於是淫屬亂神之禮興焉，俯張變怪之言起焉，丹書厭勝之物作焉。」《後漢書·方術傳·解奴辜》：「又河南有曲聖卿，善為丹書符劾，厭殺鬼神而使命之。」《尚書緯·地命驗》：「春秋之月甲子，赤爵銜丹書入於鄷，止於昌戶。」《魏書·釋老志》：「至於丹書紫字，升玄飛步之經。」《貞松堂殘鎮墓文》：「死生異處，莫相干□。生人屬西長安，死人屬太山。丘丞墓伯□南。故為丹書鐵券，□及解適，千秋萬威，莫相來索。如律令。」

道經用例更是不勝枚舉，如《登真隱訣》卷下：「書符之法，先以青墨郭外四周，乃以丹書符文於內，若無青墨，丹亦可用。」（6／621c）《太上飛行九晨玉經》：「躬登弼魁，朝拜靈君；乞願丹書，為生之緣。」（6／677c）《上清太上玉清隱書滅魔神慧高玄真經》：「紫文丹書，表明九天。制命萬靈，招役群仙。」（33／762b）《上清洞真天寶大洞三景寶籙》卷上：「朝拜靈君，乞願

丹書，為生之先，得治三天，飛行八玄。」（34／108b）

【吞字】

「上士見人吞字，歸思亦然，當一吞字皆能教。」（卷 92／洞極上平氣無蟲重複字訣／p380）「欲除疾病而大開道者，取訣於丹書吞字也。」（卷 108／要訣十九條／p512）

吞字，吞服天符，以此來驅邪治病。本經是如此描述的：「以丹為字，以上第一，次下行將告人，必使沐浴端精，北面西面南面東面告之，使其嚴以善酒，如清水已飲，隨思其字。終古以為事身。且曰向正平善氣至，病為其除去，面目益潤澤，或見其字，隨病所居而思之，名為還精養形。或無病為之，日益安靜。」（卷 92／洞極上平氣無蟲重複字訣／p380）

楊寄林指出：「丹書是用紅色書寫的似字非字的圖畫構形，即本經所列的『複文』之類的東西。它有兩個以上的隸書漢字重疊而成，所以又稱『重複字』；因其『可以救非禦邪』，故而又稱『丹明耀』；總之均為『天刻之文字』，因此復稱『天符』或『符書』。『吞字』猶言吞服天符。」〔註38〕吞服丹書之字可幫助祛除疾病、體悟真道。這些符字、符圖是天神的文字，「吞字」則天神的命令進入人體中，神使心覺自正，於是便除去了疾病。日本學者小林正美認為：「天師道教法的根本，是通過首過、符水、請禱的治病法，這一點，在東晉、劉宋時期的天師道中也是同樣的。」〔註39〕

「吞字」是本經的一個特有詞語，其他道經未見此詞，但一些文獻中有相關記載，《宋書·羊欣傳》：「（羊欣）素好黃老，常手自書章。有病不服藥，飲符水而已。」《登真隱訣》卷上：「上元六符，中元五符，下元五符，上中下元者，謂身中三元之宮，其符字各有所生也。涓子剖鯉魚所獲，是太上召三一守形也。以符召一，令一守身，猶如紫文告三魂也。立春、春分、立夏、夏至、立秋、秋分、立冬、冬至，始日也，各以此八節日為始。朱書，平旦向王，日吞一符。畢，再拜，祝願隨意。」（6／606b）《周氏冥通記》卷二：「儻有窮幽測遠，遠求師友，書夜辛勤，積以歲月，或直坐一山，修經用法，吞符翕景，處七元者，亦皆能致道，終不及積業用功果之快耳。」（5／528b）

〔註38〕楊寄林《太平經今注今譯·太平經綜論》，111 頁。
〔註39〕小林正美著、李慶譯《六朝道教史研究》，四川人民出版社，2001 年，184 頁。

【神祝】

「天上有常神聖要語，時下授人以言，用使神吏應氣而往來也。人民得之，謂為神祝（《合校》：祝襄傳注作咒，祝咒通用）也。祝也，祝百中百，祝十中十，祝是天上神本文傳經辭也。」（卷 50 / 神祝文訣 / p181）

神祝，即神咒，僧道等念以祈神消災的咒語。《說文·示部》：「祝，祭主贊詞者。從示從人口。一曰從兌省。《易》曰：『兌為口為巫。』」段注：「此以三字會意，謂以人口交神也。」據《說文》釋義，「祝」本義為巫。據其古文字形，郭沫若以為像人跪而有所禱告之形。但需指出的是，甲骨文中特別突出地表現出禱告者的口（陳夢家以為「象仰首開口呼求狀」，見《古文字中之商周祭祀》），用此法表示「有所禱告」，即用言語與鬼神溝通。因此，古文獻用例中「祝」表示用言語向鬼神祈禱求福之義多見〔註40〕。

詹鄞鑫師指出「咒」本寫作「呪」，原先與「祝」是一個字，大約到戰國以後，「祝」与「呪」的分工才逐漸明確起來，正面的願望叫「祝」，反面的叫「呪」〔註41〕。黃征認為「呪」與「咒」同，移易部件而已，今用「咒」而古行「呪」；「呪」又是「祝」的後起俗字，原本意義相同，後來漸漸有所分工，「呪」字經常用以表示詛咒義而「祝」字經常用以表示祝福義〔註42〕。

在宗教中，具有法力的語言是咒語，《太平經》中稱咒語為「神祝」。神咒可以為人除疾，對病者念神咒，便能召神為之除疾。神咒靈驗便是真的，不靈驗便是邪妄之言。古殷商便有專門從事以「言辭悅神」的人，稱之為「祝」。早期道教用神咒以使神之術，即來之於古時的巫祝〔註43〕。

中古道經用例如東晉《元始五老赤書玉篇真文天書經》卷中：「演五行於玄府，運四氣以應神，鎮玉篇以固劫，保地於元根。命靈策以制魔，吐神祝以遏震，施八威以正度，嘯五帝以召龍。」（1 / 788b）南北朝《玉景九天金霄威神王祝太元上經》：「帶此符之法，以朱書白素，長三尺，以紫錦為囊，盛之於心

〔註40〕 曾昭聰《古漢語神祇類同義詞研究》，130 頁。
〔註41〕 詹鄞鑫師《神靈與祭祀──中國傳統宗教綜論》，江蘇古籍出版社，1992 年，450頁。
〔註42〕 黃征《敦煌願文續雜考》，刊於郝春文主編《敦煌文獻論集》，遼寧人民出版社，2001年版。又載於黃征《敦煌語言文字學研究》，207 頁。
〔註43〕 李養正《從〈太平經〉看早期道教的信仰與特點》，原載《道協會刊》1982 年第 10期，收入李養正原著、張繼禹編訂《道教經史論稿》，58 頁。

前，欲行神祝之時，皆當佩之。兆佩此符，以制天地鬼神，驅伐六天之寒靈，摧戮九魔之凶氣。」（4／559a）

【祝固】

「人可求以祭祀，尚不給與，百神惡之，欲使無世；鄉里祝固，欲使其死；盜賊聞之，舉兵往趨，攻擊其門戶，家困且死而盡，固固不肯施予，反深埋地中，使人不睹。」（卷 67／六罪十治訣／p247）

祝固，詛咒。「祝」同「咒」，《詩·大雅·蕩》：「侯作侯祝，靡屆靡究。」毛傳：「作、祝，詛也。」鄭箋：「王與羣臣乖爭而相疑，日祝詛求其凶咎無極已。」《論衡·言毒》：「其人祝樹樹枯，唾鳥鳥墜。」曾昭聰認為「祝」的甲骨文字形突出口形，強調是用言語與鬼神溝通。古文獻用例中表示用言語向鬼神祈禱求福之義多見，往相反方向引申即是詛咒，即以言語向鬼神請求降禍於別人〔註44〕。

【解除】

天君有教言：「此人先時有承負，勅神為解除、收藏，未藏者為藏之。」（卷 110／大功益年書出歲月戒／p534）「盡意為求真藥新好，分部谷令可知，迎醫解除。常垂涕而言，謝過於天，自搏求哀，叩頭於地，不避瓦石泥塗之中。」（卷 114／某訣／p591）「書有戒而不用其行，得病乃惶，豈可免焉？誠民之愚，何益於天。使神勞心煩苦，醫巫解除。」（卷 114／病歸天有費訣／p620）「帝當晏早而動搖其樂器，而始唱其聲，以解除愁苦之氣，而致太平哉？」（卷 116／某訣／p635）「天運生聖人使其語，無而盡解除其病者。」（卷 119／三者為一家陽火數五訣／p675）

漢代陰陽家稱禳除凶惡、除災解罪為解除。漢王充《論衡·解除》：「世信祭祀，謂祭祀必有福；又然解除，謂解除必去凶。」王充認為解除法從古代逐疫之習、禮法演化而來，《論衡·解除》：「解除之法，緣古代逐疫之禮也。」《太平經》中「解除」的對象可以是疾病，也可以是災厄，亦可為承負或過錯。據相關資料顯示，時人在舉行喪葬儀式時多施行『解除』術，其目的是為消弭死者生前所犯下的罪過。這一做法，似成漢代民間葬俗之通例。這從「解適」（「適」通「讁」）二字頻繁出現在這一時期的墓葬出土文物中也得到

〔註44〕曾昭聰《古漢語神祀類同義詞研究》，136～137 頁。

證實〔註45〕。

後世道經屢見，例如南朝梁陶弘景《登真隱訣》卷下：「甲欲改惡為善，願從太玄上一君乞丐原赦罪過，解除基謫，度脫灾難，辟斥縣官。當令甲所向，金石為開，水火為滅，惡逆賓伏，精邪消散。」（6／620c）北周《無上秘要》卷四十二《修學品》：「兆得三皇天書，皆有宿名玄錄，既受神文，必行其法。當先匡濟帝王，解除禍患，使國寧民安，然後乃得隱靖修學。」（25／141c）《正一法文經章官品》卷一：「官席君，官將一百二十人。治巨門室，主為某解除官事囚繫牢獄，令解散出。」（28／536b）《赤松子章曆》卷四：「伏惟天官恩盼，太上無極大道、天師門下典者、五氣君，垂神省念，上請東方寅卯辰甲乙青氣君，解除東方青厄青毒；南方己午未丙丁赤氣君，解除南方赤厄赤毒。」（11／203b）《玄都律文》：「常思病來之罪所犯過惡，司過神、解過神、司過君、解過君當解除之一切罪過、世間所犯諸惡，則病消除。」（3／458b）前蜀杜光庭《道門科範大全》卷五十六：「有年月日時災厄者，請廉貞星君解除之；若己未生人，有年月日時災厄者，請武曲星君解除之；若午生人，有年月日時災厄者，請破軍星君解除之。」（31／890a）

【食氣】

「夫人，天且使其和調氣，必先食氣；故上士將入道，先不食有形而食氣，是且與元氣合。」（卷 42／九天消先王災法／p90）「故上士修道，先當食氣，是欲與元氣和合，當茅室齋戒，不覿邪惡，日鍊其形，無奪其欲，能出入無間，上助仙真元炁天治也。」（卷 42／九天消先王災法／p91）「入室始少食，久久食氣，便解去不見者，是也；求道，自言得之不還，反有問者，非也。」（卷 70／學者得失訣／p278）「又六人俱食氣，俱咽不下通，氣逆而更上。」（卷 86／來善集三道文書訣／p316）「然，夫九竅乃像九州之分也。今諸真人自言，俱食氣迺嚙不通，眩瞑無光明，是九州大小相迫脅，下不得上通其言急事也。」（卷 86／來善集三道文書訣／p317）

食氣，服食空氣或芝蘭之氣，乃道家養生之一法。「亦即關於某些特殊的呼吸運動的修煉方法，屬於氣功中的吐納功。」〔註46〕食氣的源頭可以追溯到

〔註45〕姜守誠《〈太平經〉研究——以生命為中心的綜合考察》，449 頁。
〔註46〕楊寄林《太平經今注今譯》，108 頁。

《莊子》所載:「不食五穀,吸風飲露」。《太平經》多言辟穀食氣,認為其可延年益壽、袪除疾病。既然是道家的養生法,就應當舉道經中的例子,然而《大詞典》此義項書證僅見《孔子家語·執轡》:「食肉者勇敢而悍,食氣者神明而壽。」《論衡·道虛》:「聞食氣者不食物,食物者不食氣。若士者食物如不食氣,則不能輕舉矣。」當補。

道經用例如北周《無上秘要》卷二十九《三十二天讚頌品》:「元載眾梵炁,孔昇綱八羅。敷雲迴金門,虹映煥朱霞。上有授生童,飛天互參差。食炁長息穴,嚥津黃水華。」(25 / 93b)前蜀杜光庭《道門科範大全》卷三:「或留神食炁,制魄拘魂;或飛步遯形,藏天隱地。皆欲延其有限,造彼無涯。」(31 / 764c)《上清司命茅真君修行指迷訣》:「食炁之法:必以天生人之日,謂甲辰庚日也,乃若四時王相日,始飲藥。食炁初,以九口滿飲為法,後日減一餐,十日穀絕矣。他餘物一時睹,皆可食炁。食炁之法,十咽啖棗十,以棗為籌,為知食炁多少。」(18 / 456c)

【還精】

「且曰(合校:曰疑當作日)向正平善氣至,病為其除去,面目益潤澤,或見其字,隨病所居而思之,名為還精養形。」(卷 92 / 洞極上平氣無蟲重複字訣 / p380)「天符還精以丹書,書以入腹,當見腹中之文大吉,百邪去矣。」(卷 87 / 長存符圖 / p330)「人之精神,常居空閑之處,不居汙濁之間也;欲思還精,皆當齋戒香室中,百病自除。」(卷 18~34 / 闕題 / p28)

還精,道家保持元氣的修煉之術。《大詞典》書證為《抱朴子·對俗》:「仙經曰:『服丹守一,與天相畢,還精胎息,延壽無極。』此皆至道要言也。」過晚。該詞蓋始見於《老子想爾注》:「道教人結精成神,今世間偽伎詐稱道,託黃帝、玄女、龔子、容成之文,相教從女不施。思還精補腦,心神不一,失其所守,為揣悅,不可長寶。」

後世文獻襲用,《抱朴子內篇·釋滯》:「房中之法十餘家,或以補救傷損,或以攻治眾病,或以采陰益陽,或以增年延壽,其大要在於還精補腦之一事耳。」(28 / 199c)《後漢書·方術列傳》:「御婦人之術,謂握固不瀉,還精補腦也。」陶弘景《真誥》卷五《甄命授第一》:「夫喜怒損志,哀感損性,榮華惑德,陰陽竭精,皆學道之大忌,仙法之所疾也。雖還精胎息,僅而補之,內

虛已徹，猶非本真。」（20／519c）《太上老君中經》卷下：「還精絳宮之中法：常以月一日、十五日、晦日，以日初出時，被髮，束首向日臥，以兩手摩兩乳間，下至心，九反而止。」（27／153b）《上清太極真人神仙經》：「若道士有行還精之道，迴黃轉赤，朝精灌命，注津溉液，使男女共丹，面生玉澤者，宜知大君之名，要服天皇象符，以至不老矣。」（34／307a）《雲笈七籤》卷十九《老子中經下·第四十四神仙》：「還精絳宮者，月三日為之也，神仙之道也。」（22／144a）又卷七十三《內丹·陰丹慎守訣》：「《黃庭經》曰：方寸之中謹蓋藏，三神還精老復壯，養子玉樹命如杖，急固子精以自償。」（22／518b）

【首過】

「天大寬柔忍人，不一朝而得刑罰也。積過累之甚多，乃下主者之曹，收取其人魂神，考問所為，不與天文相應，復為欺，欺後首過，罪不可貸。」（卷114／見誡不觸惡訣／p600）「財產不可卒得，行復無狀，財不肯歸，便久不祠，為責安可卒解乎？宜當數謝逋負之過，後可有善，子孫必復長命。是天喜首過，其家貧者，能食穀知味，悉相呼，叩頭自搏仰謝天。」（卷114／不可不祠訣／p605）「今世之人，行甚愚淺，得病且死，不自歸於天，首過自搏叩頭，家無大小，相助求哀。」（卷114／病歸天有費訣／p621）

首過，自己承認、交代過失。漢明帝時張角創太平道，以自行首過的方式默禱神靈。後世文獻多見，《後漢書·皇甫嵩朱雋列傳》：「張角自稱『大賢良師』，奉事黃、老道，畜養弟子，跪拜首過，符水咒說以療病，病者頗愈，百姓信向之。」《晉書·列傳第五十》：「未幾，獻之遇疾，家人為上章，道家法應首過，問其有何得失。」唐釋道宣《廣弘明集》卷第十一：「有病者令首過，大都與張角類相似。」《雲笈七籤》卷八《經釋·釋〈大有八稟太丹隱書〉》：「為學之士以其日清齋首過，即上生於南宮也。」（22／51a）《太平廣記》卷第八《神仙八》「張道陵」條：「於是百姓計念，邂逅疾病，輒當首過，一則得愈，二使羞慚，不敢重犯，且畏天地而改。」朱法滿《要修科儀戒律鈔》卷十一：「上章謝罪，家中大小，北向先謝三十二天。舉家大小，散髮交手，北向對章首過。違律，罰病十日。」（6／976c）

【自搏】〔註47〕

「叩頭自搏而啼鳴，有身不能自正，而反多怨。」（卷111／善仁人自貴年在壽曹訣／p550）「常垂涕而言，謝過於天，自搏求哀，叩頭於地，不避瓦石泥塗之中。」（卷114／某訣／p591）「財產不可卒得，行復無狀，財不肯歸，便久不祠，為責安可卒解乎？宜當數謝逋負之過，後可有善，子孫必復長命。是天喜首過，其家貧者，能食穀知味，悉相呼，叩頭自搏仰謝天。」（卷114／不可不祠訣／p605）「所有禱祭神靈，輕者得解，重者不貰。而反多徵召，呼作詐病之神，為叩頭自搏，欲求其生，文辭數通，定其死名，安得復脫。」（卷114／病歸天有費訣／p620）

自搏，自己打耳光，表示悔過、自責、饒恕之義〔註48〕。禱祭活動的一項重要內容就是「叩頭自搏」。自搏謝罪主要通過自虐式的肉體折磨來取悅於神，籍此求得神祇諒解。「據史料記載，早期道教——太平道、五斗米道均把叩頭謝罪治愈疾病作為傳教手段來吸引信徒。」〔註49〕楊聯陞曾指出：「自搏謝罪似起於漢末之太平道與五斗米道……至於道教之自搏，導源何在，亦復耐人尋索。」〔註50〕

「自搏」亦見於其他文獻，《太清金液神丹經》〔註51〕：「九拜、九叩頭、九自搏，長跪。」《三國志·吳書·王樓賀韋華傳》：「被問寒戰，形氣吶吃，謹追辭叩頭五百下，兩手自搏。」唐釋道世《法苑珠林》卷第九十：「佛見如是哀愍念之，因問長者：『汝今當復云何？』長者口噤不能復言，但得舉手自

〔註47〕 本書所論與葉貴良《敦煌道經詞彙研究》264～265頁「自搏」、「搏頰」條略有不同，葉著將其歸入「受授告盟」類。

〔註48〕 王雲路《〈太平經〉語詞詮釋》，《語言研究》1995年第1期。

〔註49〕 姜守誠《〈太平經〉研究——以生命為中心的綜合考察》，370頁。

〔註50〕 楊聯陞《道教之自搏與佛教之自撲》，載《中國語文札記》，中國人民大學出版社，2006年，17頁。近年，汪維輝作了進一步研究，認為：「『叩頭』和『自搏』是兩個不同的動作，它們都是古人表示謝罪、自責和悔過時的習慣動作，從本文『仡仡叩頭，兩手自搏』的描述看，用『叩頭』加『自搏』以謝罪的做法至晚在西漢已然。」（見《〈僮約〉疏證》，轉引自其所著《漢語詞彙史新探》，上海人民出版社，2007年，311頁。）

〔註51〕 《太清金液神丹經》，一名《上清金液神丹經》，簡稱《金液神丹經》。分為上、中、下三卷。此書《宋史·藝文志》著錄，《崇文書目·道書類》、《通志·藝文略·道家》皆著錄《金液神丹經》3卷，陳國符在《道藏源流考》中，以《太清金液神丹經》中歌訣用韻情況，指出卷上及卷中一部分為古經，在西漢末東漢初出世，自「鄭子君曰……」以後，乃後人摻入之文。卷中題為「長生陰真人撰」，此經由陰長生傳與後人。

搏而已，從佛求哀悔惡歸善。」《雲笈七籤》卷六十五《金丹訣·祭受法》:「言畢，又九叩頭九自搏，令徐徐聲才出。」

本經又有「搏頰」，義同「自搏」。如「高明得高，中得中，下得下，殊無搏頰乞匄者。」（卷 112 / 病歸天有費訣 / p583）後世文獻亦見，《三國志·魏書·武帝紀》:「獻帝春秋曰:收紀、晃等，將斬之，紀呼魏王名曰:『恨吾不自生意，竟為觛兒所誤耳！』晃頓首搏頰，以至於死。」《三國志·魏書·諸夏侯曹傳》:「作《道德論》及諸文賦著述凡數十篇」裴松之注引《魏末傳》:「〔何晏〕有一男，年五六歲，宣王遣人錄之。晏母歸藏其子王宮中，向使者搏頰，乞白活之。」北魏寇謙之《老君音誦戒經》:「九叩頭，三搏頰……過罪得除，長生延年。」（18 / 214a）《雲笈七籤》卷四十一《七籤雜法·朝禮》:「訖，又再拜，便於禮處伏地，以簡叩頭搏頰。」（22 / 286b）又卷五十一《祕要訣法部七·八道命籍》:「正存之，叩頭搏頰各九，心禮四拜。」（22 / 354a）宋吳聿《觀林詩話》:「如半山《觀棊》詩云:『旁觀各技癢，竊議兒女囁。諻輸寧斷頭，悔悟乃搏頰。』亦曲寫人情之妙也。」

《後漢書·趙憙傳》:「『憙以因疾報殺，非仁者心，且釋之而去。顧謂仇曰:「爾曹若健，遠相避也。』仇皆臥自搏。」李賢注:「自搏，猶叩頭也。」「自搏」和「叩頭」是兩個關聯動作，但並不一樣，《大詞典》等辭書據李賢注而把「自搏」釋作「以頭叩地」是不正確的。

近年來，田啟濤博士先後發表系列論文《搏頰:一種已消失的道教儀式》（《中國宗教》2011 年第 5 期）、《也談道經中的「搏頰」》（《敦煌研究》2012 年第 4 期）、《再談道經中的「搏頰」》（《現代語文》2012 年第 10 期），指出「搏頰」是魏晉南北朝道經中的一個常見詞語，表「擊打面頰」之義，後人因不了解「搏頰」之俗，而對該詞產生諸多誤解。三篇論文以道經語料為依託，以佛經及傳統文獻典籍用例為參照，廓清了其意義內涵。

第四節　有關長生仙化的語詞

修道成仙思想是整個道教的核心，是道教徒的終極目標，道教的教理教義及各種修練方法，都是圍繞這個中心展開的。在早期道教，各派在追求長生不死的目標上是沒有區別的，只是實現此目標的途徑各有不同。大體說來，一種

是企圖借助符籙咒術、祈禳、齋醮，輔以行氣、導引、守一、存神等手段，達到長生成仙的目的；一種是企圖借助服食外丹，修煉內丹等方式，達到成仙得道的目的。

《太平經》涉及這方面的詞語主要有：

【形去】

「故三皇五帝多得道上天，或有尸解，或有形去。」（卷 117 / 天咎四人辱道誡 / p665）

形去，脫離形體而升天，肉身升仙。「尸解、形去、白日升天是三種登仙成神的方式，尸解和白日升天襲自神仙家的傳統說法，形去則為本經的首次擬設。三種方式逐級而上，實現的難度也於之成正比。」〔註 52〕

其他道經亦有見，陶弘景《真誥》卷四《運象篇第四》：「有死而更生者，有頭斷已死乃從一旁出者，有未斂而失尸骸者，有人形猶在無復骨者，有衣在形去者，有髮脫而失形者，白日去謂之上尸解，夜半去謂之下尸解，向曉向暮之際而謂之地下主者也。」（20 / 515c）《玉清金笥青華秘文金寶內鍊丹訣》：「故曰以事鍊心，情無他，鏡能寒形，不差毫髮，形去而鏡自鏡，蓋事罕而應之，事去而心自心也。」（4 / 364a）

【白日昇天】

「白日昇大之人，自有其真。」（卷 114 / 九君太上親訣 / p596）「天亦信有心善之人，自不在俗間也。簿文內記，在白日昇天之中，義不相欺。天君欲得進善，有心不違言，是其人也。諸大神自遙見其行，雖家無之日，前以有言，宜勿憂之。常念與天上諸神相對，是善所致也，宜勿懈倦也。有心善之人言，生本無昇進人，期心報大神，求進貪生，欲竭所知，何敢望白日昇乎？」（卷 114 / 天報信成神訣 / p607～608）「天信孝有善誠，行無玷缺。故使白日輒有承迎，前後昭昭，眾民所見，是成其功，使人見善。白日之人，百萬之人，未有一人得者也。」（卷 114 / 九君太上親訣 / p596）「唯大神白天君，纔使在不死之伍中，為何敢望白日乎？」（卷 114 / 天報信成神訣 / p608）「其人自樂生者，天使樂之，是天報信。其人必化成神，必以白日。」（卷 114 / 天報信成神訣 / p609）

〔註 52〕楊寄林《太平經今注今譯》，113～114 頁。

「白日昇天」是道教專業術語，在道經中屬常用詞語，指道教徒修煉得道後，白晝飛升天界成仙。《太平經》中，「飛升」是成仙的高級途徑，其地位遠在尸解之上。其他道教文獻多見，如《洞真上清青要紫書金根眾經》：「修行九年，勉得上仙，白日升天，遊冥玉宮也。」（33／425b）《洞真太一帝君太丹隱書洞真玄經》：「此章契絡十天，回停三晨，萬魔伏竄，千妖喪形，誦之萬遍，白日升天。」（33／547b）《雲笈七籤》卷三《道教本始部・天尊老君名號歷劫經略古》：「地皇氏得此經，以治天下三十六萬歲，乃白日升天，上素虛玉皇天宮中，萬帝朝尊。」（22／16b）又卷一百六《傳・紫陽真人周君內傳》：「有乘雲駕龍，白日升天，與太極真人為友，拜為仙宮之主。」（22／723a）《太平廣記》卷第六十二《女仙七》「魯妙典」條：「又十年，真仙下降，授以靈藥，白日升天。」

「白日」可以看作是「詞義感染」〔註53〕的一個典型例證，「白日」、「昇天」經常連用，猶如一個固定搭配，進而「白日」逐漸沾染了「昇天」的「飛入天界成仙」義。

【長生】

「真人見吾書，宜深計之，慎無閉藏，以付賢柔明，使其覺悟。是故古道乃承天之心，順地之意。有上古大真道法，故常教其學道、學德、學壽、學善、學謹、學吉、學古、學平、學長生。」（卷49／急學真法／p160）「長生之術可開眸，子無強腸宜和弘，天地受和如暗聾。」（卷 52／胞胎陰陽規矩正行消惡圖／p193）

長生，道家求長生的法術。後世文獻用例如南朝宋鮑照《代淮南王》詩：「淮南王，好長生，服食鍊氣讀仙經。」《漢魏南北朝墓誌彙編・東魏・河清元年八月十八「故人張胡仁墓》：「嗟乎，案前神水，未見長生，肘後靈丸，寧能羽化。」《列仙傳》卷下《朱璜》：「心虛神瑩，騰贊幽冥。毛赤髮黑，超然長生。」《抱朴子神仙金汋經》卷上：「半兩力不足以升天，但長生不死而已。」（19／206b）《雲笈七籤》卷一百五《傳・清靈真人裴君傳弟子鄧雲子撰》：「當精思遠念，於是男女可行長生之道。」（22／711c）宋蘇軾《過大庾嶺》詩：「仙人拊我頂，結髮授長生。」

〔註53〕鄧明《古漢語詞義感染例析》，《語文研究》1997 年第 1 期。

【去世】

「欲有大功於天者，子今又去世之人也。不得譽於治，以何得有功於天乎？」（卷47／上善臣子弟子為君父師得仙方訣／p141）「今吾已去世，不可妄得還見於民間，故傳書付真人，真人反得，已去世俗，不可復得為民間之師。」（卷67／六罪十治訣／p255）「子思書言，自得之也，為神之階可見矣。去世上天而治，不復見矣。子欲重知其明效也，世不可得久有而獨治也。故得道者，則當飛上天，亦是其去世也。不肯力為道者，死當下入地，會不得久居是中部也。」（卷98／包天裹地守氣不絕訣／p450）

去世，離開俗世，得道升天。《大詞典》僅收「婉言人死」一個義項〔註54〕，當補。陶弘景《真誥》卷四《運象篇第四》：「得道去世，或顯或隱，托體遺邁，道之隱也。」（20／515a）《洞真高上玉帝大洞雌一玉檢五老寶經》：「夫仙者之去世也，或絕迹藏往，而內棲事外；或解劍代形，遺杖唯身，飄然雲霧，延神寄玄。」（33／385a）《洞真太上素靈洞元大有妙經》：「凡受《素靈洞玄》，當依年限而傳，過此不得復出。若道備真降，白日超騰，乃隱化托解，滅迹去世，有可付弟子，便口盟而授也。」（33／415a）《雲笈七籤》卷四《道教經法傳授部·上清源統經目注序》：「華存以咸和九年，歲在甲午，乘飆輪而升天。去世之日，以經付其子道脫，又傳楊先生諱羲。」（22／18c）又卷一百五《傳·清靈真人裴君傳弟子鄧雲子撰》：「奉而行之，於今一百七年矣，氣力輕壯，不覺衰老。但行之不動，多失真志，不能去世，故雖延年，不得神仙也。」（22／711b）《太平廣記》卷第五十八《女仙三》「魏夫人」條：「得道去世，或顯或隱。托體遺跡者，道之隱也。」

【肉飛】

「晝夜不能忘，以為經常。因得肉飛而可強，是為自好愛之道也。」（卷102／經文部數所應訣／p466）

肉飛，道教指肉體飛升。後世道經多有行用，《抱朴子內篇·極言》：「若令服食終日，則肉飛骨騰，導引改朔，則羽翮參差，則世閑無不通道之民也。」

〔註54〕《大詞典》「婉言人死」義項始見書證為唐李肇《唐國史補》，過晚。南朝梁陶弘景《真誥》已多有使用，如卷十七《握真輔第一》：「自小捃去世後，略無月不作十數夢見之。又於睡臥之際，亦形見委曲也，所言所行，如平存爾。」卷二十《翼真檢第二》：「安帝元興三年於家去世，年六十八，則成帝咸康三年丁酉歲生也。」

（28／218c）《無上秘要》卷三十四《師資品》：「子今學上清之道，希求昇騰，永享无量之福。慢師行道，求肉飛之舉，謂投之夜光，失爾一往也。」（25／114b）《上清高上滅魔玉帝神慧玉清隱書》：「自非受氣玉虛，結秀瓊胎者，空身而求肉飛之舉，无有此文，自勞鬼於疲曳，无獲於圖尚也。」（33／768b）《太上飛行九晨玉經》：「年命長延，享利眉壽，齊生華晨，肉飛骨輕，駕景乘雲。」（6／673c）《上清胎精記解行事訣》：「帝君部位，玄母陶津，解結散滯，斷滅胞根，體輕肉飛，應氣自然，與我同昇，上到帝前。」（6／558b）《雲笈七籤》卷二十《三洞經教部·羽章》：「肉飛骨輕，駕景乘雲；仙衣羽服，流鈴紛紛；五色煥耀，升入七門。」（22／153c）

【成真】

「故奴婢賢者得為善人，善人好學得成賢人；賢人好學不止，次聖人；聖人學不止，知天道門戶，入道不止，成不死之事，更仙；仙不止入真，成真不止入神，神不止乃與皇天同形。」（卷56～64／闕題／p222）

成真，即成仙。《說文·匕部》：「真，仙人變形登天也。」《太上老君戒經》：「練質入仙真，欲多則神濁，氣清則質練，練質成真，莫不由戒。」（18／202b）《無上秘要》卷三十一《經德品》：「弟子成真以來，身登玄宮，經今九載，方得受聞《昇玄妙經》。」（25／101b）卷三十八《授洞神三皇儀品》：「香煙之女，上白皇君，小兆真人姓名甲清齋絕塵，期靈五通，上願成真，滅禍生福，上昇三天。」（25／127c）梁丘子《黃庭內景玉經註》卷五十七：「固精守氣，積煉成真，修學以得之。」（4／863a）《雲笈七籤》卷一百六《傳·許邁真人傳》：「吾方棲神空岫，蔭形深林，採汧谷之幽芝，掇丹草以成真矣。」（22／729b）《道法會元》卷一七七：「自此已後，地界治官不許遷，唯修仙成真者，始可請命上天也。」（30／141a）

「成真」乃「成真人」之縮略，「成真人」有不少用例，如《太平廣記》卷第五十八《女仙三·魏夫人》：「我昔於此學道，遇南極夫人、西城王君，授我寶經三十一卷，行之以成真人，位為小有洞天仙王。」《雲笈七籤》卷七十二《真元妙道修丹曆驗抄·神室圖第七》：「夫曉之者即修生，修生者，必成真人焉。」（22／510c）最能說明問題的是《雲笈七籤》卷五十《祕要訣法·三一九宮法》：「並有寶經，以傳已成真人者，未得成真，非所聞也，雖真一之要，亦自不授

之矣。」（22／349b）前言「成真人」，後言「成真」，二者義同。

【得道】

「故人無道之時，但人耳，得道則變易成神仙；而神上天，隨天變化，即是其無不為也。」（卷 71／真道九首得失文訣／p282）「能飛者，獨得道仙人耳。」（卷 71／致善除邪令人受道戒文／p289）「人居天地之間，人人得壹生，不得重生也。重生者獨得道人，死而復生，尸解者耳。」（卷 72／不用大言無效訣／p298）「故得道者，則當飛上天，亦是其去世也。不肯力為道者，死當下入地，會不得久居是中部也。故天地開闢以來，更去避世，聖文常格在而不見其人，是明效也。不死得道，則當上天；死則當下入地，不得久當害中和之路也。」（卷 98／包天裹地守氣不絕訣／p450）「假令得道上天，天上簡問之，盡為惡人；今不可以調風雨，而興生萬二千物，為其師長也。」（卷 117／天咎四人辱道誡／p656）「後生謹良，為道者不復犯天禁，令使得道而上天，天上更喜之。」（卷 117／天咎四人辱道誡／p656）

得道，道教謂存神煉氣有五時七候，第一候，宿疾並銷，六情沈寂，名為得道，由此可成仙或長生。《大詞典》書證為葛洪《抱朴子・金丹》：「上士得道，昇為天官；中士得道，棲集崑崙；下士得道，長生世間。」實則東漢時期已經出現該詞，如《論衡・道虛》：「堯、舜不得道，黃帝升天，非其實也。」

後世繼續行用，《無上祕要》卷八十四《得太極道人名品》：「帝舜姓姚，名重華，服北戎長胡所獻千轉紫霜得道。」（25／244b）《道門經法相承次序》卷下：「三乘學行：小乘學洞神，得道成仙。」（24／797b）又：「上士得道，昇為仙官；中士得道，棲集崑崙；下上得道，長生世間。」（24／797a）《雲笈七籤》卷一百一十《洞仙傳・元君》：「元君者，合服九鼎神丹，得道，著經九卷。」（22／748b）又卷一百一十《洞仙傳・蔡瓊》：「蔡瓊，字伯瑤，師老子，受《太玄陽生符》《還丹方》，合服得道，白日升天。」（22／748c）宋蘇軾《東坡志林・東坡昇仙》：「今謫海南，又有傳吾得道，乘小舟入海不復返者。」

【延命】

「天神聞知，來下言，此人為誰，何一悲楚。窺見大德之人，延命久長在。」（卷 111／善仁人自貴年在壽曹訣／p551）「神人真人求善人，能傳書文知用，則其人可得延命增壽，益與天地合，共化為神靈。」（卷 112／有過死

讁作河梁誡／p574）「是天善之，無出惡言，而自遺咎。同出口氣，正等擇言出之。無一小不善之辭，可得延命。」（卷114／見誡不觸惡訣／p602）

延命，延長壽命，道教徒認為通過修煉修行，可以長生不老，「延命」在道經中是一個常用詞彙。例如《抱朴子內篇・論仙》：「若夫仙人，以藥物養身，以術數延命，使內疾不生，外患不入，雖久視不死，而舊身不改，苟有其道，無以為難也。」（28／174b）《太上洞玄靈寶上品戒經》：「第八勸施貧窮，輟己衣食，令得飽暖，延命安存，見世門榮，多饒家富。」（6／867c）前蜀杜光庭《道門科範大全》卷五十八《北斗延生懺燈儀》：「辟除妖惡，善瑞日臻。去來無礙，與神同倫。延命自然，上升玉宸，和願得長生。」（31／894a）《雲笈七籤》卷四十四《存思部・太一帝君太丹隱書》：「帝君玄煙，合真會昌，內安精氣，外攘災殃，卻除死籍，延命永長。」（22／311b）又卷五十二《雜要圖訣法部・五神行事訣》：「太陽正真，赤雲運煙，玉靈化生，與我相親。按生方盈，日中之神，理仙護形，延命億千，舉體合景，升為高仙。」（22／364b）

【仙度】

「小生得與人等，雖不仙度，可竟所受，不中亡年，是為可矣。」（卷110／大功益年書出歲月戒／p526）「天道億萬，少得其真，河圖洛書，廢者眾多。所以然者，不信其文，少得仙度，便為俗人。」（卷112／貪財色災及胞中誡／p566）「長生求活，可無自苦愁毒。思行天上之事，神靈所舉，可得仙度久生，長與日月星辰相覩。」（卷112／七十二色死尸誡／p568）「師有善惡，念本成末，弟子不順，亦亡其名，不得仙度。」（卷112／七十二色死尸誡／p569）「念自令自忽者勿望生，殊無長生之籍，彊入神仙齋家。所有祠祭神靈，求蒙仙度。」（卷112／有過死讁作河梁誡／p576）「天亦信善人，使神仙度之也。」（卷114／九君太上親訣／p596）

仙度，超脫塵世成仙，即「度世」。《大詞典》失收該詞，本經多見。《太上洞玄靈寶福日妙經》：「正月、三月、五月、七月、九月、十一月，此長齋月。能畢是月修齋者，見身仙度，舉家康泰，七祖無為。」（6／225b）《洞真太上八素真經修習功業妙訣》：「凡為道士、祭酒、男女官，受真法，請求仙度，延續生命。」（33／471a）《正一法文法籙部儀》：「上三官考召君吏，並甲等所佩將軍吏兵保護肉人，必使仙度。」（32／201a）唐王懸河《三洞珠囊》卷六《立

功禁忌品》：「三光上道，太一護形。司命公子，五神黃寧。血尸散滅，凶穢沉零。七掖纏注，五藏華生。令我仙度，長享利貞。」（25／326c）

佛道兩教表示「死」的語詞風格是不一樣的。道教以「仙」「化」「升」等為詞；而佛教則以「滅」「寂」「度」等為詞，道教語詞表達了厭死、希望長生的思想；而佛教表達了厭生、希望早日擺脫苦海的悲觀思想〔註55〕。

【駕龍】

神人言：「審如子言，已得道矣。吉者日進，邪者上休矣。持心若此，成神戒矣。成事，乘雲駕龍，周流八極矣。大道坦坦，已得矣。命已長壽無極矣。」（卷71／致善除邪令人受道戒文／p288）「俗念除去，與神交結，乘雲駕龍，雷公同室，軀化而為神，狀若太一。」（卷73～85／闕題／p306）「神人語真人言，古始學道之時，神遊守柔以自全，積德不止道致仙，乘雲駕龍行天門，隨天轉易若循環。」（卷94～95／闕題／p403）「不效俗人，以酒肉相和復止，仙道至重，故語人矣。有命當存，神神相使，乘雲駕龍，周徧乃止。」（卷112／寫書不用徒自苦誡／p571）

駕龍，仙道乘龍飛行，亦指得道成仙。《無上秘要》卷二十七《上清神符品》：「佩此符者，威制天地，訶叱羣靈，控景駕龍，位司高仙。」（25／80c）卷七十四《啟志願品》：「若見車馬，當願一切得道无為，乘鳳駕龍。」（25／226b）《洞真太上八道命籍經》卷下：「靈仙乘慶霄，駕龍躡玄波。洽真表嘉祥，濯足以八河。」（33／513b）晉王嘉《拾遺記·昆侖山》：「羣仙常駕龍乘鶴，遊戲其間。」南朝梁劉勰《文心雕龍·哀悼》：「駕龍乘雲，仙而不哀。」曹操《氣出唱（三首）》詩其二：「從西北來時，仙道多駕煙，乘雲駕龍，鬱何蓩蓩。」

乘雲駕龍，向來被認為是神祇區別與凡人的獨特行為方式。《莊子》中載：「乘雲氣，御飛龍，而遊乎四海之外」即脫胎於古人的這一想法。《太平經》沿襲這一思路繼續加以發展和完善，使之尤顯豐滿〔註56〕。「乘雲駕龍」已被《太平經》演繹成神人之超越性的外在表現形式，以此昭示神祇凌駕一切人間俗物的力量和地位〔註57〕。

〔註55〕葉貴良《敦煌道經詞彙研究》，258 頁。
〔註56〕姜守誠《〈太平經〉研究——以生命為中心的綜合考察》，388 頁。
〔註57〕姜守誠《〈太平經〉研究——以生命為中心的綜合考察》，389 頁。

第五節　有關祐護佐助的語詞

道教產生之初的東漢中後期，社會動蕩，世家豪強勢力惡性發展，吏治腐敗，階級鬥爭熾盛，加之當時災疫流行，人民處於水深火熱之中。廣大百姓幻想有一種超人間的力量來拯救他們，這種力量來自於想像中的神靈，希望得到神靈的祐護，祈求救助他們脫離苦海。《太平經》不少詞語反映了這種心聲：

【祐利】

「是故天將興祐帝王，皆令自有意，從古到今，將興祐之，輒為奇文異笑，今可案以治，故所為者悉大吉也。將不祐利之，悉斷之奇文異笑，使不得之也；如得之，又使其心愚，不知策而用之也。」（卷86／來善集三道文書訣／p325）「人常相厚，久不相覩，一相得逢遇，大喜，則更相祐利，相譽相明；及其素相與不比也，卒相逢便戰鬥。」（卷 92／三光蝕訣／p366）「邪人有邪心，不欲陰祐利凡事，則致邪，此乃皇天自然之格法也。」（卷96／守一入室知神戒／p417）「上古神人戒弟子後學者為善圖象，陰祐利人常吉，其功增倍。」（卷100／東壁圖／p455）「人盡陰欲欺其君上，我獨陰祐利之，不敢欺，天報此人。父母不愛我，我獨愛祐之，天報此人。」（卷102／經文部數所應訣／p465）

祐利，保佑使順利。《大詞典》失收。道經中多有用例，如《赤松子章曆》卷六：「臣今謹為伏地拜章，上請沐浴君吏、沐浴夫人、洗浣玉女千二百人，鑒臨亡人，沐浴身形，洗垢除穢，去離桎梏，得睹光明，逍遙快樂，衣食自然，無諸乏少，安穩塚墓，祐利生人，以為效信。」（11／222c）《太上洞淵神呪經》卷七《斬鬼品》：「放之令出，亡人上遷，去離三塗，得在道鬼輩中，逍遙無為，祐利生人，疾病除瘥，萬事解了。」（6／25c）《靈寶玉鑑》卷十：「某身得度世，祐利生人，子孫承藉，永保無傾。」（10／217c）

佛經中亦見，西晉無羅又譯《放光般若經》卷18：「菩薩行般若波羅蜜，住於空性，祐利眾生如是。」（8／131b）元魏慧覺等譯《賢愚經》卷3：「今佛出世，福度眾生，祐利一切，無不得度。」（4／370a）後秦鳩摩羅什譯《維摩詰所說經》卷2：「或為邑中主，或作商人導、國師及大臣，以祐利眾生。」（14／550b）後秦鳩摩羅什譯《大智度論》卷27：「譬如師子大力，不自言力大，皆是眾獸名之。眾生聞佛種種妙法，知佛為祐利眾生故。」（25／257a）

《太平經》中還有同素異序形式「利祐」，《大詞典》失收。例如「天地愛

之，增其算，鬼神好之，因而共利祐之。」（卷67／六罪十治訣／p250）「勇力則行害人，求非其有，奪非其物，又數害傷人，與天為怨，與地為咎，與君子為仇，帝王得愁焉。遂為之不止，百神憎之，不復利祐也。」（卷67／六罪十治訣／p252）「夫陰與陽，本當更相利祐，共為和氣，而反戰鬥，悉過在此不和調。」（卷92／三光蝕訣／p365～366）「人為之能專心自守，能不聽其言，考心乃行，閉口不傳其言，又不隨為其愁怒喜固固堅守本不移，務陰利祐人及凡物，不欲為害。」（卷98／神司人守本陰祐訣／p439）「是故天之為象法也，乃尊無上，反卑無下，大無外，反小無內，包養萬二千物，善惡大小，皆利祐之，授以元氣而生之，終之不害傷也。」（卷98／為道敗成戒／p445）

其他道典用例如《赤松子章曆》卷五：「一切水官將吏，更相傳送，除解某家內外神真，皆令清淨，利祐人口。」（11／215a）卷六：「還昇福堂，衣食自然，利祐後人，不得更相戀慕，復連殃注，於今斷絕，地官衛尸，神還更生。」（11／229a）《太上洞玄靈寶宣戒首悔眾罪保護經》卷中：「淨鬼之林，無為之鄉，斷絕復連，利祐子孫，宅舍安吉，胤嗣完全。」（6／904b）《洞真太上八道命籍經》卷下：「斷絕殃注，放散幽徒，永出地獄，上生天堂，免離五苦，受福南宮，輪轉成真。利祐見在，除臣某等千基萬考，宿對惡緣，某罪洗蕩，某事果成。」（33／511a）

「祐利」在漢譯佛經中亦見，隋達摩笈多譯《菩提資糧論》卷1：「健者既無礙，云何與世違，於諸眾生所，常求作利祐。」（32／521b）隋智顗《妙法蓮華經玄義》卷5：「依於教門，橫則百佛世界，分身散影，作十法界像，利祐眾生。」（33／736c）唐若那跋陀羅譯《大般涅槃經後分》卷1：「汝不應請半身舍利，何以故？平等利祐諸眾生故。」（12／903b）

兩種形式比較而言，道經中使用「祐利」更多。

【祐助】

「天之垂象也，常居前，未嘗隨其後也。得其人而開通，得見祐助者是也；不開不通，行之無成功，即非其人也。」（卷55／知盛衰還年壽法／p209）「真人得書，思之思之，以付歸上德之君，思吾文行之，與神無異，天即祐助之不宜時也。」（卷69／天讖支干相配法／p273）「諸真人思念劇也，天神已下，告諸真人矣。上皇之氣來祐助道德之君□□矣。」（卷88／作來善宅法／

p332）「如此則羣神轉共祐助人也，使人日樂善，不知復為邪惡也。」（卷 98 ／神司人守本陰祐訣／p439）「積德者，富人愛好之，其善自日來也。人之所譽，鬼神亦然，因而祐助之。」（卷 100 ／東壁圖／p455）「故令有財之家，假貸周貧，與陳歸新，使得生成，傳乎子孫，神靈祐助，是非大恩布行邪？」（卷 112 ／有過死謫作河梁誡／p574）

祐助，亦作「佑助」，謂保佑；佐助。《詩·大雅·旱麓》「豈弟君子，神所勞矣」漢鄭玄箋：「勞，勞來，猶言佑助。」《赤松子章曆》卷三：「東西南北，四維上下，十二時神，並令營衛惡鬼，無令放入。又東方青帝、南方赤帝、西方白帝、北方黑帝，四方一時，同臨祐助。」（11／202a）《黃帝九鼎神丹經訣》卷五：「又取中央符埋之爐下，入地七尺，然後於上置爐處，兼中央符吞之。然後帶隨身符，則靈仙祐助，祕之。」（18／811c）《雲笈七籤》卷一百五《清靈真人裴君傳》：「狼虎百害，不敢犯近，神靈祐助，常欲使人得道，開人心意。」（22／712b）《朱子語類》卷七五：「因有《易》後方著見，便是《易》來祐助神也。」

【佐助】

「下文於主凶惡之曹，遣吏從惡鬼，佐助縣官，治無狀之人，使入死法，不得有生之望。」（卷 114 ／不承天書言病當解謫誡／p622）

佐助，幫助；支持。《太上洞淵神呪經》卷二《遣鬼品》：「汝等為化愚人，佐助作福力，迴風止雨，勿令近之。」（6／7c）卷四《殺鬼品》：「自今以去，若道士化行之地，鬼王追逐佐助之，有病令瘥矣，勿使死也。」（6／15c）又：「道士行處，鬼王佐助，莫令惡人邪鬼牴犯道士也。」（6／15c）《太上靈寶元陽妙經》卷六：「是名真人童子清淨持於法戒，非世間法戒。何以故？善男子，所受持清淨法戒，五法佐助。」（5／952c）

其他文獻亦見，西漢桓寬《鹽鐵論·本議》：「蓄貨長財，以佐助邊費。」《後漢書·皇甫規傳》：「以所習地形兵執，佐助諸軍。」唐釋道世《法苑珠林》卷第八十六：「臨命終時，亦得隨願往生十方淨土，永離三惡。以住娑婆，恐心怯弱，不能堅固。意欲退者，當以五法佐助，得不悔果。」唐魏徵《隋書·志第十一·律曆上》：「其在天也，佐助璿璣，斟酌建指，以齊七政，故曰玉衡。」唐房玄齡等《晉書·列傳第六十》：「質帳下都督先威未發，請假還家，陰資裝

於百餘里，要威為伴，每事佐助。」

【護視】

「大道消竭，天氣不能常隨護視之，因而飢渴。」（卷 36 / 三急吉凶法 / p47）「惟上古之人皆得天報應，有信可成，乃令受命，為神所護視，恐有毀缺，日夜占之。」（卷 110 / 大功益年書出歲月戒 / p534）天君言：「太上善人之行，必當如其言。大神數勅之，護視成神。上之，皆須其年數，勿侵也。」〔註58〕（卷 111 / 善仁人自貴年在壽曹訣 / p551）

護視，護衛照顧。如《漢書·何武王嘉師丹傳》：「賢家有賓婚及見親，諸官並共，賜及倉頭奴婢，人十萬錢。使者護視，發取市物，百賈震動，道路讙嘩，群臣惶惑。」《東觀漢記·馬嚴傳》：「嚴年十三至雒陽，留寄郎朱仲孫舍，大奴步護視之。」《魏書·列傳第三十三》：「安祖曾行值天熱，舍於樹下。鷟鳥逐雉，雉急投之，遂觸樹而死。安祖愍之，乃取置陰地，徐徐護視，良久得蘇。」漢譯佛經多有所見，後漢支婁迦讖譯《道行般若經》卷 2：「我身自護視善男子、善女人，書般若波羅蜜者持經卷自歸，作禮承事供養。」（8 / 434c）西晉白法祖譯《佛般泥洹經》卷 1：「受佛經道，受師好語，持師戒法，諸鬼神龍，無不護視者。」（1 / 164b）後秦佛陀耶舍共竺佛念譯《長阿含經》卷 6：「又當以法護視教誡諸王子、大臣、群寮、百官及諸人民、沙門、婆羅門，下至禽獸，皆當護視。」（1 / 39c）

【隨護】

「是亦有祿有命之人，皆先知之，隨人化可得延之期，天亦愛之。善神隨護，使不中惡。」（卷 110 / 大功益年書出歲月戒 / p542）「此念恩不忘，為天所善，天遣善神常隨護，是孝所致也。」（卷 114 / 某訣 / p592）「天善其善也，乃令善神隨護，使不中邪。天神愛之，遂成其功。」（卷 114 / 九君太上親訣 / p596）

隨護，相隨保護。傳世中土文獻稀見，《大詞典》失收。漢譯佛經及一些與佛教有關的中土文獻中有用例，這也充分證明了該詞的宗教色彩。後漢支婁迦讖譯《般舟三昧經》卷 1：「諸經中無不解安樂，入禪、入定、入空，無想無所著，於是三事中不恐，多為人說經便隨護之。」（13 / 903b）隋達摩笈多譯《大

〔註58〕標點據《正讀》。

寶積經》卷 31：「修行於善法，隨護諸眾生。」（11／170a）唐義淨譯《根本說一切有部毘奈耶》卷 15：「既除罪已，共諸清淨苾芻一處而住。眾僧所有，如法制令，皆隨護之。」（23／706a）唐釋道世《法苑珠林》卷第四十二：「善心生守護，長夜於中住。若入於聚落及以曠野處，若晝若於夜，天神常隨護。」《法苑珠林》卷第四十九：「天龍鬼神常隨護，助災害消滅。」

【將護】

「天原其貧苦，祠官假之，令小有可用祠，乃責是為天所假，頗有自足之財，當奉不疑也。不奉，復見先人對會，祠官責之不祠意，使鬼將護歸家，病生人不止。」（卷 114／不可不祠訣／p605）「天自日夜，使神將護之，余無所疑。相命沮觸之書，必先人承負自辭，勿用為憂。」（卷 114／天報信成神訣／p608）

將護，護衛，保護。《洞真太上太霄琅書》卷四：「常居謙退，无兆矜誇，將護一切，莫生怨根，斷絕惡本，增長善源。」（33／666a）《太上三生解冤妙經》：「迷昧眾生，倚恃年壯，懷孕之時，全無將護。恣意而行，登高跳下，負重急走。」（6／313c）《太上十二上品飛天法輪勸戒妙經》：「今日既善，今時亦／善，汝心亦善，大眾亦善。我故為汝，啟運慈悲，將護世間。」（3／409b）宋寇宗奭《圖經集註衍義本草》卷三：「是知人之生，須假保養；無犯和氣，以資生命。纔失將護，便致病生。」（17／255b）

漢譯佛經例如後漢支婁迦讖譯《雜譬喻經》卷 1：「諸象見汝即當害卿，教卻行去，群象必當尋跡追汝，象王以威神將護，七日之中得出部界。」（4／504c）西晉竺法護譯《普曜經》卷 3：「今日菩薩棄國捐王，汝等慇懃侍從供養。其鬼神眾皆從五兵，勢力堅強，猶如金剛，不可毀壞。精進勇猛，將護眾生。」（3／504a）

第六節　有關經書簡牘的語詞

葛兆光有言：「從《太平經》時代起，道教就一直有意在創造一種古拙的語言形式和神秘的詞彙系統。從文字形體上，是從楷書復古到隸書，從隸書復古到篆書，從篆書進而神化為更艱澀的『古文鳥跡，篆隸雜體』的『雲篆』；從語言形式上，是越來越古奧深澀，他們很愛模仿先秦典誥和漢代辭賦的句

式，讓人看上去似乎來歷很早。用他們自己的說法來講，這才是從上古一代一代傳下來的『雲篆光明之章』，不是普通人能精通的日常文字；從辭匯上來說，道教很多術語都有『隱語』，這些隱語常常很華麗也很難猜。」〔註59〕這與佛教是截然不同的，葛先生還指出：「佛教的『不立文字』並不是不要文字，而是不確立書寫文字在意義傳遞上的絕對性，道教的『神授天書』傳說卻是在製造關於書寫文字的神話，並賦予書寫文字以經典的權威性。」〔註60〕

很多道教典籍成書年代無法得知，一個重要原因就在於道教徒故意神化，大肆鼓吹「神授天書」。正如陳國符先生所言：「道書述出世之源，多謂上真降授，實則或由扶乩，或由世人撰述，依託天真。」〔註61〕道教常稱道經為「天書」，是由元氣凝結而成，從天而降的，如具有「小道藏」之稱的《雲笈七籤》，「書名雲笈七籤者，蓋因道教自神其教，謂其經文乃天空雲氣凝結而成，稱之為雲篆天書，稱其書箱為雲笈。」〔註62〕《太平經》有些語詞反映了道教經書的形成情況。

【天書】

「迺謂上皇天書，下為德君出真經，書以繩斷邪，以玄甲為微初也。」（卷39／解師策書訣／p66）「愚人實奇偽之物，故天書不下，賢聖不授，此之謂也。」（卷46／道無價却夷狄法／p129）「是以吾上敬受天書教勅，承順天心開闢之，大開上古太平之路，令使人樂為善者，不復知為惡之術。」（卷49／急學真法／p161）「天地有常法，不失銖分也。遠近悉以同象，氣類相應，萬不失一。名為天文記，名曰天書。」（卷50／天文記訣／p177）「天明知下古人且愚難治，正故故為其出券文名為天書也。」（卷96／守一入室知神戒／p419）

天書，道經稱元始天尊所說之書，或謂從天而降的神書，以此來神化自己，提高地位，拉攏教徒。《大詞典》此義項書證為《隋書·經籍志四》：「〔元始天尊所說之經〕凡八字，盡道體之奧，謂之天書。字方一丈，八角垂芒，光

〔註59〕葛兆光《道教與唐代詩歌語言》，《清華大學學報》1995年第4期。
〔註60〕葛兆光《「神授天書」與「不立文字」——佛教與道教的語言傳統及其對中國古典詩歌的影響》，《文學遺產》1998年第1期，又收入其所著《中國宗教與文學論集》，清華大學出版社，1998年，43頁。
〔註61〕陳國符《道藏源流考》，中華書局，1985年，第8頁。
〔註62〕宋張君房編、李永晟點校《雲笈七籤·前言》，中華書局，2003年，第1頁。

輝照耀，驚心眩目，雖諸天仙，不能省視。」書證過晚，東漢的《太平經》中已經出現。「天書」一詞《大詞典》共收三個義項，第一個義項「帝王的詔書」，例證為唐代王勃《為原州趙長史請為亡父度人表》詩。

筆者認為《大詞典》義項安排不甚妥當，該詞最早應該是道教術語〔註63〕。例如《無上秘要》卷三十《經文出所品》：「《五老靈寶五篇真文》，元始天書，生於空洞之中，為天地之根。」（25／98a）《太上洞玄靈寶授度儀》：「五文入體，玉符養質，神真衛命，天書感瑞，八會應圖。」（9／855b）《太上靈寶淨明洞神上品經》卷上：「學道昇真，乘雲飛昇，天書來降，仙宮奉迎。」（24／603c）《玄真靈應寶籤》卷上：「雲外降天書，門多長旨車。香添蘭室味，携手入蟾蜍。」（32／774a）

後來逐漸淡化宗教色彩，成為全民語詞，指「帝王的詔書」，進而指「難認的文字或文章」，如《紅樓夢》第八六回：「〔寶玉〕看着又奇怪，又納悶，便說：『妹妹近日越發進了，看起天書來了！』」譚汝為主編《民俗文化語彙通論》也認為，這個普通語詞源於道教〔註64〕。

梁曉虹指出：「隨着佛教在中國的發展，有一部分佛教詞語跨出『佛門』，深入民眾語言，從而從宗教語言發展為民眾口語。」〔註65〕同理，道教作為中國土生土長的宗教，從東漢至明朝，除個別時期外，一直都很興盛，一些語詞也跨出「道門」，進入全民語言，對中國歷史、思想、文化等各方面都產生了深遠影響。「道教在社會上廣泛流傳，形成了一個有特定文化背景的社會集團，並且進而形成了一個特殊的交際社團，有了自己的用語特色。道典中所保存的道教用語材料，作為一個特殊社會團體的用語，既與一般漢語有所區別，又與一般漢語有密切的聯繫。它以一般漢語為基礎，在相當程度上反映了一般漢語的面貌；同時，又發展出了具有個性的部分，並且反過來影響全民用語，部分道教用語通過與其他語言社團的交際，滲入到全民用語中。」〔註66〕《民俗文化語彙通論》一書中列舉了很多來源於道教的普通語詞，諸如

〔註63〕葉貴良認為，「天書」字面意義為自然元氣凝結成的書，含有天作之書，非人力所為之義。「天書」早見於《太平經》卷五〇《天文記訣》：「名為天文記，名曰天書。」（葉貴良《敦煌道經詞彙研究》，269頁）這也可輔証愚之設想。

〔註64〕譚汝為主編《民俗文化語彙通論》，236頁。

〔註65〕梁曉虹《佛教詞語的構造與漢語詞彙的發展》，11頁。

〔註66〕俞理明、周作明《論道教典籍語料在漢語詞彙歷史研究中的價值》，《綿陽師範學院學報》2005年第4期。

太清、真人、八仙、丹田；雷公、電母、太歲、龍王；洞天福地、返本歸原、清靜無為等等〔註67〕。作為中國道教第一部經籍的《太平經》，其術語有些後來也進入了全民語言。

【天經】

「今小之道書，以為天經也。」（卷41／件古文名書訣／p83）「凡事常苦不□□，然樂象天法，而疾得太平者，但拘上古中古下古之真道文文書，取其中大善者集之以為天經，以賜與眾賢，使分別各去誦讀之。」（卷65／王者賜下法／p229）「善哉，今真人以既知天經，當止此流災承負萬物也。」（卷66／三五優劣訣／p238）

天經，義同「天書」。後代道經多見，《太清中黃真經》卷下：「勿泄天機子存志，凡是天章無輕示。凡遇天經，子莫輕泄，當志慎之。」（18／394a）《太上大道玉清經》卷八《幽棲品第十八》：「雲書自明，天經朗虛。萬兆則之，智慧日生。不言而化，不為而成。」（33／355a）《法海遺珠》卷一：「天經符文，焚香靜坐，心誦十字天經，不計遍數。書此十字為符，或排書，或疊書。」（26／723c）法國國家圖書館藏伯希和所獲敦煌寫卷P.2385b《太上大道玉清經》：「善男子，後世男女，欲學道者，採用天經，吟詠寶文。」

【拘校】

「然，所言拘校上古中古下古道書者，假令眾賢共讀視古今諸道文也。如卷得一善字，如得一善訣事，便記書出之。」（卷41／件古文名書訣／p84）「如都拘校道文經書，及眾賢書文、及眾人口中善辭訣事，盡記善者，都合聚之，致一間處，都畢竟。」（卷41／件古文名書訣／p85）「行，所以拘校上古神文中古神文下古神文者，或上古神文未及言之，中古神文言之，中古神文未及言之，下古神文言之也。」（卷91／拘校三古文法／p350～351）「今愚生得天師文書，拘校諸文及方書，歸居閑處，分別惟思其要意，有疑不能解，願請問一事言之。」（卷93／方藥厭固相治訣／p383）「拘校古今道文，以類相從相明，因以為世學，父子相傳無窮已也。」（卷96／守一入室知神戒／p412）

拘校，考校整理（書籍），文中主要針對道教「天書」而言。「連劭名認為

〔註67〕譚汝為主編《民俗文化語彙通論》，236～237頁。

『拘校』又作『鈎校』，『漢代習語，合驗計算及查對之義。』……劉昭瑞認為『鈎校』即《太平經》中的『拘校』，鈎求考核義。」〔註68〕劉曉然對「拘校」一詞有詳細分析，「拘」、「校」影響的對象都是書籍類，要達到的目的都是使之更趨完善。所以，儘管「拘」「校」「析言則異」，而且差異很大，但連言之後，兩個語素在使書籍更加完善這一點上找到了義素的契合點，可以表達一個集合概念，即合成一個詞義。通常人們對這類詞語的解釋還是分說兩個構成語素，包含有兩個並列的義素，如釋為「彙集整理」、「搜集核正」、「搜集校正」等（俞理明2001，楊寄林2002），當然這無疑更加精確；但從詞義的概括性的角度來分析，「拘校」又完全可以只訓為一個義素，就表示整理（書籍）的意思。……「拘校」在本經中凡47見，都可解釋為「整理（書籍）」的意思，在句中用作述語，支配表示書籍類的名詞性成分〔註69〕。

【行書】

「天券出以來，人以書為文以治，象天三光，故天時時使河洛書出，重勅之文書人文也。欲樂象天洞極神治之法度，使善日興，惡日絕滅。書者，但通文書三道行書也。」（卷48／三合相通訣／p152）「象天者，三道通文，天有三文，明為三明，謂日月列星也；日以察陽，月以察陰，星以察中央，故當三道行書，而務取其聰明，書到為往者，有主名而已，勿問通者為誰。」（卷53／分別四治法／p198）「真人欲樂安天地道，使疾正，最以三道行書為前。」（卷92／洞極上平氣無蟲重複字訣／p381）

行書，上天所賜開啓民智、安邦治國的神書，共三道。此詞似為本經特用詞語，其他文獻罕見。

【券文】

「故勅之以書文，令可傳往來，以知古事無文，且相辯訟，不能相正，各自言是，故使有文書。此但時人愚，故為作書，天為出券文耳。」（卷54／使能無爭訟法／p206）「夫下愚之人，各取自利，反共欺其上，德君當與賢明共正之，悉正乃天地之心意，且大悅喜，使帝王長吉也。天明知下古人且愚難治，正故

〔註68〕呂志峰《東漢石刻磚瓦等民俗性文字資料詞彙研究》，華東師範大學2005年博士論文，81頁。
〔註69〕劉曉然《雙音短語的詞彙化：以〈太平經〉為例》，四川大學2007屆博士學位論文，59頁。

故為其出券文名為天書也。」（卷96／守一入室知神戒／p419）

券文，上天所賜的文書。《大詞典》失收該詞。再如晉許遜《太上靈寶淨明飛仙度人經法》卷二：「凡補弟子，及為弟子追薦祖先，並給券文。男為左券，女為右券，佩帶。」（10／566b）《太上洞神三皇傳授儀》：「起，各禮三拜。次取鞶帶衣外繫之，日在前，月在後，結於心下。次券文，囊盛結肘。次皇文大字，著鞶帶中。次黃女符繫腰。」（32／648b）《靈寶領教濟度金書》卷二百九十《給符文式》：「凡給付，用厚黃紙，高一尺二寸，闊一尺八寸。每符作一幅，惟金書寶誥及二袋，用標軸裝背如官誥樣。升天券文，則隨券大小為則也。」（8／554a）《道法會元》卷一百八：「右符凡起云，不用券文，只以皂紙書此符，在牒前燒化。」（29／480b）

第七節　有關五行術數的語詞

顧頡剛云：「漢代人的思想的骨幹，是陰陽五行。無論在宗教上，在政治上，在學術上，沒有不用這套方式的。」〔註70〕陰陽五行說對中國文化有深遠的影響，對道教也不例外。道教在宇宙生成論、神仙命名、齋醮符籙、修煉方術中，都將陰陽五行作為可大可小的結構方式、語言素材來使用〔註71〕。在這樣的社會思潮影響下，從戰國末便開始吸取陰陽五行說為理論的方仙後裔，自然更緊密地與陰陽五行說結合，最為顯著的便是方士齊人甘忠可所造作的《太平經》，陰陽五行學說在《太平經》中多有體現，經中有不少相關語詞。

《左傳·僖公十五年》：「龜，象也；筮，數也。物生而後有象，象而後有滋，滋而後有數。」杜預注：「言龜以象示，筮以數告，象數相因而生，然後有占，占所以知吉凶。」《周易》中凡言天日山澤之類為象，言初上九六之類為數。象數並稱，即指龜筮。專門用來解決疑難、預測吉凶的占卜遺法尤其是漢代《周易》象數學，被《太平經》充分吸收，成為其思想體系的一個重要組成部分。

占星術是以觀察星辰的運行、位置、顏色、亮度、芒角以及星辰之間的關係，來推測人事變化的一種方術。曾流行於古代各國。在我國，始於春秋，《國語》、《左傳》中多有記載。占星術雖始於巫祝，但對古代天文學的發展有一定

〔註70〕顧頡剛《漢代學術史略》，東方出版中心，2005年，1頁。
〔註71〕朱越利《道教答問》，13～14頁。

的影響。《太平經》吸收了當時天文星占等自然科學觀念，來為自己服務。

【王氣】【相氣】【休氣】【囚氣】【廢氣】

「春王當溫，夏王當暑，秋王當涼，冬王當寒，是王德也。夫王氣與帝王氣（《合校》：氣字疑衍）相通，相氣與宰輔相應，微氣與小吏相應，休氣與後宮相同，廢氣與民相應，刑死囚氣與獄罪人相應，以類遙相感動。」（卷18～34／行道有優劣法／p17）「樂上帝上王相微氣三部，今天地人悅，致時澤，災害之屬除去，名為順天地人善氣也，致善事。樂下三部，死破囚休衰之氣致逆災，天時雨，邪害甚眾多，不可禁防也。此諸廢氣動搖樂之，則致惡氣大發泄，賢儒藏匿，縣官失政，民臣難治，多事紛紛，不可不戒之慎之也。」（卷115～116／某訣／p642）

陰陽家以王（旺盛）、相（強壯）、胎（孕育）、沒（沒落）、死（死亡）、囚（禁錮）、廢（廢棄）、休（休退）八字與五行、四時、八卦等遞相搭配，以表示事物的消長更迭。

五行休王之觀念在漢代比較盛行，其他文獻亦有相關記載，《淮南子·地形訓》：「木壯，水老，火生，金囚，土死；火壯，木老，土生，水囚，金死；土壯，火老，金生，木囚，水死；金壯，土老，水生，火囚，木死；水壯，金老，木生，土囚，火死。」再如《論衡·難歲》：「立春，艮王震相，巽胎離沒，坤死兌囚，乾廢坎休。王之沖死，相之沖囚，王相沖位，有死囚之氣。」

「本來『五行』，也可以說是『五氣』。所以有五行生尅的作用來稱氣，則有王氣、相氣、休氣、囚氣、廢氣。」〔註72〕「可見帝氣、王氣、相氣、囚亡之氣分別象天、象地、象人、象萬物，發揮着生、養、變、亂的作用。帝氣、王氣合稱帝王之氣，王氣、相氣合稱王相之氣，皆主吉主善。休氣亦名休衰之氣，囚氣、廢氣合稱囚廢之氣，有時休囚廢總名休囚死氣，皆主凶主惡。」〔註73〕五詞《大詞典》皆失收。

道藏文獻用例如漢《老子河上公章句》卷三：「神無以靈將恐歇，言神當有王相死囚休廢，不可但欲靈無已時，將恐靈歇不為神也。」《黃帝金匱玉衡經》：「王氣付而倍之，相氣因而十之，休氣因而倍之，囚氣如數死氣半之。」

〔註72〕王明《道家和道教思想研究》，196頁。
〔註73〕王明《道家和道教思想研究》，197頁。

（4／1006c）又：「若神將剋其凶者，亦為有救，用得六甲之孤為元子，得六甲之虛為元夫，以用別吉凶。為王氣所剋，法憂縣官；相氣所勝，法憂錢財；休氣所勝，法憂疾病；囚氣所剋，法憂囚徒構繫；死氣所勝，法憂死喪。」（4／1003b）《黃帝龍首經》卷上《占諸吏吉凶遷否法第十二》：「以月將加時日辰，及人年上得吉；神將上下相生，即大吉。其神又有王相氣時，加王相之鄉，為得遷。非此者，皆凶。得休氣，且免官；退罷囚氣，且繫上下又相賊；有罪死氣凶惡神，傳得吉神將有救，為憂外，日上神將王相吉，為遷。」（4／988a）

【王相】

「壽未盡，籍記在旁，雖見王相，月建氣以不長。」（卷111／有德人祿命訣／p547）「行惡自然，何從久生，雖得王相月建，裁自如耳。」（卷111／有德人祿命訣／p548）「天地為法，王相之氣主太平也，囚廢絕氣主凶年。」（卷115～116／某訣／p637～638）「所以然者，王相之氣乃為皇天主生，主成善事，乃而助天生成也。」（卷115～116／某訣／p640）

五行用事者為王，王所生為相，表示物得其時。漢王充《論衡・難歲》：「立春，艮王、震相、巽胎、離沒、坤死、兌囚、乾廢、坎休。王之沖死，相之沖囚，王相沖位，有死囚之氣。」漢王符《潛夫論・夢列》：「風雨寒暑謂之感，五行王相謂之時……故審其徵候，內考情意，外考王相，即吉凶之符，善惡之效，庶可見也。」汪繼培箋：「《五行大義》云：五行體休王者，春則木王，火相，水休，金囚，土死；夏則火王，土相，木休，水囚，金死；六月則土王，金相，火休，木囚，水死；秋則金王，水相，土休，火囚，木死；冬則水王，木相，金休，土囚，火死。」清梅曾亮《書李林孫事》：「土鏊與言，言形勢王相，用兵奇正之道，皆不省。」王文濡等音注：「王相，陰陽家語。一作『旺相』……俗以得時為旺相，失時為休囚。」

道典例如陶弘景《養性延命錄》卷下《御女損益篇》：「月二日、三日、五日、九日、二十日，此是王相生氣日，交會各五倍，血氣不傷，令人無病。」（18／484c）又：「若欲求子，待女人月經絕後一日、三日、五日，擇中王相日，以氣生時，夜半之後乃施精。有子皆男，必有壽賢明。其王相日，謂春甲乙、夏丙丁、秋庚辛、冬壬癸。」（18／484c）《洞真太上太霄琅書》卷三：「第

三，建解投珠之時，六甲陰日為善，甲子之陰在癸酉，他效此。第四，建解皆用王相日時也。」（33／660a）《抱朴子神仙金汋經》卷下：「又王君丹法，用巴砂及汞，內雞子中，漆合之，令雞伏之三枚，以王相日服之，住年不老。小兒不可服，不復長矣。」（19／212a）《太清經天師口訣》：「服法，用四時王相日，日辰不相剋日。取藥丸作小棗許，三服，立仙也。」（18／791a）唐張萬福《洞玄靈寶道士受三洞經籙法籙擇日曆》：「右凡受道營齋，用王相、本命、甲子、朔望日皆佳，出太玄部《老君傳儀注訣》。」（32／183a）

【祿命】

「生祿命，大神喜之，時約勑前後備足，但無以副恩，誠慚無以自置。」（卷110／大功益年書出歲月戒／p540）「壽命有期，直聖得聖，直賢得賢，是天常法，祿命自當。」（卷 111／有德人祿命訣／p548）「每見人有過，復還責己，不知安錯，思見義文，及其善戒，祿命僥倖，逢天大神戒書文，反覆思計，念之過多，無有解已。」（卷 111／善仁人自貴年在壽曹訣／p550）

祿命，即祿食命運。星相家指人與生俱來的富貴貧賤、生死壽夭的運數。臺灣學者羅正孝認為「正命」是指人一出生，即稟承上天所賦予壽夭貴賤不同的命。這種先天的命定說，《太平經》多以「祿命」稱之。漢代將此先天正命分為「年命」與「祿命」兩種，「年命」乃稟先天氣之厚薄而有壽夭之分，而「祿命」則與星宿之氣有關，因此有貴賤貧富之命運〔註74〕。

亦作「命祿」，如「或有鬼神所使書文，不可知而治愈者，是人自命祿為邪之長也，他人不能用其書文也，以此效聚眾刻書文也邪？」（卷 50／丹明耀禦邪訣／p172）大神言：「是天稟人命祿相當，直非大神意所施為，見善薦之，是神福也，何所報謝乎？」（卷110／大功益年書出歲月戒／p532）《大詞典》「命祿」始見書證舉曹操《上言破袁紹》：「大將軍鄴侯袁紹前與冀州牧韓馥，立故大司馬劉虞，刻作金璽，遣故任長畢瑜詣虞，為說命祿之數。」據《太平經》可提前。

後世道經沿用，《赤松子章曆》卷六：「謹請某本命某並從官某人，千乘萬騎，為某保守祿命，拘制三魂，滅除九氣。」（11／224c）又，「願真君父母為

〔註74〕羅正孝《〈太平經〉生命觀之研究》，臺灣南華大學宗教學研究所碩士論文（民國93年），第 92 頁。

某上消天上四方星宿之災，下散地上八方之禍，各保某祿命，上詣三天曹，解某身中真官考召，解脫羅網，削死上生，移名玉曆生錄之中。」（11／225a）《無上秘要》卷二十二《三界宮府品》：「好生君、司命司錄、南極度世君、萬福君，常以月二十三日會於此館，集校天民祿命長短。」（25／60b）前蜀杜光庭《道門科範大全》卷七十《道士修真謝罪儀》：「監觀法事，三師垂保舉之恩；賞錄齋功，四司定祿命之簡。」（31／923b）

【熒惑】

「所以然者，火迺稱人君，故其變怪最劇也。其四行不能也。子欲重知其明效，五星熒惑，為變最劇也，此明效也。」（卷65／斷金兵法／p226）「火者君象，能變四時，熒惑為變最效，天法不失銖分。」（卷 65／斷金兵法／p226）

熒惑，火星。因隱現不定，令人迷惑，故名。《呂氏春秋‧制樂》：「熒惑在心。」高誘注：「熒惑，五星之一，火之精也。」《淮南子‧天文訓》：「執衡而治夏，其神為熒惑。」《文選‧揚雄〈羽獵賦〉》：「熒惑司命，天弧發射。」李善注引張晏曰：「熒惑法使，司命不祥。」其火紅顏色也令人不安，故古代常把它看成是戰爭、死亡的象徵。古人視熒惑星為妖星，其出現將有死喪、甲兵之禍。《史記》卷二七《天官書第五》：「察剛氣，以處熒惑。」《索隱》引《春秋緯文耀鉤》云：「赤帝熛怒之神，為熒惑焉。位在南方，禮失則罰出。」

道書中多有記載，漢陰長生《周易參同契註》卷中：「熒惑守西，太白經天。殺氣所臨，何有不傾。熒惑，火也。太白，金也。金得火氣，流轉器中，故云經天。殺氣，謂熒惑也。」（20／87c）陶弘景《真誥》卷十四：「為世染俗，不適生期。赤怪潛駭，三柱為災。賢者南遊，三嶽是之。玄君來行，人其誰知？赤怪，則熒惑星也。三柱者，五車星中三柱也。」（20／578a）唐啟玄子《素問六氣玄珠密語》卷十六《五行類應紀篇》：「熒惑芒角左右小，小赤星侍之，主民間火妖舍屋，傷人之眾。熒惑黃且大，為天下瘟疫。熒惑變白，兵來犯帝闕。熒惑變青，風多燥旱。熒惑忽昏，旱後大水。」（21／580a）

【反支】

「故令生子，必不良之日；或當懷姙之時，雷電霹靂，弦望朔晦，血忌反支，以合陰陽。」（卷112／某訣／p572～573）

古術數星命之說，以反支日為禁忌之日。《三十六水法・如九》〔註75〕：「春戊辰，夏丁巳、戊申、己巳、丑未辰，秋戊戌、己亥、辛亥、庚子，冬戊寅、己卯、癸酉、未戌。及壬丙、戊丁、亥土、戊癸、辛巳、日建、日殺、反支、元季、孟仲、季月、收閉、晦朔、上朔、八魁、往亡、留後日，皆凶，作藥不成矣。作六一泥，亦須擇日，即吉。」漢王符《潛夫論・愛日》：「孝明皇帝嘗問今旦何得無上書者？左右對曰：『反支故。』」汪繼培箋：「本傳注云：『凡反支日，用月朔為正。戌、亥朔一日反支；申、酉朔二日反支……子、丑朔六日反支。見《陰陽書》也。』」北齊顏之推《顏氏家訓・雜藝》：「世傳術書，皆出流俗，言辭鄙淺，驗少妄多。至如反支不行，竟以遇害；歸忌寄宿，不免凶終；拘而多忌，亦無益也。」王利器集解：「案：今臨沂銀雀山出土《漢元光元年曆譜》，在日干支下間書『反』字，即所謂反支日也。」

「反支」屬凶煞類，可推溯至先秦。據有關學者考證，漢代曆譜中已將「反支」列入曆注項目，反支日由每月朔日紀日干支而決定〔註76〕。《漢書・王符傳》：「公車以反支日不受章奏。」李賢注：「凡反支日，用月朔為正。戌亥朔，一日反支；申酉朔，二日反支；午未朔，三日反支；辰巳朔，四日反支；寅卯朔，五日反支；子丑朔，六日反支。見《陰陽書》也。」

第八節　有關制度名物的語詞

道教仿照人間的官僚、行政等機構的設置，在天庭建立了一套行政管理制度，《太平經》中有不少含有「曹」、「籍」、「簿」等語素的詞語。另外，文中還有一些涉及道教文化的名物詞語，諸如「茅室」、「崑崙」、「鶴」、「龍」、等詞語。其中有不少為本經特用詞語，很難在其他文獻中找到用例。

【天曹】

「故今大德之人並領其文，籍繫星宿，命在天曹。」（卷111／有德人祿命訣／p549）

〔註75〕韓吉紹（2007）認為古本《三十六水法》為西漢古籍，今《道藏》本《三十六水法》經兩次增補而成。在古本基礎上第一次增補，時間在葛洪之後至《黃帝九鼎神丹經訣》出世（公元634～659年）以前，形成今本前半部分內容。第二次增補在唐宋時期，其內容即今本後半部分7種水。（韓吉紹《三十六水法新證》，《自然科學史研究》2007年第4期）

〔註76〕姜守誠《〈太平經〉研究——以生命為中心的綜合考察》，268～269頁。

天曹，道家所稱天上的官署。《老子想爾注》：「罪成結在天曹，右契無到而窮，不復在余也。」後世沿用，梁陶弘景《登真隱訣》卷下《章符》：「若初上章者，後亦上章言功，初口啟後亦口啟言功，不得雜錯，天曹尋檢簿目相違，便為罪責，言功多少，隨事輕重為率，從一二以上，至五十、一百，到四五百，隨宜量用，每令和衷。」（6 / 621c）《傳授三洞經戒法籙略說》卷下：「天曹雖遠，神與世通，列狀言情，事資文墨。」（32 / 195c）《太上洞玄靈寶福日妙經》：「正月七日，天曹遷賞會。七月七日，地府度生會。十月五日，水府建生會。」（6 / 225b）《道法會元》卷四十九：「諸神吏符使，被法官申奏，投達天曹，而故炁遏截，不即時擒縛送至天獄者，處斬。」（29 / 89b）卷二百五十一：「諸天曹案吏見法官有功過者，即便抄上。違者，徒九年。」（30 / 544c）《雲笈七籤》卷一百二十一《道教靈驗記·五張邰妻陪錢納天曹庫驗》：「近奉天曹斷下，云自是歿陣不歸，非關巨蠹故用，令陪錢三十貫，即得解免。」（22 / 839a）

【壽曹】

「天君言，人能自責悔過者，令有生錄籍之神移在壽曹，百二十使有續世者，相貧者令有子孫，得富貴少命子孫單所以然者，富貴之人有子孫，家強自畜，不畏天地，輕以傷人以滅世，以財自壅，殺傷無數。」（卷 111 / 大聖上章訣 / p546）「大神數往占視之，知行何如有善意，欲進者且著命年在壽曹，觀其所為，乃得復補不足。」（卷 111 / 善仁人自貴年在壽曹訣 / p551）「此人本無籍文也，得勅在壽曹，請須上關，補以年次，不相踰越。」（卷 111 / 善仁人自貴年在壽曹訣 / p551～552）

壽曹，道教所認為的主管人生死的官署。「曹」指天庭所設長壽之曹，經中又稱壽曹〔註77〕，長生簿由該機構掌管。文中僅 3 見，其他道經未見此用法，應屬於本書的特用詞語。

【法曹】

「大陰法曹，計所承負，除算減年。」（卷 112 / 有過死謫作河梁誡 / p579）

法曹，古代司法官署，亦指掌司法的官吏。《梁書·謝朏傳》：「〔謝朏〕

起家撫軍法曹行參軍，遷太子舍人，以父憂去職。」《新唐書·百官志四下》：「法曹司法參軍事，掌鞫獄麗法、督盜賊、知贓賄沒入。」宋高承《事物紀原·撫字長民·法曹》：「漢公府掾史有賊曹掾，主刑法曹之任也。歷代皆有，或為法曹。隋以後與功曹同。」《太平經》中借指陰間的司法官署，書中僅1見。

其他道亦經見行用，《洞玄靈寶長夜之府九幽玉匱明真科》：「經不師受，五帝無盟，妄披其篇目，罪同竊經之科，考屬明法曹。」（34／391c）《太上洞玄靈寶授度儀》：「功名不立，輕受大法，三官所執，生死苦對，考由明法曹。」（9／840b）《上清靈寶大法》：「臣謹據入事，今取某日某時，進拜某章。逐一開寫謄諸誠悃，上祈玄應。但以某早霑靈澤，久綴法曹。雖粗習於奉教行科，未深明於飛神謁帝。」（31／548c）朱法滿《要修科儀戒律鈔》卷一《傳經鈔》：「科曰：經不師受五帝，無盟妄披篇目，罪同竊經之科，考由明法曹。」（6／924a）

【計曹】

「如有文書不相應，計曹不舉者並坐。先勅令勿犯神書，言此書出後，三歲八月，乃示俗人，如有道信人者，大可示之。」（卷110／大功益年書出歲月戒／p534）

計曹，原指古代掌管財賦會計的官署。《三國志·魏書·高堂隆傳》：「犢民西牧，年七十餘，有至行，舉為計曹掾。」《華陽國志》卷一：「光和二年，板楯復叛，攻害三蜀、漢中，州郡連年苦之。天子欲大出軍。時征役疲弊，問益州計曹，考以方略。」唐劉禹錫《復荊門縣記》：「初，公以縣之之便聞於上也，禹錫方以郎位貼職於計曹。章下之日，得以省事。」明沈德符《野獲編補遺·曆法·算學》：「遂禁此三處士人不得官計曹，然戶部胥吏盡浙東巨奸。」

在《太平經》中，「計曹」轉指天庭中負責會計事務的官署。書中僅1見，其他道典未見此用法，應屬本經的特用詞語。

【天籍】

「故置善文於天籍。神仙籍與俗異錄，當昇之時，主籍之神及保人者來，乃知所部主奉承教化，各有前後，輒當進有所去，不得自可。」（卷112／有過死謫作河梁誡／p577）

天籍，天上按不同身份而劃分的名簿。此詞中古道經罕見，近代道書方行

用開來，如《雲笈七籤》卷五十六《諸家氣法‧元氣論并序》：「夫道可及者，雖仇讎而必化；道不可及者，雖父母而終不可言。蓋夙分有無，一一出於天籍，且非一夕一朝而得偶會。」（22／391a）元華陽復《洞玄靈寶自然九天生神章經注》卷上：「魔王保舉，初學道則魔王試之，試而不退，則保舉之，登名天籍，方成道也。」（6／471a）《玄天上帝啟聖錄》卷八《神靈奏舉》：「聖旨云：因去歲九月九日夜寐，忽夢家政堂福神真君顯助，保舉卿之名字，言卿有柱國之功，常懷忠孝。又稱你有二弟，雖為命官，此乃敗國亡家之人，不宜委任天籍，注定合勾鑿姓名，不延壽祿。」（19／628b）《太上說玄天大聖真武本傳神咒妙經》卷六：「所註禹步，不敢施語當達者，因化於未悟，故舉之應諸初學姓名，未曾拜師，保奏入天籍者，不可冒舉之也。」（11／134c）

【命籍】

「殊能思行天上之事，得天神要言，用其誠，動作使可思，可易命籍，轉在長壽之曹。」（卷 114／見誠不觸惡訣／p602）「天見善，使神隨之，移其命籍，著長壽之曹神，遂成其功。」（卷 114／為父母不易訣／p625）

「命籍」是由本治道官掌管道民的名籍或戶籍，在很大程度上是對世俗社會戶籍制的模擬。〔註 78〕《大詞典》始見書證為前蜀杜光庭《馬尚書本命醮詞》：「由是懸命籍於天關，繫生死於斗極。」過晚，該詞東漢首見。中古道籍常見，如《陸先生道門科略》：「奉道之科，師以命籍為本，道民以信為主。師為列上三天，請守宅之官依籍口保護，禳災卻禍。雖一年三會，大限以十月五日齋信一到治。又若家居安全，設上廚五人。若口數減落，廚則不設，齋信如故。若命信不到，則命籍不上。」（24／780c）《無上秘要》卷十八《眾聖冠服品下》：「丹元星，天之斗君，主命錄籍，上總九天譜錄，中統鬼神簿目，下領學真兆民命籍，諸天諸地莫不總統，號曰金剛七晨君。」（25／41c）卷四四《上元品誡》：「上真總校生死圖籙功過，上真總領生死命籍筭錄功過，上真總領生死功德輕重功過。」（25／149a）《玄都律文‧制度律》：「男官、女官、籙生、道民，天租米是天之重寶，命籍之大信，不可輕脫，禍福所因，皆由此也。」（3／459b）《赤松子章曆》卷五：「謹條臣所領籙上辭旨，散民育

〔註78〕凍國棟《道科「命籍」、「宅錄」與漢魏戶籍制的一個側面──讀陸修靜〈道門科略〉箚記之一》，收入氏著《中國中古經濟與社會史論稿》，湖北教育出版社，2005 年，4 頁。感謝山東大學《文史哲》編輯部孫齊博士惠賜資料。

物，男女良賤，命籍、戶口、年紀、顯達、人名，右列如牒。」（11／213b）

近代道典仍見，如唐王懸河《三洞珠囊》卷七《二十四職品》：「領署職，主選署二十四職名籍功賞，諸職文書，次第校投命籍。」（25／335c）前蜀杜光庭《太上黃籙齋儀》卷五十六《禮燈》：「五帝尊神，神仙之宗。今日然燈，上照天王。記我命籍，度入仙宮。七祖解脫，同昇太空。」（9／369b）《雲笈七籤》卷十八《老子中經上·第十三神仙》：「經曰：璿璣者，北斗君也，天之侯王也。主制萬二千神，持人命籍。」（22／135b）卷四十三《存思·存帝君法》：「乃又念紫房宮中有五人，炊象成五帝，天皇帝君正在中央，太一來上當跪帝前，奉兆命籍、司命立後，除兆死錄，存削去死錄。」（22／308a）《道法會元》卷一百七十二《元應太皇府玉冊》：「內妃大神，太一上尊。總領命籍，為我致仙。聖壇啟告，降真帝軒。」（30／111c）

【死籍】

「殊能思盡力有功者，轉死籍之文，復得小生，何時當得駕乘精氣，為天行事乎？」（卷111／大聖上章訣／p546）「天有生籍，亦可貪也。地有死籍，亦甚可惡也。生死之間，不可比也，為知不乎？」（卷114／見誠不觸惡訣／p602）「天文不可自在也，有知之人，少有犯者，時有失脫，天亦原之，不著惡伍。為惡不止，與死籍相連，傳付土府，藏其形骸，何時復出乎？」（卷114／不用書言命不全訣／p615）

死籍，謂陰司登錄人死期的冊籍。《大詞典》書證為白居易《寄盧少卿》詩：「《老》誨心不亂，《莊》誡形太勞，生命既能保，死籍亦可逃。」過晚。

中古道書多見，如東晉葛洪《抱朴子內篇·仙藥》：「服之百日，肌骨堅強；服之千日，司命削死籍，與天地相保，日月相望，改形易容，變化無常，日中無影，乃別有光矣。」（28／215a）葛洪《抱朴子養生論》：「常以寬泰自居，恬淡自守，則身形安靜，災害不干，生錄必書其名，死籍必削其咎。養生之理，盡於此矣。」（18／493a）《周氏冥通記》卷四：「乙未年六月二十五日，黃元平告已落太山死籍。」（5／536b）《紫陽真人內傳》：「諸應得仙道，皆先百過小試之，皆過，仙人所保舉者，乃劫三官乞除罪名，下太山除死籍，度名仙府。」（5／546b）《太上洞淵神咒經》卷五《禁鬼品》：「若名入石函，死籍已定，當為逐之。若久病官事，為其考責，如吾之教。」（6／19a）《上清三真

旨要玉訣》：「詣請自說姓名，左直神，右直神，土司命，青夫人，絕某甲死籍。」（6／630c）

近代道經亦不乏其例，《雲笈七籤》卷十八《老子中經上·第十神仙》：「兆常存之，令削去死籍，著某長生。」（22／134b）又卷六十一《諸家氣法·三一服氣法》：「數得滿三百，則華蓋明，耳目聰，身無疾，邪不干，司命削去死籍，移名南極，為長生。」（22／432a）

【生籍】

「使主案天文籍之人視之，有自責，乃白生籍神使勑視文，文案籍有此人。」（卷111／善仁人自貴年在壽曹訣／p556）「乃知是案簿文，有此人姓名，有闕備，勑生籍之神，案簿籍有此人。」（卷111／有知人思慕與大神相見訣／p559）「天有生籍，亦可貪也。地有死籍，亦甚可惡也。」（卷114／見誡不觸惡訣／p602）

生籍，謂登記投生者的冊子，記錄活人姓名的簿籍。南朝梁陶弘景《真誥》卷二《運象篇第二》：「鄙恥不除，生籍不書。」（20／498a）《元始五老赤書玉篇真文天書經》：「其日有修奉靈寶真經，燒香行道，齋戒願念，不犯科禁，則司命勒名生錄，勑地祇營護，福慶日隆，萬願如心。有違科犯禁，削除生籍，移名鬼官。」（1／795b）《太上洞玄靈寶五符序》卷中：「服藥三年，百病皆愈，癩蟲皆穿皮，從關節出去。三年頭髮、禿眉更生，十年司命上生籍。」（6／333c）《赤松子章曆》卷四：「紙、墨、筆，以書立生籍。錢一千二百文，以證質丹心。香一斤，祈北斗落死籍，南斗上生名，延壽無窮。」（11／204b）卷六：「賚某金人紫紋，上詣三十二天，曆星檢宿，宮曹之中，貿名易形，更請真神玄元生氣下入某身中，更注上生籍，延命無窮。」（11／224a）《女青鬼律》卷四：「右三鬼，是人屋中四壁角中鬼，主人夫妻無道，不順陰陽。此鬼白直符，直符白奏事，除人生籍。子知名，鬼不敢動。」（18／246c）

【錄籍】

「惟上古得道之人，亦自法度未生有錄籍，錄籍在長壽之文，須年月日當昇之時，傳在中極。」（卷110／大功益年書出歲月戒／p532）「生命之日，司候在房，記著錄籍，不可有忘。」（卷111／有德人祿命訣／p547）大神言：「我本從諸神自進於天君，無有小失，助天地有功之論，上籍在天君，何時

當相忘乎？請白生辭令自責，有歲數貪慕天化，其人在錄籍與不？」（卷 111 / 善仁人自貴年在壽曹訣 / p556）大神言：「有心之人當賜錄籍，請案曹簿，有姓名者白天君，大神不得自從也。」（卷 111 / 有心之人積行補真訣 / p561）天君言：「有錄籍之人當見升，自責承負，大神遣大神除承負之數，教化其心，變化成神，年滿上進。」（卷 111 / 有心之人積行補真訣 / p561）「故勑神人為民施防禁，使得見生死之忌。生者陽氣所加，錄籍有真神仙錄，有過退焉。」（卷 112 / 貪財色災及胞中誡 / p565）「此三人者，應陰陽中和之統，皆有錄籍，故天上諸神，言吾文能養之也。行不若此，亦無錄籍，故吾文不能久養之也。」（卷 119 / 道祐三人訣 / p681）

籍，命籍，天界記載人的善惡、應享壽命等的檔案。録（錄）籍，《大詞典》僅收「記載官俸等級的簿冊」這一義項。連登崗認為「錄籍」根本不是記載「官俸等級」的簿冊，而是由神仙掌管的記載着世間凡人命運狀況的簿冊。其次，「錄籍」一詞，見於他書者，也不是指「記載官俸等級」的簿冊，而是記載人（或者神）的註定命運、身份資格，以及登記財物等等的簿冊〔註 79〕。俞理明直接釋作「記載的文書。」〔註 80〕《大詞典》失收該義項。

中古口語性較強的文獻中此詞常見，南朝梁陶弘景《周氏冥通記》卷一：「卿前身有福，得值正法，今生又不失人神之心，按錄籍，卿大命乃猶餘四十六年。」（5 / 521a）南朝宋陸修靜《陸先生道門科略》：「令以正月七日、七月七日、十月五日，一年三會。民各投集本治師，當改治錄籍，落死上生，隱實口數，正定名簿，三宣五令，令民知法。」（24 / 780a）《無上祕要》卷十八《眾聖冠服品下》：「丹元星，天之斗君，主命錄籍，上總九天譜錄，中統鬼神簿目，下領學真兆民命籍，諸天諸地莫不總統。」（25 / 41c）卷四十五《玉清下元戒品》：「泰山主者，地官无復有應死之錄籍也，青宮仙名乃定於是耳，將當為玉京之高仙，太上之真人焉。」（25 / 159b）《女青鬼律》卷一：「南鄉三老鬼，俗五道鬼，姓車名匵，主諸死人錄籍，考計生人罪，皆向之。此鬼在太山西北角，亦有官屬。」（18 / 240a）《上清太上玉清隱書滅魔神慧高玄真經》：「司命神公，手執錄籍，駕景乘龍，左迴靈曜，右扇神風。」（33 / 753c）《太上洞玄靈寶業報因緣經》卷九：「一切神靈無鞅數眾，俱會玄都元陽宮中。

〔註 79〕連登崗《「錄籍」釋義辨誤》，《古漢語研究》1999 年第 3 期。
〔註 80〕俞理明、顧滿林《東漢佛道文獻詞彙新質研究》，商務印書館，2013 年，119 頁。

元始之前，考較男女生死錄籍、罪福因緣。及九幽地獄、水府窮魂，悉來校誡善惡令分。」（6／120c）

近代道典多有沿用，《雲笈七籤》卷二十《三洞經教部·羽章》：「丹元星，天之斗君，主命錄籍。上總九天譜籙，中統鬼神部目，下領學真兆民命籍。」（22／153b）又卷四十二《存思·七真玄陽君》：「太一鬱書，上登洞房，六合三賓，司命神公，手執錄籍，駕景乘龍，左回靈曜，右扇神風。」（22／292b）卷五十五《魂神·入室思赤子法》：「處任為十月，結定神備有，虛無把錄籍，司命往奉壽。」（22／380c）

【壽籍】

「隱知藏能，天惡此人，使不見壽籍，為知不乎？不但不見壽籍也，亡先失精，去離身中，亡其年，可不慎乎？」（卷111／有知人思慕與大神相見訣／p558）

壽籍，即命籍，謂上天記載人的富貴貧賤、生死壽夭的簿籍。《大詞典》僅收「命籍」，而「壽籍」失收。文中僅1見，其他道典亦罕見此用法，僅見《靈寶領教濟度金書》：「南斗火宮，煥照朱門。主領壽籍，陶鑄生魂。玉液鍊形，黃華溉根。」（7／635c）

【曹簿】

「有心之人當賜錄籍，請案曹簿，有姓名者白天君，大神不得自從也。」（卷111／有心之人積行補真訣／p561）

曹簿，天庭官署的簿籍。文中僅1見，其他文獻亦罕見此用法，僅見晉許遜《許真君玉匣記·序》：「太上以好生為德，而卜民建齋設醮，本以謝過繳福，惟不知禁忌，反受殃咎。乃惻然憐之，躬攷天曹簿籍，日辰甲子，福禍灾祥，毫分縷析，流傳於世。」（36／320a）

【死部】

「陰氣所加，輒在死部。」（卷112／貪財色災及胞中誡／p565）「不者苦其刑，為言得略少，其人狂邪可下，反以為真。俱入死部，下歸黃泉，不得自從。」（卷112／有過死謫作河梁誡／p576）「復自惟念，本素生於俗間，心常思樂大化，貪慕生道，去離死部，戀牢精光，貪使在身，使自相愛，心乃可安。」（卷114／有功天君勑進訣／p610）

死部，死人的部籍。俞理明將其釋作「死籍」，即天界登記將死者的文書。〔註81〕其他道教文獻未見此用法，屬本經特用詞語。

【天獄】

「三集露議者，三覩天流星變光。一者，見流星出天門，入地戶；再者，見流星出太陽，入太陰；三者，見列宿流入天獄中。」（卷86／來善集三道文書訣／p312）「唯唯。三事：見列宿星流入天獄中。夫列宿者，善正星也，乃流入天之獄。獄者，天之治罪名處也，恐列士善人欲為帝王盡力，上書以通天地之談，返為閒野遠京師之長吏所共疾惡，後返以他事害之，故列宿乃流入獄中也。」（卷86／來善集三道文書訣／p313）〔註82〕「謝天下地，取召形骸入土，魂神於天獄考，更相推排，死亡相次。」（卷114／不可不祠訣／p606）

天獄，天上的監獄。古代星占家以天象附會人事，故有此稱。《大詞典》書證為《晉書·天文志上》：「參十星……又為天獄，主殺伐。」據《太平經》，可提前該義項書證。「天獄」一詞，其含義值得深究。該詞在《太平經》中計有三次，前兩次均屬卷86《來善集三道文書》，是指涉天文星宿而言；惟有此處引文（按：即606頁《不可不祠訣》例）所言「天獄」，乃隱含了宗教意蘊。《太平經》將「天獄」詮釋成「天之獄」，將其作為察咎問責之所，如言：「獄者，天之治罪名處也」。結合前後經文可知，這裏所說的治罪之獄，乃是與「土府」相對應的天庭中刑治之所，實際上也與地獄觀念有一定聯繫〔註83〕。

「天獄」觀念，在後世道教中也可見到，如《赤松子章曆·扶衰度厄保護章》：「或恐厄在東方天獄之中者，請東方青帝甲乙九夷君，從官九九八十一官君，乘青龍，飛行萬里，持節執符，主為某解東方青災、青厄、青瘟、青凶、青毒。」（11／199c）《太上三洞神咒》卷三：「天獄靈靈，上帝敕行。都天法主，大力天丁。五雷神將，立獄大神。化現天獄，囚禁鬼神。天獄已立，地獄已成。吾召天將，收禁鬼神。」（2／69b）《高上神霄玉清真王紫書大法》卷九：「天獄府問政司吏，褚逸。天獄府問結司吏，甘令露。掌皇天下界牢獄上吏，郭瓊俊。天獄府司非校錄正吏，王仲果。天獄府司察採訪主吏，狄列

〔註81〕俞理明、顧滿林《東漢佛道文獻詞彙新質研究》，商務印書館，2013年，121頁。
〔註82〕俞理明、顧滿林《東漢佛道文獻詞彙新質研究》將此例釋作「星相名。」（商務印書館，2013年，94頁。）
〔註83〕姜守誠《〈太平經〉研究——以生命為中心的綜合考察》，407～408頁。

甫。天獄府司禁鎮攝上吏，嚴威武。」（28／628a）《天樞院都司須知格》：「一都司置小獄，斷央陰陽小事，不合入天獄者，及承受制勘百神。」（10／493a）《道法會元》卷八十七《先天雷晶隱書》：「攝虐縛祟送北酆。攝虐龍，縛旱祟，送北陰之天獄，以考亢旱之咎。」（29／361c）卷一百六十八《上清天蓬伏魔大法》：「天獄大神，監送鬼神。送在有司，不得容情。」（30／84b）

其他文獻亦見，《魏書‧術藝傳‧張淵傳》：「七公七星，在招搖東，接近貫索。貫索為天獄。刑獄失中，則七公評議，理其冤枉。」唐孫思邈《千金翼方》卷二十九《掌訣法第五》：「第三指第一節是地獄治鬼目，若欲禁諸神不令來去，閉目向王閉氣五十息撚之，急即左營目押之。第三指第二節下是天獄目，欲禁鬼攝鬼卻鬼殺鬼，皆向王閉氣撚之，急則押之左營目，若為鬼魅所著或惡夢魘押之。」

【土府】

「人自不知，以土為人，皆屬土府。」（卷111／有德人祿命訣／p548）「籌盡之後，召地陰神，並召土府，收取形骸，考其魂神。」（卷112／有過死謫作河梁誡／p579）「為惡不止，與死籍相連，傳付土府，藏其形骸，何時復出乎？」（卷114／不用書言命不全訣／p615）

土府，負責對人死後進入地下的魂神進行審查，對犯有惡行者將施以懲處的官署。道教經典中多見，如《太上洞玄靈寶滅度五煉生尸妙經》：「以黃帝太玄女青符命告下中央土府，九署靈官，開度中央一切死魂，安鎮尸形，營衛撫恤，無令地官驅迫搖動，一如女青文，金龍驛傳諸天，各命飛天神王以天中靈音，自然玉書，女青符命，並告五方五帝。」（6／260c）《上清天樞院回車畢道正法》：「是山魈木客之鬼，宅有願，土府不安，客死女傷亡之鬼。」（10／487b）《道法會元》：「吉還吉報陰人遇，凶報凶神土府尊。」（28／862b）《法海遺珠》：「念祖道玄真咒，畢，念土府一切凶神速起，急急如律令。」（28／889a）

【命樹】

「人有命樹生天土各過，其春生三月命樹桑，夏生三月命樹棗李，秋生三月命梓梗，冬生三月命槐栢，此俗人所屬也。」（卷112／有過死謫作河梁誡／p578）

命樹，代表本命所屬的樹木。「這裏命樹之說，蓋本於《淮南子・時則訓》所列示的季節樹和喪禮中墳墓植樹以作標記之制，續加改造而成。」〔註84〕「鑒於何種理由而挑選出這些樹種作代表呢？據筆者分析，其原因不外乎三個方面：其一，國計民生；其二，養生登仙；其三，喪葬禮儀。……上述七個樹種分別代表了四個季節，而且各自所對應的序列安排恐怕也別有一番深意。筆者發現，每個樹種在其對應季節裏都展現出最旺盛的生機與活力，並與體現自身之價值部分的成熟規律相符。譬如，桑樹被視為命樹之春季代表，或因此時桑樹生發新葉，是餵養幼蠶的最好季節；棗樹和李樹，乃於夏季收穫果實；槐柏，能不畏寒冬，於其他樹種多已凋零時卻煥發出勃勃生機。」〔註85〕

其他道經亦見，《靈寶領教濟度金書》卷七十八：「今齋主某痛念亡故某，九氣內凋，六淫外擾，神聖工巧，莫堅命樹以長春，地水火風，遂散生根於厚夜，神飄飄而曷寄，魂杳杳以何之。」（7／389c）又，卷一百五：「地水火風，散生根於二豎，夢幻泡影，彫命樹於三彭，南宮削紀善之編，北府定書愆之簡。」（7／496a）卷一百九：「動靜多違於禁戒，身心每背於綱常，二豎潛攻，倏天苑之春隕，三彭密試，俄命樹之朝零。」（7／517a）

【紫宮】

「今天師命洒在天，北極紫宮。」（卷40／樂生得天心法／p81）「故上神人舍於北極紫宮中也，與天上帝同像也，名天心神，神而不止，乃復踰天而上，但承委氣，有音聲教化而無形，上屬天上，憂天上事。」（卷56～64／闕題／p222）

紫宮，神話中天帝的居室。《淮南子・天文訓》：「紫宮者，太一之居也。」《上清握中訣》卷下：「糞土小兆男生姓名，謹稽首再拜，朝太微天帝君玉闕紫宮前，當令某長生神仙，所欲所願，萬事成就。」（2／909b）《無上秘要》卷二十二《三界宮府品》：「太微觀，玉闕紫宮，右太微天帝所居。」（25／58b）卷四十九《三皇齋品》：「正爾登壇入室，燒香，宿啟即日上聞，徑進紫宮，仰達三皇真君前。」（25／174c）《上清太上八素真經》：「有得太上八素隱書者，皆玄錄著於紫宮，玉名刊於上清，當受命為真人，故得之也。」（6／656b）周真人《太上洞房內經註》：「天帝之宮，一名太微，一名紫宮，一名丹臺，一名靈

〔註84〕楊寄林《太平經今注今譯》（下），1305頁。
〔註85〕姜守誠《「命樹」考》，《哲學動態》2007年第1期。

宮，皇天上帝之所居也。」（2／875c）《上清河圖內玄經》卷下：「太一所居止在紫宮。紫宮東八星，西七星，列為藩臣。」（33／828a）

【崑崙】

「一言之，然吾統洒繫於地，命屬崑崙。今天師命洒在天，北極紫宮。」（卷 40／樂生得天心法／p81）「然，天者以中極最高者為君長，地以崑崙墟為君長，日以王日為君長，月以大月為君長，星以中極一星為君長。」（卷 93／方藥厭固相治訣／p384）「中極一名崑崙，輒部主者往錄其人姓名，不得有脫。」（卷 110／大功益年書出歲月戒／p532）「神仙之錄在北極，相連崑崙，崑崙之墟有真人，上下有常。」（卷 112／不忘誡長得福訣／p583）

崑崙，亦作「昆侖」，古代神話傳說，昆侖山上有瑤池、閬苑、增城、縣圃等仙境。崑崙山是執掌仙人名籍的場所，存有長生成仙的名冊。「昆侖」先秦典籍頻見，《莊子·天地》：「黃帝遊乎赤水之北，登乎崑崙之丘。」《楚辭·離騷》：「邅吾道夫崑崙兮，路修遠以周流。」

「昆侖」早在先秦時期就不再單純作為地域概念來使用，而被視為具有神秘色彩的靈祇府邸。客觀地說，昆侖或昆侖之丘（或墟），更像是一種符號象徵，隱喻那些得道成仙者所最終達到的境界〔註86〕。詹鄞鑫師認為：「昆侖既是上帝在地上的都邑，其神又主司九域之部界及天帝苑囿之時節，這就反映了戰國時代昆侖山神的人格化及其地位的崇高。」〔註87〕昆侖山在漢代被視為天下之正中，其上正對北極星，是聚集靈氣與仙人的地方。此即《太平經》卷 93《方藥厭固相治訣》所說：「地以崑崙墟為君長。」〔註88〕

後代仍有使用，《無上秘要》卷二十二《三界宮府品》：「墉臺、墉宮、西瑤上臺，右在崑崙山上，西王母所居。」（25／59a）又卷二十三《真靈治所品》：「崑崙墉城，是西王母治所。」（25／63a）王懸河《上清道類事相》：「太玄上官太素真人春分日，會諸仙官於崑崙瑤臺，校定靈寶真經。」（24／883a）《上清道寶經》卷三《死生品第五》：「上宮金華玉女七百人，侍衛仙母，使治流精紫闕金室瓊堂。一月三登玉清，再宴崑崙。」（33／718c）唐韓愈《雜詩》之三：「崑崙高萬里，歲盡道苦遷。」宋張元幹《賀新郎·送胡邦衡待制》詞：

〔註86〕姜守誠《〈太平經〉研究——以生命為中心的綜合考察》，401～402 頁。
〔註87〕詹鄞鑫師《神靈與祭祀——中國傳統宗教綜論》，71 頁。
〔註88〕姜守誠《〈太平經〉研究——以生命為中心的綜合考察》，402 頁。

「底事崑崙傾砥柱，九地黃流亂注？」

【泰山】

「然，天者以中極最高者為君長，地以崑崙墟為君長，日以王日為君長，月以大月為君長，星以中極一星為君長，眾山以五嶽為君長，五嶽以中極下泰山為君長，百川以江海為君長，有甲者以神龜為君長，有鱗之屬以龍為君長，飛有翼之屬以鳳凰為君長，獸有毛者以麒麟為君長，裸蟲者以人為君長，人以帝王為君長。」（卷93／方藥厭固相治訣／p384）

泰山，在山東省中部。古稱東嶽，為五嶽之一。也稱岱宗、岱山、岱嶽、泰岱。古代帝王常在泰山舉行封禪大典。《詩·魯頌·閟宮》：「泰山巖巖，魯邦所詹。」北魏酈道元《水經注·禹貢山水澤地所在》：「泰山為東嶽，在泰山博縣西北。岱宗也，王者封禪於其山，示增高也，有金策玉檢之事焉。」

《說文·山部》云：「山，宣也。宣氣散生萬物有石而高。」在古人看來，山（尤指名山）是供亡魂棲居的歸宿地。究其根源，似與古時山居傳統有關。古人對名山大川的崇拜由來已久，詹鄞鑫師認為：「山川崇拜的起源，我們推測不會晚於以農業為主的仰韶文化時代。」〔註89〕漢俗認為，人死後，靈魂將歸遷到山上。泰山作為群山之首，自然就成為理想的亡魂棲息地，其最高神祇——泰山神（或稱「泰山君」、「泰山府君」），也就具備了執掌私人簿錄的職權〔註90〕。臺灣學者劉增貴從封禪之禮入手，分析指出漢代的泰山信仰具有「通神」與「治鬼」兩種觀念傾向〔註91〕。梁曉虹認為：「東嶽泰山社會化、人格化的進一步發展的結果，是成為冥司之主、治鬼之府。」〔註92〕東漢鎮墓文已有「生人屬西長安，死屬東泰山」「生屬西長安，死屬泰山，死生異處」等常用表達。

道典用例如漢東方朔《洞玄靈寶五嶽古本真形圖》：「東嶽泰山君，領羣神五千九百人，主治死生，百鬼之主帥也。血食廟祀，宗伯者也。俗世所奉鬼祠邪精之神，而死者皆歸泰山，受罪考焉。」（6／735c）《赤松子章曆》卷六：「女

〔註89〕詹鄞鑫師《神靈與祭祀——中國傳統宗教綜論》，66頁。
〔註90〕姜守誠《〈太平經〉研究——以生命為中心的綜合考察》，404頁。
〔註91〕劉增貴《天堂與地獄——漢代的泰山信仰》，臺北《大陸雜誌》第94卷第5期，1997年，2頁。
〔註92〕梁曉虹《從「泰山地獄」到「東嶽主冥」的泰山信仰》，收入氏著《佛教與漢語史研究》，上海古籍出版社，2008年，476頁。

青詔書，地下二千石、丘丞墓伯、十二塚神，泰山二十四獄，東嶽泰山地獄，中都大獄，天一北獄，皇天九平獄。」（11／223a）《無上秘要》卷五十四《黃籙齋品》：「次師弟子一時左行，向東嶽再拜，長跪言曰：同法某甲九祖父母生存所行元惡醜逆，觸犯東嶽泰山神仙靈官，罪結九幽，謫役東嶽，幽執泰山地獄之中，魂充考楚，萬痛備嬰，長淪萬劫，終天无解。今故燒香歸命東嶽泰山神仙諸靈官，乞丐原赦所行罪負，上解東嶽元惡之罪，放赦囚徒，身出光明，上昇天堂，衣食自然，甲身得道，與青帝合真。」（25／201b）《正一法文經章官品》卷三《塚墓之鬼》：「太黃太極君符下女青詔書，地下二千石，泰山二十四獄主收塚墓之鬼。」（28／550c）

近代道書襲用，《雲笈七籤》卷七十九《五嶽真形圖序》：「東嶽太山君，領群神五千九百人，主治死生，百鬼之主帥也，血食廟祀所宗者也。世俗所奉鬼祠邪精之神而死者，皆歸泰山受罪考焉。」（22／561c）《靈寶玉鑑》卷三十七：「泰山地獄苦道，一如告命。」（10／396a）宋元妙宗《太上助國救民總真秘要》卷六：「諸立獄，須奏聞申泰山，具事儀稱述，已於某月日於某方，立建天獄，奏上帝，言五斗獄。」（32／88b）卷七：「泰山揭底摧，壓鬼莫延遲。巨靈透入耳，鬼魅化作泥。急急如律令。」（32／99a）《道法會元》卷二十四《清微灌斗五雷大法》：「丁主司命來譴訶，急謝十日免沈痾。未遇泰山定罪責，速求解謝消凶厄。」（28／818a）

【飛龍】

「天有教使，奔走而行，以雲氣為車，駕乘飛龍。」（卷112／有過死謫作河梁誡／p574）

飛龍，道教中的神經常是乘雲駕龍的形象。《莊子·逍遙遊》：「乘雲氣，御飛龍，而遊乎四海之外。」《楚辭·九歌·湘君》：「駕飛龍兮北征，邅吾道兮洞庭。」《史記·趙世家》：「四年，王夢衣偏裻之衣乘飛龍卜天。」

中古近代道書多有記載，《上清洞真智慧觀身大戒文》：「道學當念遊諸天，七寶林反，生靈香，流芳逆風聞三千里外，師子飛龍鳴嘯其羽。」（33／802b）《太上正一盟威法籙》：「天關上帝府七百七十品，九億萬諸靈官飛龍騎吏繡衣使者，玉童玉女各九億萬人。」（28／478b）蔣叔輿《無上黃籙大齋立成儀》，：「建齋行道，四天帝王皆駕飛龍綠軿，八景玉輿。」（9／449b）《雲笈七籤》卷

二十《三洞經教部・步天綱》:「太微帝君昔授皇清洞真君,步天綱,飛地紀;據玄斗,攀星魁;接九真,乘飛龍;遊三命,浮二生;固三寶,出六害。」(22／155c)又卷一百五《傳・清靈真人裴君傳弟子鄧雲子撰》:「佩三華寶衣,乘飛龍景輿,仗青旍、玉鉞七色之節,遊行上清九宮。」(22／714a)《道法會元》卷一百八十一《上清五元玉冊九靈飛步章奏祕法》:「飛龍騎吏,二人,如仙女狀,五色霞衣,美貌,乘飛龍,一息遍周三界。」(30／162a)

道教自形成之初,便與龍崇拜有不解之緣。先秦時代的乘龍周遊四海、乘龍升天,以及以龍溝通天人的信仰,被道教全盤繼承。道教創始人張道陵的子孫都繼承其業,均稱「天師」,並傳說與龍有緣。傳說第三代天師名魯,他有十個兒子,號「張氏十龍」。其後許多道教代表人物都被說成與龍有神秘的關係,如南朝時道教代表人物陶弘景,傳說其母夢龍而生,他是一個龍種。龍在道教中最主要的作用是助道士上天入地,溝通鬼神。龍被認為是「三轎」(龍轎、虎轎、鹿轎)之一。傳說有法力道行的天師、真君還能召龍、驅龍。

【鸞鶴】

「於此畫神人羽服,乘九龍輦升天,鸞鶴小真陪從,彩雲擁前,如告別其人意。」(卷 102／經文部數所應訣／p467)

鸞鶴,鸞與鶴。相傳為仙人所乘。南朝宋湯惠休《楚明妃曲》:「驂駕鸞鶴,往來仙靈。」唐黃滔《大唐福州報恩定光多寶塔碑記》:「煙霞蓊蔚於城隅,鸞鶴盤旋於林表。」

鸞,傳說中鳳凰一類的鳥。《漢書・息夫躬傳》:「鷹隼橫厲,鸞俳個兮!」顏師古注:「鸞,神鳥也。」《舊唐書・文苑傳上・楊炯》:「鸞者,太平之瑞也,非三公之德也。」早期道教運動首先發展了自己的制度,與民間巫術劃分清楚界限,但仍吸收了巫術傳統的一些要素。道教降示經典和靈媒書寫可能就是受民間薩滿的儀式啟發而產生的。神示經典經常是以也被詮釋為「扶鸞」的靈媒書寫的形式出世,「扶鸞」這個詞表明主要下降顯示的是女性神靈,因為她們使用了「鸞」為坐騎,正如男性神靈以龍或鶴為坐騎一樣[註93]。

鶴跟道教、神仙有着密切的關係。在道教文化中,鶴被視為出世之物,因

〔註93〕《道教中的女性(翻譯節本)》,Despeux, Catherine(戴思博). Women in Taoism 收入 SCHIPPER, Kristofer M.(施舟人)(editor). Handbook of the Taoist Canon. Chicago: University of Chicago Press 轉引自 http://www.xici.net/b12679/d19565498.htm

此，也就成為高潔、清雅的象徵，得道之士騎鶴往返，修道之士以鶴為伴。唐代杜牧有「腰纏十萬貫，騎鶴下揚州」的詩句，而北宋高士林逋更是隱於浙江西湖的孤山，終生不娶，以梅鶴為伴，享有「梅妻鶴子」的美譽。鶴在進入道教體系之後，並沒有神異化的改造，跟鹿一樣，大多數情況下只不過作為神仙的坐騎，為神仙所役使而已。因此，鶴在神仙世界裏，地位並不高。

「鸞鶴」並稱，中古近代道書多見，《太上洞玄靈寶業報因緣經》卷七《應感品第十七》：「十六年中，五帝來降，賜以金芝、鳳凰鸞鶴、麒麟奇獸、甘露體泉、靈芝神草，遍滿郊畿。」（6／115b）《太上洞玄靈寶赤書玉訣妙經》卷上：「國土南方及夏三月有灾，欲使南鄉安鎮，當朱書赤石上，鎮南方三日，其灾自滅，凶逆自消。一方仁人善瑞顯明，鳳凰來迎，鸞鶴飛鳴，天人歌詠，欣國太平。」（6／192c）《靈寶無量度人上品妙經》卷十三《元始无量度人上品妙經》：「前嘯貔虎，齊唱後吹，鸞鶴同鳴，師子辟邪，嘯歌囉囉。」（1／87a）《雲笈七籤》卷一百一十三《傳‧崔生》：「須臾，雲霧四合，咫尺不見，唯聞鸞鶴簫籟之聲，遙望雲山而去，上方知其神仙也。」（22／773b）宋陳葆光《三洞羣仙錄》卷一：「同舟胡越猶懷思，況遇天仙隔錦屏。儻若玉京朝會去，願隨鸞鶴入青冥。」（32／240b）

後來「鸞鶴」引申可借指神仙。唐白居易《酬趙秀才贈新登科諸先輩》詩：「莫羨蓬萊鸞鶴侶，道成羽翼自生身。」宋趙彥衛《雲麓漫鈔》卷八：「益彰叔則鸞鶴之姿，轉映王恭神仙之狀。」

本章討論了八類共 90 餘條有關道教文化各方面的語詞，總的來說，這些詞語具有如下幾個特點：

一、從意義上看。這些道教語詞的意義大多具有單一性，這是專業詞語與一般詞語的最大不同點；其次，這些道教語詞的意義具有特指性，特指道教文化中的某種事物或現象；再次，這些道教語詞的意義具有非科學性，因為《太平經》是中國道教初創時期的經籍，某些教義及術語還遠遠談不上規範與科學。

二、從結構上看。這些道教語詞絕大多數為雙音詞，這與此時期全民語言的特徵一致，有少數多音節結構，如「西王母」、「北極天君」、「北極真人」等。語音造詞已退居二綫，僅見「崑崙」一詞；語法造詞佔絕對優勢。其中偏正式

最多，達 49 個，佔全部道教語詞的一半多，如「曹」系詞語、「籍」系詞語、「氣」系詞語等，成詞能力極強；其次為並列式 17 個，如「解除」、「佐助」、「鸞鶴」等；再次為動賓式 11 個，如「司命」、「駕龍」、「得道」；主謂式 4 個，如「肉飛」、「形去」、「尸解」。偏正式構詞能力之強尤其值得注意〔註94〕。

三、從來源上看。有的是直接借用全民語言的構詞材料，按照一般語言的構詞規則來新造道教語詞，如「茅室」（道教徒修煉之處）、「命樹」（代表本命所屬的樹木）等；也有的是利用全民語言中已有的現成詞語，進行引申，來表示特定的道教意義，如「長生」本為「永久存在或生存；壽命很長」義，早已見於《老子》：「天地所以能長且久者，以其不自生，故能長生。」《莊子·在宥》：「无勞女形，无搖女精，乃可以長生。」《太平經》借用此詞，來特指「道家求長生的法術」。

四、從影響上看。《太平經》中的道教語詞後來對全民語言產生了一些影響。有的是被全民語言直接吸收，意義未發生改變，如「生籍」（謂登記投生者的冊子）被唐李白《草創大還贈柳官迪》詩襲用，「駕龍」（仙道乘龍飛行，亦指得道成仙）在晉王嘉《拾遺記·崑崙山》、曹操《氣出唱（三首）》詩、《魏書》中皆有沿用。還有一些詞進入全民語言中引申出新的意義，如「天書」本是道經稱元始天尊所說之書，在全民語言中引申出「帝王的詔書」義，進而又生發出「難認的文字或文章」義。還有個別詞語，被佛教所吸收，如「守一」在安世高《佛說大安般守意經》以及支謙譯《法律三昧經》中都有體現；「仙度」在道教中指超脫塵世成仙，後來唐釋道宣《廣弘明集》襲用了這個詞。

〔註94〕沈懷興（1998）認為：「從歷時的觀點看，社會的發展和漢人思維認識的發展，對於漢語偏正式構詞法之能產性的形成和發展具有促進作用。社會的發展最突出最明顯的標誌是新事物的不斷出現。新事物需要有新名字來指稱它。而大多數新事物都不是憑空產生的，它們總是和某些事物有着這樣那樣的聯繫。這種聯繫的存在及其人們的認識，便是漢語偏正式構詞法發揮作用的基礎和動力。」（沈懷興《漢語偏正式構詞探微》，《中國語文》1998 年第 3 期，191 頁。）